國家古籍整理出版專項經費資助項目
國家圖書館文津出版基金資助項目

俞樾詩文集

一

俞　樾　著
張燕嬰　編輯校點

人民文學出版社

圖書在版編目（CIP）數據

俞樾詩文集；全7册/（清）俞樾著；張燕嬰編輯校點．—北京：人民文學出版社，2022
（明清别集叢刊）
ISBN 978-7-02-017003-6

Ⅰ.①俞… Ⅱ.①俞… ②張… Ⅲ.①中國文學—古典文學—作品綜合集—清代
Ⅳ.①I214.92

中國版本圖書館CIP數據核字(2021)第038745號

責任編輯　李　俊
裝幀設計　黄雲香
責任印製　任　禕

出版發行　人民文學出版社
社　　址　北京市朝内大街166號
郵政編碼　100705

印　　刷　三河市中晟雅豪印務有限公司
經　　銷　全國新華書店等

字　　數　2982千字
開　　本　880毫米×1230毫米　1/32
印　　張　128.75　插頁7
印　　數　1—2000
版　　次　2022年3月北京第1版
印　　次　2022年3月第1次印刷

書　　號　978-7-02-017003-6
定　　價　760.00圓(全七册)

如有印裝質量問題,請與本社圖書銷售中心調换。電話:010-65233595

總目錄

詞

《春在堂詞録》三卷

《金縷曲廿四疊韻》一卷

《百空曲》一卷

文

《銘篇》一卷

《左傳連珠》一卷

《梵珠》一卷

《賓萌集》六卷

《賓萌外集》四卷

《春在堂襍文》二卷《續編》五卷《三編》四卷《四編》八卷《五編》八卷《六編》十卷《六編補遺》六卷

《佚文》一卷

《四書文》一卷

《曲園四書文》一卷

《詁經精舍自課文》二卷

一部詩文集可能具有的面相（代前言）

俞樾（一八二一—一九〇七），字蔭甫，號曲園，浙江德清人。道光三十年（一八五〇）進士，授翰林院編修。咸豐五年（一八五五）放河南學政，七年（一八五七）被劾罷歸。居蘇州，前後主蘇州紫陽書院、杭州詁經精舍、上海求志書院、歸安龍湖書院、德清清溪書院等處講席，造就人才無數。《春在堂全書》爲其著作總集，該叢書最早彙刻於同治年間，此后續有增補，歷經四次修訂，卷帙增至近五百。

道光三十年四月十六日，保和殿覆試新科進士，試帖詩題爲『淡烟疏雨落花天得「莊」字』。俞樾詩曰：

花落春仍在，天時尚豔陽。淡濃烟盡活，疏密雨俱香。鶴避何嫌緩，鳩呼未覺忙。峯鬟添隱約，水面總文章。玉氣浮時暖，珠痕滴處涼。白描煩畫手，紅瘦助吟腸。深護薔薇架，斜侵薜荔牆。此中涵帝澤，豈僅賦山莊。①

此詩咏落花而無衰颯之氣，『春仍在』三字爲全詩奠定了積極昂揚的基調，故爲時任閱卷大臣（後來的

① 《玉堂舊課》。

中興名臣）曾國藩所賞，取爲第一。這爲其奠定了詩名。

一 『詩愛香山，文愛眉山』①：詩文創作概況

俞樾的詩歌創作，題材廣泛、體式豐富，紀行如《壬申春日自杭州至福寧褉詩》、《福寧褉詩》、《自福寧還杭州褉詩》（均見於《春在堂詩編》卷七）、《越中紀游》（見於《春在堂詩編》卷十二），悼亡如《百哀篇》、《次女繡孫於十二月十八日卒於杭州，哭之於詩，得十五首》（見於《春在堂詩編》卷十）、《哭彭雪琴尚書一百六十韻》（見於《春在堂詩編》卷十三），酬唱如《吳中唱和詩》、《廣堪小集》②，咏物如《咏物廿一首》，寫景如《俞樓詩紀》，等等，不一而足。

俞樾在爲三多《可園詩鈔》所作序中，稱自己『所爲詩，終不外香山、劍南一派。……世傳：白香山詩，必老嫗能解而後存之，故多流於率易。此不知詩者也。白香山使老嫗解詩，正其經營慘淡之苦心也。文章家貴深入顯出，惟詩亦然，使老嫗讀之而不解，必其深入而未能顯出也。故方其求入之深也，徑路絶而風雲通，雖鬼神不能喻；及其求出之顯也，則生公説法，頑石點頭矣。』短短幾句，已言明自己的詩學主張與詩作特色，故不再辭費。

① 語出壽錫恭輓言。
② 該集之介紹，詳參『整理説明』。

俞樾的襍文作品，駢散兼備，文體（碑、傳、序、記等）種類豐富。他視『駢儷之文，文之正軌也』①，認爲『尚單行而賤儷偶，而於古人修詞之道或反失之矣』②，故有大量精心的製作。又能『斂華就樸』③，寫作『文從字順』④、『深入顯出』⑤的散文四十餘卷。對於自己的創作，俞樾謂：『余性坦易，不喜作艱深語，詩法香山，文法眉山，取其近乎時也。』⑥他特別贊同孔子的『辭達而已矣』一説，並進而解釋道：『所謂達者，必舉日月所以行，江河所以流，天地所以明，鬼神所以幽，而悉顯之於文，然後可謂之達。「達而已矣」，乃難之之詞，非易之之詞也。……世之自託於桐城一派者，貌爲高古，實則空疏，貌爲清真，實則枯澀。』⑦結合諸説，知俞樾強調文章須言之有物，道理明白曉暢，語言平易自然，避免故作艱深晦澀之語。

相較於詩文，俞樾的詞作不多。俞氏自言：『余素不善倚聲，……於律未諳，聱牙不免，是所媿

---

① 《〈王子安集注〉序》。
② 《賓萌外集序》。
③ 《楊性農同年〈移芝室集〉序》。
④ 《胡稚威先生〈餘映錄〉序》
⑤ 《三六橋〈可園詩鈔〉序》。又嘗評人文爲『作者能文之士，略嫌深入而未能顯出耳』（《徐小豁孝廉〈小不其山房集〉序》）。
⑥ 《嚴緇生〈達叟時文〉序》。
⑦ 《趙子玉文鈔序》。

耳。』或即以此，由他自己主持刊刻成的《春在堂詞錄》僅三卷，存詞一百三十八闋。然其中頗有佳作，如寫景的《虞美人》『晴湖』、『雨湖』、『月湖』、『雪湖』四闋；閨情如《隔簾聽》（夏雨大作）一闋；詠懷如《金縷曲》『花信匆匆度』一闋；詠物如《紅情》『朱簷爭摘』（詠櫻桃）、《綠意》『天生俊物』（詠橄欖）二闋等。俞樾曾稱詞爲『緣情之作』（《勒少仲同年〈太素齋詞〉序》），而以『格律既嚴，情文兼美』（《杜小舫重刻〈宋七家詞〉序》）者爲上。光緒三年冬，聽聞與其頗有詞作唱和的恩錫卒後，俞樾『爲之投筆淚下』，『嗣後詞興闌珊』（《薄媚摘遍》序），不復再作，尤見其情文相通之心性。

對於俞樾詩文作品之評價，王闓運曾譏其詩爲『詞章尤小家數』①，章太炎批評『惟俞先生文氾濫，不稱其學』，譚獻也貶斥道：『經生有俞樾，猶文苑之有袁枚矣。若俞之詩文，則又袁枚之輿臺。』②然汪辟疆則將他列入江左派詩人之領袖，認爲『此派詩家，既不侈談漢魏，亦不濫入宋元，高者自詡初盛，次亦不失長慶，迹其造詣，乃在心橅手追錢、劉、溫、李之間。故其詩風華典贍，韻味綿遠，無所用其深湛之思，自有唱嘆之韻。才情具備者往往喜之，至鬥險韻、鑄偉辭，巨刃摩天者，則僕病未能也』③。單就幾家評論而言，似乎所言非爲一事，實則諸說同指。何以得出如此迥然不同的判斷？不能不說，應該有取材和視角的差別。若能以更加融通的視角，從不同角度來看俞樾詩文，或許會看到多個面相。

---

① 王闓運《湘綺樓筆記》，轉引自錢仲聯《近代詩鈔》，江蘇古籍出版社，一九九三年，第五〇五—五〇六頁。

② 范旭侖、牟曉明整理《譚獻日記》，中華書局，二〇一三年，第二二一頁。

③ 汪辟疆《近代詩派與地域》，《汪辟疆文集》，上海古籍出版社，一九八八年，第三一〇頁。

二　『自顧生平亦足豪』①：作爲生命史的詩文

俞樾詩歌創作具有很強的紀實性。他『自十五六歲，始學爲詩』②，直到生命的終點仍有《别家人》、《别諸親友》、《别門下諸君子》、《别曲園》、《别俞樓》、《别所讀書》、《别所著書》、《别文房四友》、《别此生》、《别俞樾》、《臨終自喜》、《臨終自恨》諸詩作吟成。他在《李憲之〈仿濳齋分體詩鈔〉序》中討論詩集編例應該『分體』還是『編年』時説：

余謂：二者不可偏廢，何者？古之詩，隸於史官，《詩序》云『國史明乎得失之迹，吟咏情性，以諷其上』是也。故詩與史相表裏，詩之分體也，如二十四史之紀、傳、表、志各自成書者也；詩之編年也，如《通鑑綱目》之年經月緯取法《麟經》者也。使不編年，則無以考見其出處進退之大節，悲愉欣戚之至情，爲後世論世知人者告；使不分體，則不知其某詩出某家，某詩近某派，而無以明其得力之所由。然則分體、編年，烏可偏廢哉？

俞樾一生中創作的詩歌作品多達兩千餘首，其詩集則采用編年體排序，且詩作多有自注，這些都是其生命史的真實寫照。特别是光緒十五年（一八八九）和二十九年（一九〇三）分别著有《曲園自述詩》一百九十九首和《補自述詩》八十首，幾乎就是他爲自己所作之年譜。至其晚年，經史考據多已停筆，

①《臨終自喜》。
②《三六橋〈可園詩鈔〉序》。

詩文就成爲他最常見的創作；光緒二十七年（一九〇一）之後，更是每年一卷詩，抒寫日常。

俞樾一生中創作了大量的墓誌碑記、行狀傳記文字，毫無疑問，這些作品就是一個個傳主的生命簡史。光緒三十一年（一九〇五），他在《春在堂襍文序》中自稱：

> 烏乎，余所作不爲不多矣。其文多碑、傳、序、記之文，文體卑弱，無當於古之作者。又性好徇人之求，苟有子孫羅列其祖父事實以告，輒曰是仁人孝子求顯其親者也，義不忍割，於是失之煩冗者往往有焉。然當代名公鉅卿之行事，所謂磊落軒天地者，亦多見於吾文，豈以吾文之鄙陋而遂土苴視之哉？

實則他所敘傳的不僅僅是『當代名公鉅卿』，也有『小人物』，如其《孫芳蓉傳》所記爲其家管家、《謝老人傳》所記爲其妻姚氏家僕傭、《女子錢芬傳》所記爲乾隆間的江南才女，等等。相比於名公鉅卿的傳列國史，這些小人物的事迹傳與不傳，全在有無文字予以表曝。於此類事，俞樾曾慨嘆道：『嘗讀《孟子》，至「孟獻子有友五人焉：樂正裘、牧仲，其三人則予忘之矣」，未嘗不廢書而歎也，曰：樂正裘、牧仲幸而爲孟子所記憶，從此姓名千古矣；其三人者，不幸而不爲孟子所記憶，則遂湮没無聞矣。在孟子當日，不過一沉吟間，而傳與不傳卽繫乎此。人知富貴窮賤有命存焉，而不知身後之名亦自由命，不然，彼五人者，何以有傳有不傳哉？』①可知他對於所有終將湮没於歷史長河中的芸芸衆生，抱有極

① 《湖樓筆談》卷七。

大的悲憫之情，故願以其史家之筆，爲他們留下印記。雖然章太炎批評他是『以筆札泛愛人』①，即今觀之，大量無名之士，得以留下他們生命的痕迹與生活狀態，不能不説是因爲這些充滿『愛人』意味的文字。

三 『無詩無以寫吾懷』②：作爲心靈史的詩文

俞樾認爲一部詩集，當既可『考見其出處進退之大節』，又能呈現『悲愉欣戚之至情，爲後世論世知人者告』③。他説『詩固所以寫性情也』④，並常常以能『寫性情』爲諸家詩集之贊詞。於其自作，則稱『海内諸君子癖嗜余詩者，則頗有之，豈以詩主性情？言情之作，入人尤易』⑤，可知其詩亦多性情之作。

道光後期，爲了家計，俞樾離家課士，每年春去冬歸，旅懷漫長。此期創作的《作家書》、《望家書》諸詩表達出對於無法親侍高堂、反教高堂惦念的愧疚，對於無法課子讀書的遺憾，對於羈旅之愁欲説

---

① 章太炎《俞先生傳》。
② 《内子因余校士甚勞，勸勿作詩。余雖感其意，而不能盡從其戒，戲書數語貽之》，《春在堂詩編》卷四。
③ 《李憲之〈仿潛齋分體詩鈔〉序》。
④ 《三六橋〈可園詩鈔〉序》。
⑤ 《汪穉泉詩序》。

還休的躊躇，詩句明白如話而感情細膩複褋，令人讀之不忘。差不多同一時期又有《得内子書》一詩曰：『止此數行字，教人幾度看。閨中自憔悴，紙上總平安。兒小分愁未，家貧稱意難。牛衣今夜淚，豈免爲君彈。』①更將夫婦二人不願對方牽挂的心意、情意刻畫得惟妙惟肖，真可謂紙短情長。再看光緒五年其妻姚氏逝後俞樾所作悼亡之詩《百哀篇》，從二人兩小無猜的童幼時期寫起，細數姚氏于歸近四十年來的生活點滴，諸詩平靜如家常語，卻灌注詩人飽滿的深情，使人讀後不禁潸然淚下。《咏物廿一首》，亦作於姚氏逝後，所咏多有姚氏生前舊物，幾無一字言情，然而句句情深。這些作品正合俞樾所謂『蓋欲言其感人之深，而但言如何相感，則雖深仍淺矣。以無情言情則情出，從無意寫意則意真，知此者，可以言詩乎！』②

而那些爲摯愛親人撰寫的碑傳文字，也常常是俞樾吐露心迹的空間。如《周孝女傳》傳主周芝，爲其外姊之女，其長子尚未迎娶之婦，傳中記其生前『嘗咄咄獨語曰：「宦游何味？今之仕宦者，宜早勸令歸休矣。」時余方視學河南，其明年，卽以人言罷。斯言也，豈爲余發歟？』結合俞樾出仕期間的詩作，如《乞假送親，由水道旋里，口占二律》中的『三載清班忝玉堂，敢拋簪紱事耕桑。天涯薄宦門如水，堂上哀親鬢有霜』，《海昌查辛香冬榮，亦知名士也，流落梁園，窮而老矣。以長歌見贈，走筆和之》中曰『悠悠薄宦十年空，忽忽歸心千里迫。旌節輶軒皆夢耳，得失聽之何足惜。人世羣游傀儡場，吾儕天付

① 見『詩文輯錄』。

② 《湖樓筆談》卷六。

冰霜骨。擬買良田可一畦，更闢小齋寬十笏。箸書數卷藏名山，雖有三公吾不易。蹉跎虚願竟何年，傾吐狂言先此夕』等詩句來看，可知『宦游何味』未嘗不是他的夫子自道。又如《孫女慶曾傳》爲其長孫女慶曾而作，傳云慶曾生於同治四年乙丑，故小名曰牛，後以『牛性最順，改名曰順。……而余輩呼之，則仍曰順』；中述慶曾柔順之性爲家人親朋所愛；後『歸上元宗舜年爲繼室』，卻因不容於姑舅而亡；傳末嘆悔道：『余謂慶曾，自處室及適人，惟一順字而已。逆來順受，順也，卽不得已而死，亦順其道而死也，故曰順之一字，乃其所以死也。……彭剛直言，無令受委曲，竟委曲以死，余負慶曾矣！』倘再與其尺牘《與馮夢香》一通中的『浸至苛刻不堪，凌虐萬狀。湘文憒憒，婦言是聽，小姑二人又從而搆之，無日不在荆棘之中，鞭箠幸而獲免，呵罵無日不施。小孫女逆來順受，惟立而敬聽之，卽回家，亦從不爲我等述及。……乃始悔不早爲之計也』云云合觀，通篇讀來，更是字字泣血、句句痛悔。

親情、友情之外，憂患意識亦常常流露於其文字間，最典型者當屬《自強論》與《三大憂論》等政論文。《自強論》有感於『自泰西諸邦交於中國，而近又踵之以東洋海外各國，皆與我抗衡而不能相下』的國際情形，批評『賢知之士爭言自強，而又不得其術，徒見其器械之巧、技藝之精，乃從而效之，奉其人以爲師』的做法是捨本逐末，提出施行孟子『盍亦反其本』的『仁政』（『施仁政於民，省刑罰，薄稅斂』）之説方是正途。其説雖難免迂闊，但結合清末『官與民漠不相習，一旦有急，……委而去之，疾視其長上之死而莫之救』的內部情勢，也算是對統治者的一種警醒。俞樾更將『中國之號將替』、『孔子之道將廢』、『天地之運將終』歸納爲『三大憂』，特別是針對其三云：『聞彼中用煤無度，產煤之地日以少矣。夫煤者，有形之物也，其消息人得而見。若彼所取諸氣，無形之物也，其消息人不得而知。然卽煤之一物而推之，則知用之無度，必有窮時，天地雖大，而不足以供其求，日復一日，菁華衰竭，恐天地塊然不復能生人物矣。』肯定中國古代先人以時節用的主張『非徒愛惜物命而已，皆欲留其有餘，爲天地愛惜元氣也』。雖然具體的解釋未必準確，但這樣的認識角度在今天看來，實具有相當的先進性。

四　『談經餘暇更詩文』①：作爲學術史的詩文

作爲清代『經學家殿後之巨鎮』②，俞樾終是以經師稱世、以考據名家，其本人也最在意這一身份認同。因此在他眼中，兩《平議》方是著述正途，其他文字均屬小道末節。這一意識，一經作用於詩文，則呈現爲以考據入詩、入詞的創作傾向。此正所謂『學人之言與詩人之言合』③。如俞樾道光間創作的《讀經偶得》一題（早於《羣經平議》之作），已涉及對《易》、《書》、《詩》、《禮》、《論語》、《孟子》諸經

---

① 《別所著書》。

② 日本人小柳司氣太對俞樾的評價，見於《日本人有小柳司氣太者，編輯余事蹟，分爲六章，一曰曲園世系、二曰曲園出處、三曰曲園著述、四曰曲園與我國文學、五曰曲園與曾李二公、六曰曲園褉事。余皆未之見，惟其第三章言著述者，刻入其國〈哲學褉志〉二十一卷，余得見之，而中東文字褉糅，不可辨別。宋澄之孝廉諳習東文，爲余譯成一篇，因題其後》一詩小注。

③ 陳衍《近代詩鈔敘》，華東師範大學出版社，二〇一六年，第一頁。

的解釋①；同時期的《齊物詩》（早於《諸子平議》）則顯然著意於《莊子》。他曾經考證《論語·泰伯》中孔子爲解釋武王『予有亂臣十人』一句而提出的『有婦人焉』之所指，認爲古注以『婦人』爲『文母』即『文王之后太姒』，非是；『婦人』當指《史記·秦本紀》中所謂『酈山之女，爲胥軒妻』者②。此項考證，晚年亦曾入詩，爲《咏十亂》一題，序曰：『此論吾得之已久，屢見吾文矣。今又爲詩以張之，冀此論既見吾文，又見吾詩，庶幾不泯於後世。』並在《八十自悼》一題中總結自己的學術成就時稱：『著述不僅兩平議，觀世曾懷三大憂。驪女姓名登十亂，孟皮俎豆到千秋。』可知俞樾對此説之得意。再如《游閩越王廟》考證受祭者之當否，《拙政園歌》追溯名園之興建衍變，《文昌生日歌》查考文昌帝君的來歷，《鏡屏串月歌》解釋鏡中月影的形成機制，《杭州瓊花歌》探究瓊花之物種，《花農寄贈宣德爐，賦謝》、《宣德爐第二歌》介紹宣德爐的形制，《句麗古碑歌》記述古朝鮮之歷史。這些詩作，均追求格物之透徹，與詩歌應有之味難免扞格。因此這類詩作，與其當它是詩歌，不如當它是俞樾考據學的一部分，與兩《平議》一同成爲學術史的材料。

即使是最講究『緣情』的詞作中，也有經學與考證題材的作品，其《江城子》四闋均據《孟子》書中

---

① 在其早期詩作刻本《日損益齋詩鈔》中，有《讀經》與《偶得》兩題，存詩較後來的《春在堂詩編》本多三首。《好學爲福齋詩鈔》中，《讀經》一題則較《詩編》本多四首。

② 説詳《經課續編》卷四《有婦人焉解》，又見於《曲園褉纂》卷三十八《小浮梅閑話》、《湖樓筆談》卷七。更爲推廣此説之傳播創作有戲曲《驪山傳》。

典故敷衍，自注稱：『余課士詁經精舍，戲以《孟子》書中事命題，一曰「齊王之臣將至楚游，留別其友」，一曰「陳仲子自於陵歸述懷」，一曰「馮婦車中解嘲」，一曰「齊人至東郭墦間書所見」，各賦七言律詩一首。雖然，戰國人能作唐人律詩，獨不能作宋人小令乎？偶倚此，博諸君子一笑。』其《高陽臺》『早歲詩歌』一闋序云：『余治經多用康成「讀爲」、「讀曰」之例以明假借，而詩則抒寫性靈，於香山爲近。西湖詁經精舍有石刻鄭康成像，其左爲白公祠，有石刻樂天像。余擬揭二像縣一室，即顏之曰「鄭白齋」，先以詞記之。』詞中更是標榜『遺經獨抱司農注，附千秋高密門牆』。

俞樾對『文集』之稱溯源道：

子亦知文集之所自始乎？蓋始於諸子也。古之君子既殁，而其徒譔次其行事與其文詞以傳於後，若《管子》、《晏子》是也，此即文集之權輿，故《荀子》書有《賦》篇焉。後世人各有集，而不知其原出於諸子，於是集日以多而文日以卑矣。吾用《晏子春秋》《諫》篇、《問》篇、《襍》篇之例，分《賓萌集》爲五篇，以類相從，蓋吾文雖不逮乎古，而今之集即古之子，則吾猶及知之也。因書于目錄之後，以告觀者焉。①

將文集追溯到先秦諸子之作。而他對諸子的認知則是『聖人之道，具在於經，而周、秦、兩漢諸子之書，亦各有所得，……且其書往往可以考證經義，不必稱引其文，而古言古義，居然可見』②。可以說，他的

① 《賓萌集目錄》。
② 《諸子平議序》。

文集，與他的諸子考據一樣，都有輔助其經學考據的作用。如《吴康甫〈慕陶軒古甎圖録〉序》認爲『欲明小學，則豈獨商周之鐘鼎、秦漢之碑碣足資考證而已，雖甎文，亦皆有取焉』，進而引吴氏所藏古甎文中『可證經義者一』與『可證經義者又其一』證明其論；更以甎文『富且貴，至萬在』，爲自己在《羣經平議》中讀《國語·周語》『陽失而在陰』之『在』爲『載』，意謂『陽在陰下，以陽載陰也』一説張目，以『見甎文之有裨經義不淺也』。又如《陸星農觀察〈百甎硯齋硯譜〉序》稱『余頻年從事研經，因究心小學，於金石之文，時有采獲』，而以陸著中所録『宜侯王甎』之『王』字中畫獨長，證明《左傳》文公七年之『宋公王臣』何以或作『壬臣』；《尚書·牧誓》『厥遺王父母弟』，漢石經爲何誤作『厥遺任父母弟』等爲例，論定『欲讀古書，當識古字，而非博考古金石文字及古甎古瓦之類，未免少見而多怪矣』。

繆荃孫總結俞樾的學術特色云：『先生訓詁主漢學，義理主宋學，教弟子以通經致用，蔚爲東南大師。』①從事了三十餘年書院教育事業的俞樾，課士的確是以經義爲上，如他曾説：『吾浙素稱人文淵藪，而書院之設，亦視他省爲多。其以場屋應舉文詩課士者，則有敷文、崇文、紫陽三書院在，至詁經精舍，則專課經義，即旁及詞章，亦多收古體，不涉時趨。余頻年執此以定月旦之評，選刻課藝，亦存此意。……精舍中多高才生，頗有能發揮經義、自抒心得者，從此相與研求，經術文章，蒸蒸日上，爲異日儒林、文苑中人，不亦懿歟？』②故俞樾所作《四書文》、《曲園四書文》、《詁經精舍自課文》、《曲園課孫

① 繆荃孫《清誥授奉直大夫誥封資政大夫重宴鹿鳴翰林院編修俞先生行狀》。
② 《〈詁經課藝五集〉序》。

草》、《曲園擬墨》等八股時文，也常能突破舊注，標立新説，並在文後以『曲園自記』的文字説明理據。

五　『從有觀無，以儒參佛』①：作爲思想史的詩文

俞樾編定文集，將自己的文章『以類相從』，如《賓萌集》分爲『論』、『説』、『釋』、『議』、『襍』等，《賓萌外集》分爲『賦』、『記』、『書』、『傳』、『碑』、『啓』等，《春在堂襍文》分爲『記』、『傳』、『序』、『墓志銘』、『贊』等。這種分類，從今觀之，頗有助於釐清其文章的各種面相：『賦』、『記』、『贊』之屬最近於文學，『傳』、『碑』、『墓志銘』最近於史料，『序』、『釋』則多爲其學術考證之延伸；而『論』、『説』、『議』諸篇，則爲解讀俞樾哲學思想的素材。如《公私説》從造字法入手，指出古人先創造『私』字然後才有『公』字，即説明『公者生於私者也，先私後公，固其理也』，衹有正視自己的私欲，才能推己及人地考慮别人的欲望，進而才能滿足所有人的終極欲望，達到『一家安，而後一國安，一國安，而後天下安也』的目的，其思路中的辯證法意味清晰可見。又如在《性説》上下篇中，俞樾對自孟子、荀子提出而聚訟千年的人性善惡問題給出了自己的解答『吾之論性，不從孟而從荀』，並對孟子的立論逐一提出批駁；對於荀子與孟子主張相類的『涂之人可以爲禹』（孟子之説則爲『堯、舜與人同耳』）一説，俞樾從『荀子取必於學者也』的角度加以肯定，強調後天的學習是達到自我約束和嚮善的必要手段，從而可以

① 《慶春宫》『環堵三間』一闋。

推導出荀子『聖人之治而禮義之化也』之説的合理性。這些論説亦邏輯嚴密，富於哲理。

身爲經學家、儒師的俞樾，同時也是一位學佛者①；特别在其晚年，《金剛經》更成爲他日日誦讀的功課②，這就爲其思想融會佛、儒提供了契機。光緒十九年（一八九三），俞樾撰《金剛經注》，作序提綱是書原理時稱『以儒理譬之』，卽以更爲讀書人熟悉的儒家學説來解讀《金剛經》大旨。而在尺牘《與金友筠》中，俞樾對《論語・泰伯》『巍巍乎舜禹之有天下也』和『大哉堯之爲君也』兩章提出自己的理解道：

> 鄙意，此兩章是一部《金剛經》。上章明言有天下，然『不與』二字則已將『有』字掃去。以《金剛經》文法論之，當云所謂有天下者，卽非有天下，是名有天下也。下章特題一句，云『大哉，堯之爲君』，人人洗耳而聽，不知將説出陶唐氏如何掀天蓋地一番大事業來。乃『惟天爲大，惟堯則之』，止是比況之詞，『民無能名』，亦止形容之語，究竟堯之爲君如何，毫無實在。下節言成功、言文章，似乎有所指實矣。然此節文勢大有蹊蹺，吾人從小讀熟，不覺得耳。上句有『也』字，下句何以無『也』字？聖經必無此參差文法，此中大有妙理。夫子當日蓋仰而望之，曰：『巍巍乎，其有成功也。』然究竟所成何功，其功安在，亦竟説不出來。略一停頓，乃曰『焕乎，其有文章』，成功不可見，見之於文章。文章有何實際，仍歸之於空而已。蓋上句有『也』字，一宕成功，亦化爲烟雲也。《金剛經》云：『所謂一切法，卽非一切法，是名一切法。』道理實是如此，非曲園叟之援儒入墨也。

---

① 《金剛經注序》有『余以章句陋儒，桑榆暮景，窮而學佛』云云。

② 《花農又用『堪』字韻作四詩寄吳下，老夫技癢，又如數報之》其一小注。

可知其會通儒、釋的思想在晚年具有一貫性。

六 『欲向青編求故實』①：作爲史料的詩文

俞樾進士散館後曾短暫入國史館擔任協修的經歷，使他具有相對强烈的傳史意識，故其詩文中每每自稱『舊史氏』，『記述吾職』云然。由於生逢清末、身居江浙，第一次、第二次鴉片戰爭、捻軍起義、太平天國運動等時事，他均曾親身經歷，當時世況民情，均行諸筆端，積爲『實錄』②。就連甲午海戰、日俄戰爭這些發生在北方的戰事，也不時牽動他的心緒，詩中常常流露對時局的關懷。

如第一次鴉片戰爭時期，英軍占據的寧波距俞樾當時居處臨平僅百餘里，其作《聞戒篇》序稱『辛丑八月，海氛甚惡。余僑寓仁和之臨平，其地距尖山海口百里而近，議者以爲危。聞見所及，爲詩四章，題曰「聞戒」。』其一、二章云：

衝飆海外起，宿鳥林中飛。吾家環堵室，無事不啓扉。昨聞海氛惡，出門問是非。是時天戒寒，雨後日色微。傳呼縣官來，父老迎旌旗。官言寇甚急，一方如病痱。止可守鄉里，去此將何

① 《曲園自述詩》其五十五。
② 支偉成總結俞樾『爲學固無常師，左右采獲，深疾守家法、違實錄者』（《清代樸學大師列傳》，上海人民出版社，二〇一四年，第二三〇頁）。

依。爾曹各努力，學著短後衣。嗚呼三鎮兵，甲胄老生蟣。一朝盡敗没，火伴歸者稀。吾民素恇怯，豈足張兵威。

不聞舂爾糧，不見治爾裝。老幼一船載，不知往何方。皆云寇且至，安問梓與桑。復有多田翁，欲去憂田荒。姑且營菟裘，一椽租山鄉。那知山中地，狐狸而豺狼。有朝伏莽起，空爾橐與囊。客自杭州來，亦言如蜩螗。十室九則空，存者心傍徨。頓令數日内，價高黄頭郎。噫嘻此何象，平日真羲黄。

將戰亂當前民不安處，又無處可逃的彷徨無助刻畫得入木三分。郭則澐評曰：『一時詞客如汪梅村、高碧湄各有書感之作，俞曲園先生詩尤沉痛。』①又如對於道光末年氾濫江浙的大水，俞樾作《聞浙中大水》、《樂府體四章，記江浙大水》等詩詳加記録：水情則曰『今年兩月雨，海若不敢受。遂令平地水，高可濡人首』、『誰知陋室中，已可置敝笱。灕褷鷺登堂，撥剌魚窺牖』，世況則曰『盜賊鋌而走』、『君不見東南七千里，田廬盡化爲污渠』、『千風萬雨，不借一廡。生者前行，死者臭腐』，民生則曰『年荒穀價高』、『小口三，大口六。六文錢，一合粟。炊之爲糜，不盈一掬。何況小口又減半，雖易糠粃且未足。昔時富户今亦貧，何人爲具黔敖粥』、『錢六千，米一石。米一斗，錢六百』，方方面面，巨細備載。在這一點上，其詩作的確是極好地繼承了白居易新樂府的優秀傳統②。

① 轉引自錢仲聯《清詩紀事》，鳳凰出版社影印本，二〇〇四年，第二六〇七頁上欄。

② 《茶香室叢鈔》卷八中自稱『生平最喜香山詩，所爲詩亦自謂近之』。

細細梳理，俞樾詩文中還有大量專題史料。小而飲饌、服飾、用具，乃至閱讀、休閑、娱樂，大到物候、災異、時政，無所不在。以戲劇資料爲例，其詩文中先後記録有：道光末年，俞樾居安徽休寧，「每年四月，汪村賽神，謂之『打標』。錦棚演劇，五六日始罷。余歲歲與觀之，有詩存集中」①；咸豐中俞樾任河南學政時，「冬夏試畢還署，每張筵演劇，慰勞幕中諸友」②；光緒間在詁經精舍教書之餘，他也曾聽戲休閑而有《觀影戲作》。又如杜文瀾曾創作《南征記》傳奇一事，見載於俞氏所作《杜筱舫觀察六十壽序》（《春在堂襍文續編》卷五）中，而據《余蓮村勸善襍劇序》則可知時人對於「今樂」（京劇）的喜愛程度等等。再以民間禮俗爲例，江西之有「子孫糧」、「風龍樹」③，徽州之有「呼猖」④，德清之「喫野飯」⑤；馬没村（去嚴州二十七里）之十年一賽社神⑥，錢唐舟子起航前之祭神⑦；金奎甲子日

---

① 《曲園自述詩》其三十。《打標》一詩見於《春在堂詩編》卷二。
② 《曲園自述詩》其六十六。
③ 《記江右俗二首》。
④ 《呼猖歌》。
⑤ 《立夏日，支竈於庭，掃葉爲薪，以米和蠶豆，又碎切肉及筍，合煮成飯，飯熟聚餐，謂之喫野飯，鄉俗也。賦詩紀之》。
⑥ 《馬没村社曲》。
⑦ 《戊申春日發錢唐江，舟子焚香祀神。余適有感，亦揖而致詞》。

之祭奎星①，立夏日之秤人②，五月十三關帝生日之磨刀③，七月七魁星生日之乞巧④，七月三十地藏王菩薩生日之燃燭⑤，臘八日之相互饋粥⑥；生者之過洗三、滿月、雙滿月、抓周、生日，逝者之有虞禮、小祥、大祥、禫祭、吉祭，種種民間風習，皆可於其詩中尋繹。更有不少詩作記録了清末社會巨變的細節以及對於時人的衝擊，如電報與火輪船的快捷，照相術和留聲機的新奇，聽聞有電話（詩稱『德律風』）和X光片攝影技術（詩稱『一奇術，能洞見人藏府』）時的驚異，都在在留於筆下。《光緒丁酉，西湖有開鐵路之議。余在山言山，不能無言，輒作長歌，以代蕘唱》言『議傍西湖興鐵路，好從湖墅達江限。其地逶迤三十里，高者山腰下山趾。自茅家步向南來，逾翁家山猶未已。植竿立幟費經營，雖未興工勢已成』，載明杭州當年規劃中鐵路的路線；《黄河鐵橋歌》言『我撫此圖一擊節，我觀此圖三太息。易以設險戒王公，無險何以守邦域。南條之水江爲大，北條之水河爲雄。九州形勢此其最，金湯天造非人工。往者東南羣盜起，朝廷特遣防河使。彼時千騎聚如雲，此日一橋平似砥。況聞鐵軌偏塵

① 《光緒十四年正月十二日甲子，是日逢金，又值奎宿。相傳金奎甲子爲文字之祥，祭之者吉。因命孫兒陛雲祭焉，并勗以詩》。

② 《立夏日，循俗例秤人，戲賦》

③ 《磨刀雨歌》。

④ 《七月七日爲魁星生日，見施可齋〈閩襍記〉，因祀之而記以詩》。

⑤ 《燭影搖紅》『乞巧纔過』一闋。

⑥ 《竹樵中丞恩錫饋臘八粥》。

寰，十里百里一息間。入蜀已如無劍閣，游秦何處有函關……我言未竟人爭訶，豎儒刺刺言何多』，充滿對巨變的不適與焦慮。這些都是最直接最鮮活的社會生活史料。

俞樾曾稱贊他人之詩『不名一格，各擅其勝』①，實則其詩文亦可如是觀。即如錢仲聯先生已看到的：『俞樾以學人爲詩，但和晚清宋派詩人所標榜的學人之詩異趣，宗尚乃在袁枚。……俞詩由宏博之才與學，觸境而發，稱意而言。擬之前代，較近白居易。』②倘若將俞樾的詩文作品加以分類，再以不同的視角去看，便可理解『學人之詩』與『性靈』之情在俞樾的創作中融合起來的狀況。

要之，俞樾之詩文，非純文學之詩文，乃貫通文史哲之詩文。願今之諸君子，不徒當文學觀。

① 《心壺雅集詩序》。
② 錢仲聯《近代詩鈔》，第五〇五頁。

整理説明

一、本書收録俞樾詩文作品二十七種，一百一十四卷。包括：

（一）《春在堂詩編》二十三卷；

（二）《曲園自述詩》一卷；

（三）《補自述詩》一卷；

（四）《佚詩》一卷（即《俞樓襍纂》卷三十六）；

（五）《吳中唱和詩》一卷（即《曲園襍纂》卷四十一）；

（六）《集千字文詩》一卷（即《曲園襍纂》卷四十八）；

（七）《百哀篇》一卷（即《俞樓襍纂》卷四十一）；

（八）《詠物廿一篇》一卷（即《俞樓襍纂》卷四十二）；

（九）《小蓬萊謠》一卷；

（十）《春在堂詞錄》三卷；

（十一）★《金縷曲廿四疊韻》一卷；

（十二）《百空曲》一卷（即《曲園襍纂》卷四十三）；
（十三）《銘篇》一卷（即《俞樓襍纂》卷三十七）；
（十四）《左傳連珠》一卷（即《俞樓襍纂》卷十二）；
（十五）《梵珠》一卷（即《曲園襍纂》卷四十二）；
（十六）《賓萌集》六卷；
（十七）《賓萌外集》四卷；
（十八）《春在堂襍文》六編三十七卷補遺六卷；
（十九）《佚文》一卷（即《俞樓襍纂》卷三十五）；
（二十）《四書文》一卷；
（二十一）★《曲園四書文》一卷；
（二十二）《詁經精舍自課文》二卷（即《第一樓叢書》第八種）；
（二十三）《玉堂舊課》一卷（即《俞樓襍纂》卷三十八）；
（二十四）★《曲園課孫草》一卷續一卷；
（二十五）★《曲園擬墨》八册（今合爲一卷）；
（二十六）《春在堂尺牘》七卷（含一卷稿本，情況詳下）；
（二十七）《春在堂楹聯錄存》五卷附錄一卷。

二、上述各書之底本，多爲《春在堂全書》光緒二十五年彙印續刻本。該本書前有朱印一紙，正面爲篆字『殫心著述』，背面爲楷字『光緒二十八年七月／初三日欽奉／上諭有此四字敬刻卷端／以志榮遇／臣俞樾恭記』説明。卷前有《春在堂全書總目（光緒二十五年重定本）》，可知《全書》於光緒二十五年曾加董理。俞樾著作均隨作隨刻，此時當屬彙印，各本版片多爲舊版，後續之作則隨時補入（故稱之爲『彙印續刻本』）。該本版式半葉十行行二十一字，小字雙行同，左右雙邊，此爲清季常見之樣式。

三、上列書名前加★各種，爲非出自《全書》本者，各書版本情況如下：

（一）《金縷曲廿四疊韻》一卷，清光緒十三年刻本。半葉六行，行十八字，小字雙行同。白口，無魚尾。書名葉正面題『金縷曲廿四疊均』、『曲園先生著』，署『門下士宋文蔚謹録』，背面有牌記，題『光緒丁亥中春録版』。全书十九叶，用『仿汉蔡中郎竹册』纸。

（二）《曲園四書文》一卷，清光緒十四年刻本。半葉九行，行二十五字，小字雙行同。白口，單魚尾。書名葉正面題『曲園四書文』，背面題『戊子冬日曲園自署』。首自序一葉，次『曲園四書文目録』二葉。正文共計五十一葉。

（三）《曲園課孫草》二卷，清光緒壬午仲夏常熟抱芳閣刻本。半葉九行，行二十五字。白口，單魚尾。書名葉正面題『曲園課孫艸』，背面有牌記，題『光緒壬午仲夏常熟抱芳閣刊』。首自序一葉，次『曲園課孫草目録』一葉，次『課孫草續刻』目録並跋一葉。正文共計八十葉。

（四）《曲園擬墨》八册，各册葉數不一，版式不盡相同。其一有『戊子九月戲作』篆字刊記，含順天、江南、浙江、福建、河南、湖北闈題十六葉。其二爲『浙江闈題』（書口題名，下同）二葉。其三爲順天、江南、浙江、湖南『己丑闈題』十葉。其四爲『浙江己丑闈題』二葉。其五爲『庚寅擬墨』十一葉。其六爲『曲園擬墨』十三葉，含辛卯江南、江西、浙江卷。其七爲『曲園居士擬墨』十七葉，含癸巳順天、江南、河南、福建、浙江、四川、廣西卷。其八爲乙未會試二葉。合計則有光緒十四年戊子（一八八八）、十五年己丑、十六年庚寅、十七年辛卯、十九年癸巳、二十一年乙未等年之作三十一篇。此次整理合爲一卷。

（五）《春在堂尺牘七》，稿本（日本早稻田大學圖書館藏）。書衣有島田翰所書『俞曲園先生手藁本／春在堂赤牘卷第七』字樣，並『乙巳臘月二十日曲園先生所贈，島田翰彦楨手裝於吳門』題識。冊中計有二十一葉爲半葉九行行二十一字的紅格紙，書口處印有『春在堂寫本』字樣；十二葉爲半葉九行行二十五字的紅格紙，字格上并有小字欄線。另有後一種樣式的空白字紙若干葉。

四、本書參校本主要有以下諸種：

（一）《日損益齋詩鈔》十卷，清咸丰八年（一八五八）刻本。半葉十行，行二十一字，小字雙行同。白口，單魚尾，左右雙邊。首書名葉，題『日損益齋詩鈔』，背面有牌記，題『咸豐八年季夏刊于吳門』。次《日損益齋詩鈔目錄》二葉，十卷各有古今體詩二十四首、六十七首、四十三首、五十八首、七十一首、五十六首、五十七首、六十六首、五十一首、四十一首。次正文，卷端首行題『日損益齋詩鈔卷一』；次行題『德清俞樾蔭甫』，下空三字。卷末尾題『日損益齋詩鈔卷一終』。篇與篇接刻，篇名首行低二格，次行以下低三格，序文均低三格。卷一共十二葉，卷二共二十葉，卷三共十三葉，卷四共二十一葉，卷五共二十三葉，卷六共十八葉，卷七共十八葉，卷八共二十葉，卷九共十九葉，卷十共十三葉。用以校訂《春在堂詩編》、《佚詩》，簡稱『《日鈔》』。餘者收入『詩文輯錄』。

南京图书馆又藏有《日損益齋詩鈔》四卷本，應係十卷本殘存四卷，割裂目錄，以充全本者。

（二）《好學爲福齋詩鈔》三卷，清道光己酉（一八四九）刻本。半葉十行，行二十五字，小字雙行同。白口，單魚尾，左右雙邊。書前有牌記，題『好學爲福齋詩鈔，道光己酉冬月刊，萱蔭山房藏板』。首《序》二葉，署『道光二十九年冬月愚兄孫殿齡拜序』。次正文，卷端首行題『好學爲福齋詩鈔卷一』；次行題『德清俞樾蔭甫』，下空五字。卷末尾題『好學爲福齋詩鈔卷三終』（卷一、卷二末行均爲墨釘）。篇與篇接刻，篇名首行低二格，次行以下低三格，序文均低三格。卷一共十葉，卷二共二十葉，卷三共十二葉。用以校訂《春在堂詩編》、《佚詩》，簡稱『《好鈔》』。餘者收入『詩文輯錄』。

（三）《廣堪小集》一卷，清刻本。半葉九行，行二十五字。白口，單魚尾，四周單邊。首書名葉，題『廣堪小集』，『曲園先生著』，『授業小門生金詠榴謹錄』。卷端題『疊堪字韻詩十九首』，下署『曲園居士』。正文共計九葉，末署『授業小門生金詠榴謹錄』。用以校訂《春在堂詩編》，簡稱『《廣集》』。

（四）《越中紀遊詩》，清光緒丁亥（一八八七）四月寫刻本。封面題『曲園先生于光緒丁亥莫春遊越，其門人宋文蔚寫付梓』，書中宋文蔚敘有『旬有五日而返，僅得其零古詩十有九首』云云。用以校訂《春在堂詩編》，簡稱『單行本』。

（五）《俞樓詩記》一卷，嘉惠堂丁氏刻本。半葉十行，行二十字，小字雙行同。白口，單魚尾，四周雙邊。扉頁背面有牌記，題『嘉惠堂丁氏梓行』。正文前有光緒七年十二月既望徐琪《俞樓詩記序》二葉。《詩記》正文七葉，卷端首題『俞樓詩記』，次行，題『德清俞樾』，下空五字。用以校訂《春在堂詩編》，簡稱『單行本』。

（六）《曲園老人遺墨》一卷，據原稿影印之本。包括《曲園遺詩》書名并正文共六葉，《曲園遺言》

書名并正文共九葉。用以校訂《春在堂詩編》，簡稱『稿本』。餘者收入『詩文輯錄』。

（七）《好學爲福齋文鈔》二卷，清咸豐辛亥（一八五一）刻本。半葉十行，行二十五字。白口，單魚尾，左右雙邊。首書名葉，題『咸豐辛亥仲秋』『好學爲福齋文鈔』『孫萱蔭堂藏板』。次《序》一葉，署『道光二十八年歲在著雍涒灘仲冬之月愚兄孫殿齡拜序』。次《好學爲福齋文鈔目錄》二葉，二卷大體分體編排，共五十二篇。次正文，卷端首行題『好學爲福齋文鈔卷一』；次行題『德清俞樾蔭甫著』，下空四字。卷末尾題『好學爲福齋文鈔卷一終』。每篇自爲起訖，多數不接刻，篇名低二格。卷一共三十葉，卷二共三十三葉。用以校訂《賓萌集》、《佚文》，簡稱『《好文》』。餘者收入『詩文輯錄』。

（八）《草草廬駢體文鈔》二卷，清刻本。半葉十行，行二十五字，小字雙行同。白口，單魚尾，左右雙邊。首書名葉，題『草草廬駢體文鈔』，署『愚兄程廷瑛題』。次《序》二葉，署『道光二十八年歲在戊申愚兄孫殿齡拜序』。次《草草廬駢體文鈔目錄》二葉，二卷大體分體編排，共三十六篇。次正文，卷端首行題『草草廬駢體文鈔卷一』；次行題『德清俞樾蔭甫著』，下空四字。卷末尾題『草草廬駢體文鈔卷二終』（卷一末無尾題）。每篇自爲起訖，不接刻，篇名低二格。卷一共三十葉，卷二共三十七葉。用於校訂《賓萌外集》，校記中簡稱『《草鈔》』。餘者收入『詩文輯錄』。

（九）《日損益齋駢儷文鈔》四卷，清咸豐九年（一八五九）刻本。半葉十行，行二十一字，小字雙行同。白口，單魚尾，左右雙邊。書前有牌記，題『咸豐九年四月栞于吳門厲齋』。首《日損益齋駢儷文鈔目錄》一葉，四卷分體編排，共五十七篇。次正文，卷端首行題『日損益齋駢儷文鈔卷一』；次行題『德清俞樾蔭甫』，下空三字。卷末尾題『日損益齋駢儷文鈔卷一終』。篇與篇接刻，篇名低二格。卷一共十八葉，卷二共二十八葉，卷三共二十八葉，卷四共三十六葉。用於校訂《賓萌外集》，校記中簡稱『《日鈔》』。餘者收入『詩文輯録』。

（十）《春在堂全書校勘記》，清光緒十一年（一八八五）刻本。半葉十行，行二十一字，小字雙行同。白口，單魚尾，左右雙邊。是書爲俞樾弟子蔡啓盛校訂《春在堂全書》之作（時《全書》已成者計有三百二十八卷），附於《全書》之末以行。今分繫相關篇目之末，以便參考。校記中簡稱『《校勘記》』者卽此。

（十一）其他單篇參校用本，則隨文注出。

五、書後附『詩文輯録』，編例另具。又有附録三種，分别收録俞著書前他人所作序文，俞氏逝後親友所作輓言，及傳記資料。

六、俞樾著述好用古字，爲保留作者用字習慣，本次點校未對書中字形作嚴格地統一。

目録

春在堂詩編

乙巳編　春在堂詩編卷二

庚癸編　春在堂詩編卷三

甲丙編　春在堂詩編卷四

丁辛編　春在堂詩編卷五

壬戌編　春在堂詩編卷六

己壬編　春在堂詩編卷七

癸丁編　春在堂詩編卷八

己辛編　春在堂詩編卷九

壬甲編　春在堂詩編卷十

乙丙編　春在堂詩編卷十一

丁巳編　春在堂詩編卷十二

庚辛編　春在堂詩編卷十三

壬癸編　春在堂詩編卷十四

甲丙編　春在堂詩編卷十五

丁戊編　春在堂詩編卷十六

己庚編　春在堂詩編卷十七

壬寅編　春在堂詩編卷十九

甲辰編　春在堂詩編卷二十一

乙巳編　春在堂詩編卷二十二

曲園自述詩

佚詩

吳中唱和詩

集千字文詩

百哀篇

詠物廿一首

小蓬萊謠

春在堂詞錄

春在堂詞錄卷一

春在堂詞録卷二

春在堂詞錄卷三

金縷曲廿四疊韻

百空曲

銘篇

賓萌集卷二　說篇

賓萌集卷三　釋篇

賓萌集卷四　議篇

賓萌集卷五　襍篇

賓萌集卷六　補篇

賓萌外集

賓萌外集卷一

賦

賓萌外集卷二

賓萌外集卷三

序

賓萌外集卷四

序

墓誌銘

春在堂褉文

春在堂褉文卷一

春在堂襍文卷二

春在堂襍文續編卷一

春在堂襍文續編卷二

春在堂襍文續編卷三

春在堂襍文續編卷四

春在堂襍文續編卷五

春在堂襍文三編卷一

春在堂襍文三編卷二

春在堂襍文三編卷三

春在堂襍文三編卷四

春在堂襍文四編卷一

春在堂襍文四編卷二

春在堂襍文四編卷三

春在堂襍文四編卷四

春在堂襍文四編卷五

春在堂襍文四編卷六

春在堂襍文四編卷七

春在堂襍文四編卷八

春在堂襍文五編卷一

春在堂襍文五編卷二

春在堂襍文五編卷三

春在堂襍文五編卷四

春在堂襍文五編卷五

春在堂襍文五編卷六

春在堂襍文五編卷七

春在堂襍文五編卷八

春在堂襍文六編卷一

春在堂襍文六編卷二

春在堂襍文六編卷三

春在堂襍文六編卷四

春在堂襍文六編卷五

春在堂襍文六編卷六

春在堂襍文六編卷七

春在堂襍文六編卷八

春在堂襍文六編卷九

春在堂襍文六編卷十

襍文六編補遺卷一

襍文六編補遺卷二

襍文六編補遺卷三

襍文六編補遺卷四

褋文六編補遺卷五

褋文六編補遺卷六

佚文

四書文

曲園四書文

詁經精舍自課文

詁經精舍自課文卷一

詁經精舍自課文卷二

玉堂舊課

曲園課孫草

曲園擬墨

春在堂尺牘

春在堂尺牘卷一

春在堂尺牘卷二

春在堂尺牘卷三

春在堂尺牘卷四

春在堂尺牘卷五

春在堂尺牘卷六

春在堂尺牘卷七

楹聯錄存

楹聯錄存卷一

楹聯錄存卷二

楹聯録存卷三

楹聯錄存卷四

楹聯錄存卷五

楹聯附錄

詩文輯錄

詩

詞

文

論

辨

書後

記

贊

附錄二　春在堂輓言

附錄三　傳記資料

春在堂詩編

序

文章之事，舉本以賅末，因源以達委。是惟無作，作則不期其工，而天下之工者無以尚。木之大者，參天蔽日，垂蔭十畝，而方春著花，未嘗不旖旎焉；水之大者，包山絡川，溉田千里，而因風起瀾，未嘗不淪漣焉。觀水木，而惟旖旎、淪漣之愛，則與在盆盎、沼沚者何異？惟詩亦然。古之善爲詩者，不於詩乎求也，俶儻之才、英偉之識、深博無涯涘之學，積而不已，則以其餘溢而爲詩，觸境而發，稱心而出，無不曲折而奔赴。斯時，草木萬彙，盡爲我機杼；風雲百怪，皆入我鑪冶。言其所欲言，得其所獨得，無意爲詩而詩工，豈與夫摘章續句、分唐界宋者同日而語哉？德清俞蔭甫太史，向在詞垣有聲，及視學中州，罷歸，僦居吳市，鍵户著書，矻矻不倦，所撰《羣經平議》，闡發故訓，説經家以爲指南；《諸子平議》，屬稿未出，學者延頸企望。余習聞太史名，未獲數見，今年春，制府馬公延主西湖詁經精舍，乃得時相過從。太史課士，崇經術，奬樸學，不徒尚詞章之美，即其所宗主者可知也。一日，偶出所爲《春在堂詩集》示余。余於學無所得，風塵鞅掌，詩又不暇以爲，其何足以知太史之詩哉？然嘗論古作者之恉則有在矣。太史之詩，寓新變於法度之中，發神悟於意象之表，天才雋邁，絶去畛畦，驟讀之，清奇秀拔，若古榦之疏峭而洪波之激盪也。徐測所由，則與余所謂『觸境而發，稱心而出，曲折奔赴，萬象畢會』者乃無不合，是豈猶夫世之爲詩者與？太史曩官京師，不嗜榮利，蕭然有山水志。既歸，徜徉湖山，壹意著述，於名位起落，一不挂懷，此其胷次夷曠，過人絶遠，固宜其詩超出埃壒，而世之僅以詩稱太史者，猶未爲知言也。校刻既成，輒書所見相質。是爲序。同治七年十月中浣，湘鄉楊昌濬撰。

乙甲編　春在堂詩編卷一

蘭陵菊花歌〔一〕

道光乙未歲〔二〕，予年十有五〔三〕，卽侍〔四〕大人讀書於南蘭陵。主人海陽汪君樵鄰〔五〕，喜酒好客，每至菊花時，與客分題選韻〔六〕，有《蘭陵菊社詩》行於世。予時亦有所作，然皆不足存，姑存此〔七〕以志當時裙屐之樂云爾。

秋風秋雨蘭陵城，繞城菊花如雲平。花農擔花入城賣，萬家秋色肩頭輕。殷勤折花向我道，此花不如城外好。士入朱門顏色低，女藏金屋年華老。東門城外竹籬笆，竹籬笆内老夫家。諸君無事試過我，與君徧看城東花〔八〕。書生各有看花癖，一枝短筇幾兩屐〔九〕。花農一見迎花間，笑揀好花指向客。城中愛花不惜花，苦將新樣年年誇。根被鐵絲盤屈曲，枝從瓷斗插横斜〔一〇〕。幾人解看花真面，今來城外真花見。一叢月下舞霓裳，一叢風裏搖金線〔一一〕。獨憐零落滿天星〔一二〕，籬邊瘦影倶伶仃〔一三〕。碩人黄裳豈不貴，妖冶不如尹與邢。霓裳、金線及滿天星，並菊名。〔一四〕萬頃黄花〔一五〕看未足，花農招我坐茆〔一六〕屋。自言抱甕作生涯，纔了春蘭又秋菊。蘭陵城中年少郎，爭選花枝侑客觴。誰料老夫看已厭，落英歲歲春爲糧。話久斜陽上城堞，拗花贈我連枝葉。歸去不知滿袖香，但驚飛滿黄蝴蝶。

【校記】

〔一〕《日鈔》此題爲卷一第一篇，有序。凡有序之詩，《日鈔》均於題下多小字注『有序』。下同，不一一出校。《好鈔》此題爲卷一第一篇，無序。

〔二〕道光乙未歲，《日鈔》無。

〔三〕有五，《日鈔》作『六』。

〔四〕『大人』上，《日鈔》多『家』字。

〔五〕海陽汪君樵鄰，《日鈔》作『汪樵鄰先生』。

〔六〕『韻』下，《日鈔》多『歲訂一編』。

〔七〕『此』下，《日鈔》多『一首』。

〔八〕『與君』句，《日鈔》、《好鈔》作『當爲君烹陽羨茶』。

〔九〕『屐』下，《好鈔》多小注『是日與汪琴軒愷卿侍家君同往』。

〔一〇〕『根被』至『横斜』，《日鈔》、《好鈔》作『磁斗插花配深淺，鐵絲盤梗教横斜』。

〔一一〕『線』下，《日鈔》多小注『皆菊名』。

〔一二〕『星』下，《日鈔》多小注『亦菊名，小而黄，所謂鞠有黄華者，殆即此種也』。《好鈔》小注無『亦』字。

〔一三〕『籬邊』句，《好鈔》作『籬根寂寞無人經』。

〔一四〕『霓裳』至『菊名』，《日鈔》、《好鈔》無。

〔一五〕花，《日鈔》、《好鈔》作『華』。

〔一六〕茆，《日鈔》、《好鈔》作『茅』。

丁酉鄉試，廁名副榜，漫書數語〔一〕

嫦娥愛惜月中桂，乃煩玉斧分吳剛。嗟我不才更年少，得此已覺非所望。食鷄棄肋亦可惜，捉虎持頭何敢當。畫工愛作不了樹，美人喜爲半面妝。獨念男兒恥遲暮，青雲努力爭先路。他日終當傲沈崧，我亦月宮游兩度。

【校記】

〔一〕《日鈔》此題作『丁酉浙闈榜發，倖副賢書，漫書數語』，爲卷一第二篇。《好鈔》此題作『丁酉榜發中副，漫書數語』，爲卷一第二篇。與此詩大不同，詳見『詩文輯録』。

梅花〔一〕

紫萬紅千夢已闌，天留冷豔雪中看。頗參遷史三分潔，也學郊詩一味寒。清友林間如爾少，素交世上得人難。風流我笑明皇假，不愛梅花愛牡丹。

【校記】

〔一〕《日鈔》此題爲卷一第三篇。《好鈔》此題爲卷一第三篇，較《詩編》多一律，詳見『詩文輯録』。

聞戒篇〔一〕

辛丑八月，海氛甚惡。余僑寓仁和之臨平，其地距尖山海口百里而近，議者以爲危。聞見所及，爲詩四章，題曰『聞戒』〔二〕。

衝飈海外〔三〕起，宿鳥林中〔四〕飛〔五〕。吾〔六〕家環堵室，無事不啓扉。昨聞海氛惡，出門問是非。是時天戒寒，雨後日色微。傳呼縣官來，父老迎旌旗〔七〕。官言寇甚急，一方如病痱。止〔八〕可守鄉里，去此將何依。爾曹各努力，學著短後衣。嗚呼三鎮兵，甲冑老生蟣〔九〕。一朝盡敗没，火伴歸者稀〔一〇〕。吾民素〔一一〕恇怯，豈足張兵威〔一二〕。

不聞舂爾糧，不見治爾裝。老幼一船載，不知往何方。皆云寇且至，安問梓與桑。復有多田翁，欲去憂〔一三〕田荒。姑且營菟裘，一椽租山鄉。那知山中地，狐狸而豺狼。有朝伏莽起，空爾橐與囊。客自杭州來，亦言〔一四〕如蜩螗。十室九則空，存者心傍徨〔一五〕。頓令數日内，價高黃頭郎〔一六〕。噫嘻〔一七〕此何象，平日真羲黃。

軍門下一檄，爾民其偕來。遂令草莽臣，競拜御史臺。周生何齗齗，雲笈孝廉〔一八〕。大吏曰爾才。畀〔一九〕爾銀一流，聊治酒一杯。爲我酌鄉里，毋或生疑猜。人各自爲守，寇來何有哉。長揖謝大吏，敢弗竭駑駘。退而謀之衆，衆皆癲如雷。小市鑄劍戟，健兒集輿儓。聚欜夜數輩，磨盾日幾回。一笑語諸公，公等皆將材。

我家烏山下，尚有屋數間。此邦既諠閧，不如歸故山。艤舟柴門外，迎者雙白鷴。室中舊木榻，門上新銅鍰。奴樵山之麓，婢釣谿之灣。東家刈稻去，西家采菱還。是時新穀入，農務方就閑。家家招食新，村酒盛花蠻〔二〇〕。頗怪避地客，日日來敂關。已聞命召虎，未見朝侯狦〔二一〕。太息勿復道，吾其田間跧〔二二〕。

【校記】

〔一〕《日鈔》、《好鈔》此題作『聞戒詩』，爲卷一第六篇。

〔二〕《日鈔》序作『辛丑八月，浙中戒嚴，而臨平距尖山海口百里而近，議者以爲危。余僑寓於此，聞見所及，爲詩四章，題曰聞戒』。《好鈔》無『題曰聞戒』。

〔三〕海外，《日鈔》、《好鈔》作『千里』。

〔四〕宿鳥林中，《日鈔》、《好鈔》作『林中宿鳥』。

〔五〕『飛』下，《日鈔》、《好鈔》多『驚濤萬丈立，水中恬鱗稀』一聯。

〔六〕吾，《日鈔》、《好鈔》作『我』。

〔七〕旗，《日鈔》、《好鈔》作『旂』。

〔八〕止，《好鈔》作『祇』。

〔九〕『蟣』下，《日鈔》、《好鈔》多小注『叶』。

〔一〇〕『火伴』句，《日鈔》、《好鈔》作『存者其幾希』。

〔一一〕素，《日鈔》、《好鈔》作『徒』。

〔一二〕『豈足』句，《日鈔》、《好鈔》作『何以赴戎機』。

〔一三〕憂，《日鈔》、《好鈔》作「愁」。

〔一四〕言，《日鈔》、《好鈔》作「云」。

〔一五〕心傍徨，《日鈔》作「皆恇慞」，《好鈔》作「失林麞」。

〔一六〕「郎」下，《日鈔》、《好鈔》多「城中何所見，擔夫爭道忙」一聯。

〔一七〕嘻，《好鈔》作「噫」。

〔一八〕孝廉，《好鈔》無。

〔一九〕畀，原作「卑」，據《校勘記》改。

〔二〇〕「蠻」下，《日鈔》、《好鈔》多「但覺户可封，那知甲尚擐」一聯。

〔二一〕「狦」下，《好鈔》多「山中自麇鹿，世上仍豺獌」一聯。

〔二二〕「跧」下，《日鈔》多小注「叶阻頑切」。《好鈔》無「叶」字。

二喬觀兵書圖〔一〕

長沙桓王美如玉，轉鬬江東旗鼓肅。同年公瑾亦翩翩，風流妙解尊前曲。何來嬌女豔如花，出自睢〔二〕陽太傅家。一戰皖城齊解甲，雙雙迎取七香車。香車迎到紅絲繫，除卻猘兒誰與儷〔三〕。小妹絲蘿託〔四〕護軍，從今臣主稱僚壻〔五〕。羽檄紛紜無日虛，孫郎正讀左公書。已知馬上非徒武，肯道蛾眉便不如。不鈔司馬長門賦，不寫班姬紈扇句。閑來喜讀十三篇，閨中手錄曹公注。曹公當日負雄才，鄴下新營銅雀臺。想見笙歌迎吉利，春風諸舍一齊開。其中豈少春風〔六〕面，丞相惟將歌舞選。轉眼西陵松柏高，分香賣履徒留戀。東吴女子獨英雄，絮語能將兵法通。何怪蜈姬喜擐甲，劉郎膽落贅吴宫。迄今留得丹青在，明眸皓齒儼相對。休將蜀殿玉人誇，未許魏宫瓊樹配。走也嶔崎磊落〔七〕人，披圖平視學劉楨。勸君莫當真真唤，怕被君家樊素嗔。

【校記】

〔一〕《日鈔》、《好鈔》題作『二喬觀兵圖爲友人題』，爲卷一第八篇。

〔二〕睢，原作『睢』，據《校勘記》改。

〔三〕『除卻』句，《日鈔》、《好鈔》作『不料猘兒真快壻』。

〔四〕託，《日鈔》、《好鈔》作『締』。

〔五〕『從今』句，《日鈔》、《好鈔》作『護軍年少三公裔』。

〔六〕春風，《日鈔》、《好鈔》作『芙蓉』。

〔七〕磊落，《好鈔》作『可笑』。

金少參遺印歌〔一〕

公諱九陛，字允納〔二〕，滁之全椒人。明萬曆四十三年領鄉薦，過魏璫祠，不拜，緣是黜。崇禎初，副南宫，授棗陽令。會流寇蹂楚中，公以護顯陵功擢南光禄大官署正，累以軍功晉階，至布政司參議，會推贛南巡撫，病不能赴。逾年而有甲申之變，以憂卒。公六世孫曰望欣者〔三〕於市肆得公名〔四〕印，鐫『金九陛印』四字〔五〕，徧徵題詠，因爲之歌〔六〕。

劫火一燒盡土梗，大官印綬可易餅。此印護持有鬼神，不惟其物惟其人。惟公生值明運否，委鬼當頭壓天子。道旁敕建廠臣祠，伏而拜者金與紫。公時方與計吏偕，驅車過之不爲止。五虎五彪競鬻人，爾曹所恃冰山耳。冰山見晛果然消，爭看新政思陵朝。那知逆案定未久，中原盜起如牛毛。幾輩腰間印如斗，不能爲國殲〔七〕羣醜。議勦議撫徒紛紛，到處枯城愁不守〔八〕。而公飛舄來棗陽，棗陽之固成金湯。老羆高臥〔九〕敵膽破，脱兔突出〔一〇〕軍容強。寇來欲過不敢過，護陵功大非尋常。自此崎嶇十餘載，公之宦迹彰彰〔一一〕在。偶然榷〔一二〕稅北新關，一祠清惠留遺〔一三〕愛〔一四〕。惜公負長材，節鉞頒未逮。解印歸來病已深，坐看金甌欲缺徒增慨。一缺金甌不復完，驚聞蛾賊滿長安。鼎湖龍去攀無及，公亦飄然歸跨蓬山鸞。公功洵足光日月，公名惜未登史册〔一五〕。不圖小印鐫公名，二百餘年歸趙璧。嗚呼！魏公笏，重直臣，公以忤璫斥，非徒披逆鱗。武衛槍，褒戰績，公以護陵顯，不〔一六〕僅摧強敵。寄語文孫好護持，楚弓復得誰爲之？不見歲星降精化作祖龍璽，迄今存否無人知。

【校記】

〔一〕《日鈔》、《好鈔》此題爲卷一第十篇。『參』下，《日鈔》、《好鈔》多『公』。

〔二〕『納』下，《日鈔》、《好鈔》多『號樊桐』。

〔三〕曰望欣者，《日鈔》、《好鈔》作『桐孫先生望華』。

〔四〕名，《日鈔》、《好鈔》作『斯』。

〔五〕『字』下，《日鈔》、《好鈔》多『與其兄禺谷年丈望欣』。

〔六〕因爲之歌，《日鈔》、《好鈔》作『因賦長歌一章，以誌景仰』。

〔七〕殲，《日鈔》作『除』，《好鈔》作『殄』。

〔八〕『到處』句，《日鈔》作『滿天烽火能消否』，《好鈔》作『顯陵烽火能消否』。
〔九〕老羆高臥，《日鈔》、《好鈔》作『逢老羆臥』。
〔一〇〕脱兔突出，《日鈔》、《好鈔》作『拔拒馬戰』。
〔一一〕彰彰，《好鈔》作『分明』。
〔一二〕榷，原作『推』，據《校勘記》改。
〔一三〕遺，《日鈔》、《好鈔》作『餘』。
〔一四〕『愛』下，《日鈔》、《好鈔》多小注『公曾榷杭州北新關税，商民德之，爲公建祠曰清惠』。
〔一五〕册，《日鈔》、《好鈔》作『策』。
〔一六〕不，《日鈔》、《好鈔》作『非』。

箭豬〔一〕

辛丑冬，大雨雪〔二〕。德清鄉間忽來一物，如豬而巨，竊食羊豕，能激豪〔三〕射人。鄉人聚衆斃之，莫知何物。實卽箭豬也〔四〕。因〔五〕賦詩紀之。

積雪没至脛，百獸山中藏。不知是何物，食我檻下羊。伺之物果至，搖尾踰我墻。謂貛頭不黑，謂縠腰不黃。謂猲喙不短，謂貁尾不長。但見毛毿然，乃有尺半強。其本白而密，其端黑有鋩。一夫攘臂進，頗思斧其吭。不能制彼命，而反爲彼傷。是物偏體豪〔六〕，有如萬弩張。既異蝟毛細，更較豕鬣剛。肌膚傷猶可，而乃集於眶。相顧盡失色，失色行踉蹌。踉蹌走相告，環環聚一鄉。有竹縳〔七〕狼筅，無木刳馬枊。青石卽利鏃，白棓皆長槍。爾角我則掎，爾鈎我則鑲。近者備其攻，遠者防其颺。是物失所恃，負怒逾跳踉。始若戰沙虎，繼若失林麞。無何鋭亦盡，惟賸毛氄囊。驅以鐵鉆鉾，縶以木倉琅。父老扶杖看，兒童磨刀忙〔八〕。遠近齊來問〔九〕，乍見〔一〇〕猶恇恇。究之是何物，有目皆如盲〔一一〕。我讀山海經，偶出一語商〔一二〕。竹山有豪彘，非豺復非狼。能以豪射人，見者走且僵。吳楚曰鸞豬，茲土乃吳疆。得毋卽此物，出爲居民殃。又讀粵新語，語較山經詳。云此名箭豬，其生在南方。借問始何物，則在水中央。既非四足鮪，又非一脊鯧。厥名曰泡魚，不入羣魚倉。生於南海中，潮汐乘洸洋。鯤鵬有變化，是亦物理常。而何一變後，偏體如鍼芒。乃知天生物，怪哉不可量。一編異物志，安得云荒唐。吾詩非務博，聊復搜枯腸。萬事想當然，且學蘇賢良。

【校記】

〔一〕《日鈔》、《好鈔》此題爲卷一第十二篇。

〔二〕『辛』至『雪』，《日鈔》、《好鈔》無。

〔三〕豪，《日鈔》、《好鈔》作『毫』。

〔四〕『莫』至『也』，《好鈔》作『莫知爲何物也。余據《廣東新語》名之曰箭豬』。

〔五〕因，《好鈔》無。

〔六〕豪，《日鈔》、《好鈔》作『毫』。

〔七〕縳，《好鈔》作『縛』。

〔八〕『忙』下，《日鈔》多『頭縱防風大，尾敢蚩尤狂。神盡黃熊死，鬼哭青牛亡。大風吹不活，棄之碌礴場。肉付烏鳶飽，血任螻蟻嘗』。付，《好鈔》作『既』；任，《好鈔》作『亦』。

〔九〕 問，《日鈔》、《好鈔》作『觀』。
〔一〇〕 乍見，《日鈔》、《好鈔》作『觀者』。
〔一一〕 『盲』下，《日鈔》、《好鈔》多小注『叶謨郎切』。
〔一二〕 『偶出』句，《日鈔》、《好鈔》作『一語聊相商』。

題沈東江先生手卷後〔一〕

先生名謙，字去矜，仁和之〔二〕臨平〔三〕人。明季諸生也。此卷五言詩四十〔四〕首，乃先生〔五〕避兵寒山，有髑髏觸舟，感而錄此。今藏金君〔六〕雨香〔七〕家。余得觀焉，因題其後〔八〕。

東江有遺老，蹤跡託垂綸。自署東江漁者。烽火驚殘劫，飄零賸此身。小朝惟〔九〕白版，羣盜尚黃巾〔一〇〕。無限滄桑感，高歌泣鬼神。

一棹寒山路，淒涼事怕論。亂離將半世，慘淡此孤村〔一一〕。月落黑無色，燐飛青有痕。潛行杜陵叟，對此欲消魂〔一二〕。

先生中夜起，老淚滿衣裳。袖裏新詩本，人間古戰場。一箋和恨寫，五字抵城長。豈比窮途慟，徒成阮籍〔一三〕狂。

我亦東湖住，遲公二百年。河山無涕淚，文字有因緣〔一四〕。遺墨留猶在，佳城築尚堅。何當一樽酒，酹向夕陽天。

【校記】

〔一〕《日鈔》、《好鈔》此題爲卷一第十三篇。後，《日鈔》、《好鈔》無。

〔二〕之，《日鈔》無。

〔三〕「平」下，《日鈔》、《好鈔》多「鎮」。

〔四〕十，《好鈔》無。

〔五〕「乃先生」，《好鈔》無。「生」下，《日鈔》多「順治四年」，《好鈔》誤作「順治四十年」。

〔六〕君，《日鈔》、《好鈔》無。

〔七〕「香」下，《日鈔》多「先生」，《好鈔》多「丈（楹）」。

〔八〕「余」至「後」，《日鈔》、《好鈔》無。

〔九〕惟，《日鈔》作「猶」。

〔一〇〕「小」至「巾」，《好鈔》作「銅仙猶戀漢，金鏡已亡秦」。

〔一一〕「亂」至「村」，《好鈔》作「燕垂難避世，楚些待招魂」。

〔一二〕欲消魂，《好鈔》作「定聲吞」。

〔一三〕籍，原作「藉」，據《校勘記》改。

〔一四〕「我」至「緣」，《好鈔》作「過眼搃雲烟，悤悤二百年。不歸遼海鶴，空泣蜀山鵑」。

擬宮詞〔一〕

一入長門春復秋，鐘聲愛聽景陽樓。紅顏甘爲君王老，未肯題詩寄御溝。

【校記】

〔一〕《日鈔》、《好鈔》此題爲卷一第十五篇。

癸卯仲冬，將有江右之行，親串置酒爲别，賦此奉酬〔一〕

自從罷作蘭陵遊，伏處已閲三春秋〔二〕。貧賤依人不自主，悤悤催上西江舟。諸君餞我酒一杯，賤子自慚非酒魁。眼底且喜故人對，眉頭聊博今朝開。噫嘻，人生離别鎮常有，百年豈便一株守。健者當爲黄鵠飛，鄙人合署馬牛走。聽唱陽關弟〔三〕四聲，酒杯到手莫逡巡。酒闌人散一分手，從此東西南北人。

【校記】

〔一〕《日鈔》、《好鈔》此題爲卷二第一篇。「癸卯仲冬」，《日鈔》、《好鈔》作「仲冬初吉」。

〔二〕「秋」下，《好鈔》多小注「余侍大人于毗陵五年」。

〔三〕弟，《日鈔》、《好鈔》作「第」。

七里瀧〔一〕

一灘兩灘灘灘灘〔二〕高，撐折千張萬張篙。遊子驚起坐篷〔三〕底，無乃走入山之尻。或絢爛如齊女繡，或奇怪如楚匠鉋。或勢嶙峋山骨凸〔四〕，或狀磊落〔五〕石面皺。旁列劍鋩山萬朵，中流衣帶水一條。不必移以秦皇鐸，頗能容得夏后橇。峯迎人起若無路，帆隨峯轉仍通橈。書生例有看山癖，那怕吹面風刁刁。山中亦復有人迹，崎嶇一徑横山腰。頗疑〔六〕有人出採藥，又見〔七〕有屋新誅茅。所惜風利不得泊，麤履未躡南陽苞。俯視此水亦清絶，波瀾如索加以綯。戢戢魚或露白鬣，磷磷石欲生紫藨。世人畏見嚴先生，此下過者皆如逃。那知世間佳山水，良亦不顧俗眼遭。誰與〔八〕欲買此山隱，吾兄不媿人中豪。壬甫兄去年自江右與余書，極言〔九〕七里瀧之勝，有『築室〔一〇〕老此中』之語〔一一〕。人生束髮事名利，何異牛馬居闌牢。卽使百齡守簪笏，未若半席分漁樵。題詩并與山靈〔一二〕約，他年築屋名雲巢。

【校記】

〔一〕《日鈔》、《好鈔》此題爲卷二第七篇。

〔二〕末『灘』字，《好鈔》作『澌』。

〔三〕篷，原作『蓬』，據《校勘記》改。

〔四〕凸，《好鈔》作『露』。

〔五〕磊落，《好鈔》作『突兀』。

〔六〕疑，《日鈔》作『覺』；《好鈔》作『如』。

〔七〕又見，《日鈔》作『更看』；《好鈔》作『更如』。

〔八〕與，《日鈔》、《好鈔》作『歟』。

〔九〕言，《日鈔》、《好鈔》作『道』。

〔一〇〕室，《日鈔》、《好鈔》作『屋』。

〔一一〕語，《日鈔》作「意」。
〔一二〕靈，《日鈔》、《好鈔》作「林」。

釣臺〔一〕

大澤茫茫一釣綸，空勞天子降蒲輪。如何赤伏陳符者，也是當年同學人。

【校記】
〔一〕《日鈔》、《好鈔》此題爲卷二第八篇，較《詩編》多序，并多詩三首，詳見「詩文輯錄」。

白雲原在釣臺西，唐處士方干隱處〔一〕。

福命生前薄，文章死後靈。想因雲太白，不許便成青。

【校記】
〔一〕《日鈔》、《好鈔》此題爲卷二第十篇。

徐偃王祠〔一〕

朝發龍游縣，小泊徐王祠。云祀徐偃王，舊有昌黎碑。巖巖姑蔑城，荒荒大末〔二〕墟。書生弔古意，不禁爲長噫。穆王昔盤游，萬里一日馳。王乃竊仁義，乘間起東陲。三十六諸侯，以術牢籠之。朱弓得既久，白蕺歸猶遲。以此盜神器，豈曰非其時。如何一戰後，狼狽遂難支。有筋無骨軀，徒餧鯤與鰤。或云婦人仁，豈有萬世規。有衆不忍鬭，王死殊堪悲。不知殺身慘，良由舉事乖。既作東侯長，當扶西京衰。曷不學蔡〔三〕公，微諷匈天詩。而乃效后羿〔四〕，妄興窮石師。目僅可瞻馬，安能揮熊羆。祀既百蟲絶，身亦沉鴟夷〔五〕。昌黎作此碑，雖頌而實嗤。徒與嬴秦氏，仁暴爭銖錙。捍禦一無有，忝嘗夫豈宜。如何千載下〔六〕，遺址猶未攲。試問穆天子，誰奠牲與犧。豈非鵠蒼銜，轉勝丹朱儀。長歌未及竟，舟子催解維。疾風打頭起，如見來雲旗。

【校記】

〔一〕《日鈔》此題爲卷二第十一篇，《好鈔》爲卷二第十三篇。

〔二〕大末，《日鈔》作『太末』，《好鈔》作『太末』。

〔三〕蔡，《好鈔》作『祭』。

〔四〕羿，原作『羿』，據《校勘記》改。

〔五〕夷，《好鈔》作『夸』。

〔六〕下，《好鈔》作『後』。

灘行曲〔一〕

天風蓬蓬吹上頭，江水汩汩走下流。十里五里作一束，三老失色長年愁。長年衩〔二〕衣立篷〔三〕

底，持篙終日身傴僂。既憐重如挽牛弩，更訝輕若盤蛇矛。一灘纔過一灘又〔四〕，灘聲化作風颼飀〔五〕。織成一幅光明錦，抛出千點琉璃球。水中之石何磊磊〔六〕，飛澇日夜恣〔七〕簸蹂。直如山徑走犖确，豈復江面行夷猶。長繩曳舟舟不動，短篙撐舟舟仍留。竟須大力負之走，入水學作吳兒泅〔八〕。南人乘船如騎馬，日月跳擲乾坤浮。天公有意弄奇局，乃於水底生贅瘤。移山那有夸娥子，貸水更無監河侯。卽使舟輕似〔九〕赤馬，何堪灘險如黄牛。我以丁丑發桐廬，始於庚辰至龍游。自庚迄癸又四日，計程猶未過衢州。黄頭郎既〔一〇〕絶有力，青膚婦亦工操舟。而乃入險復出險，迂迴不復能豫謀〔一一〕。殷勤酌酒勞僮僕，勿言骫兀今番尤。平生忠信頗自負，風波雖險何足憂。再拚灘行四五日，山中穩坐青竹兜。

【校記】

〔一〕《日鈔》此題爲卷二第十二篇，《好鈔》爲卷二第十四篇。

〔二〕衩，《好鈔》作「釵」。

〔三〕篷，原作「蓬」，據《校勘記》改。

〔四〕又，《好鈔》作「起」。

〔五〕飀，《日鈔》、《好鈔》作「颼」。

〔六〕磊磊，《日鈔》、《好鈔》作「纍纍」。

〔七〕恣，《日鈔》作「相」。

〔八〕「泅」下，《好鈔》多「安得青銅塗兩腳，早憐赤脈貫雙眸」。

〔九〕似，《好鈔》作「等」。

〔一〇〕既，《日鈔》、《好鈔》作「固」。

〔一一〕『謀』下，《好鈔》多『淺水更苦水碓急，逆風又值風帆稠』。

由三里灘坐小舟至常山〔一〕

千山萬山裏，乘舟曲折來。路餘三里近，力仗一夫推。舟小甚，一夫〔二〕推之行。深壑呼能應，層巒到始開。太行有盤谷，未抵此紆迴。

【校記】

〔一〕《日鈔》此題爲卷二第十三篇，《好鈔》爲卷二第十六篇。

〔二〕夫，《日鈔》、《好鈔》作『人』。

甘露謠〔一〕

癸卯仲冬〔二〕，葬我〔三〕先祖南莊府君，自始斬板以迄于封日，有甘露降宰樹。時樾已至江右〔四〕，大人〔五〕書來言之，敬爲謠曰〔六〕：

皇帝在位二十三年冬，甘露降于〔七〕德清東門東。東門之東何處得甘露，于我先祖南莊府君墓。是時正營馬鬣封，而乃靈靈日降墳前樹。恭聞甘露，軒轅之精，或以瑪瑙貯，或以琉璃盛。吉雲之國遠難到，天乳之星久不明，世間安得有露甘如餳？美哉吾家一抔土，乃是地之搖山，天之平圃。不信但問墓大夫，日日甘露自晨流到午。烏乎〔八〕！吾家久住巾山陽，一經世守兼農桑。南莊府君挺奇質，乃蓄道德能文章。懷瑜握瑾，必有光芒。積善累行，必有休〔九〕祥。自非君子之澤流能長，何以露華箸〔一〇〕樹成瓊漿？小子樾，愚無識。上願〔一一〕國家翔機集嘏千萬年，下願吾家子孫〔一二〕永永食舊德。

【校記】

〔一〕《日鈔》此題爲卷二第十六篇，《好鈔》爲卷二第十九篇。

〔二〕癸卯仲冬，《好鈔》作『十有一月』。

〔三〕我，《日鈔》、《好鈔》無。

〔四〕江右，《好鈔》作『懷玉』。

〔五〕大人，《日鈔》作『家君』。

〔六〕謠曰，《日鈔》作『賦甘露謠』，《好鈔》作『甘露謠』。

〔七〕『于』下，《日鈔》、《好鈔》多『吳興』。

〔八〕烏乎，《日鈔》、《好鈔》作『嗚呼』。

〔九〕休，《日鈔》作『禎』。

〔一〇〕箸，《日鈔》、《好鈔》作『著』。

〔一一〕『願』下，《日鈔》、《好鈔》多『我』字。

〔一二〕子孫，《日鈔》、《好鈔》作『子子孫孫』。

齊物詩〔一〕

茫茫滄海幾生塵，世事何勞苦認真。仙佛終須隨劫盡，蚊虻也得逐年新。

萬人如海浩無邊，身作飄颻〔二〕不繫船。相守百年都是夢，偶同一飯莫非緣。〔三〕

休〔四〕將憔悴感生平，眼底榮枯頗不驚。萬蠟高燒終是夜，一燈孤對也能明。

莫與癡人細較量，吾生何處不徜徉。出門一步便爲遠，作客十年未是長。

呼馬呼牛總此身，悠悠俗論未爲真。周公也有流言日，盜跖非無慕〔五〕義人。

忘機底事更疑猜，私智難將造化推。麟出何嘗皆是瑞，蝝生亦或不爲災。〔六〕

覆雨翻雲幻蜃樓，人生何處説恩讎。戲場亦有真歌泣，骨肉非無假應酬。

處世休憑意氣雄，須知事理總無窮〔七〕。輪蹄易徧九州内，足跡難周一室中。

世間倚伏本相因，何處亨衢何處屯〔八〕。烏喙毒偏〔九〕能治病，馬肝美或竟傷人。〔一〇〕

【校記】

〔一〕《日鈔》此題爲卷二第二十二篇，《好鈔》爲卷二第二十七篇。

〔二〕飄，《日鈔》、《好鈔》作『飄』。

〔三〕《日鈔》、《好鈔》此下多一絶，詳見『詩文輯錄』。

〔四〕休，《好鈔》作『莫』。

〔五〕 慕，《好鈔》作『誦』。
〔六〕 《好鈔》此首作『郭郎鮑老漫相譏，入世何爭瘠與肥。累將重侯科第賤，窮鄉僻壤秀才稀』。
〔七〕 『處』至『窮』，《好鈔》作『莫笑龍鍾田舍翁，秦皇漢武也成空』。
〔八〕 『何』至『屯』，《日鈔》作『未必皆亨未必屯』。
〔九〕 偏，原作『徧』，據《校勘記》改。
〔一〇〕 《好鈔》無此首。

讀經偶得〔一〕

禮非自天降，乃自人情生〔二〕。近情非其至，此語使我驚。及讀曲禮篇，而識禮之宏。共飯手毋澤，竝坐肱毋横。爲主毋叱狗，爲客毋絮羹。入户視必下，登堂揚其聲。大哉聖人禮，一一如人情。惟其如人情，萬世莫之異。瑣屑諸儀文，已作芻狗棄。乃知不近情，轉非禮之至。〔三〕

天地一巨物，有始必有終。一十二萬年〔四〕，何〔五〕異水流東。水流不復返，聖人憂其窮。故以一需卦，繼彼屯與蒙。需有待之義，勿遽言擴充。士處苟未病，何必深其宫。腥食苟未厭，何必尸其饔。此義誰知之，知者惟羲農。故其治天下，不求赫赫功。生不知不識，死不樹不封。文章與禮樂，不及後世工。人謂大缺陷，我謂真英雄。不飲過量酒，不彎滿石弓。惟其有未至，是以可加隆。極盛無以加，必至大亂從。月盈魄已見，陽盛陰已鍾。一日之有夜，一年之有冬。不留其有餘，天地無以供。所以魯兩生，無取叔孫通〔六〕。

六經皆可注，不可注者詩。詩人化爲土，千古存其辭。其辭雖可讀，其義不可思。即如谷風篇，云是棄婦爲。而婦見棄故，孔子不必知。今欲求其解，豈可空言治。涇渭何所指，方舟何所施。必其家庭事，瑣屑皆得之。而後此詩義，明白無所〔七〕疑。不然詩雖存，詩義終支離〔八〕。

論語首學而，其教先自治。繼之以爲政，而後論所施。孟子則不然，所重在救時。知言與養氣，姑弗遽及斯。先載齊與梁，兩君問答詞〔九〕。其於本末間，似乎倒〔一〇〕置之。尼山與鄒嶧，同爲萬世師。何敢妄擬議，願爲深長思。

孟子游齊梁，初不言井田。及遇滕世子，始以此告焉。故知井田者，一壞不復全。齊梁兩大國，壤地逾數千。豈能細擘畫，使如三代前。滕則蕞爾國，小若彈丸圓。地近制易及，人少法易傳。姑爲小試之，聊使根本堅。介於齊楚間，或可旦夕延。要其論王政，豈在此戔戔。後世大一統，地盡垓與埏。而去聖人世，則又千百年。張子雖大儒，未若孟子賢。乃謂治天下，必以此爲先。世雖不吾信，吾志終弗遷。行當與學者，共買地一阡。畫之使爲井，八家相鈎連。家塾夜橫經，鄉飲朝開筵。使知古可復，所苦惟無權。吾〔一一〕昔讀至此，未敢信其然。一鄉與天下，相去猶天淵。不見王荆公，新法手自編。施之於鄞縣，鄞縣稱其便。施之於天下，天下攻其偏。

【校記】

〔一〕《日鈔》題作『讀經』，爲卷二第二十四篇。又『論語』、『孟子』兩首，《日鈔》爲卷四第四十篇《偶得》之一與之三。《日鈔》『讀經』、『偶得』兩題，較《詩編》此題多兩首，詳見『詩文輯錄』。《好鈔》題作『讀經』，爲卷二第三十篇，較《詩編》此題多三首，詳見『詩文輯錄』。

〔二〕　乃自人情生，《日鈔》、《好鈔》作『乃是由人生』。

〔三〕　『至』下，《好鈔》多『天子被衮立，侯氏執玉趨。天子曰非他，伯父來覲余。我昔讀至此，不覺爲軒渠。此語口授口，傳自制禮初。成康與幽厲，出口如合符。年年當秋覲，依樣描葫蘆。藉非作優孟，何以增損無。偉哉古聖人，真與天爲徒。將驅萬萬古，而爲塊壘乎』一段。

〔四〕　年，《日鈔》、《好鈔》作『歲』。

〔五〕　何，《日鈔》、《好鈔》作『無』。

〔六〕　『故以』以下，《日鈔》、《好鈔》作『小畜與大畜，著之周易中。畜有止之義，大哉聖人功。譬如滿屋錢，一撒（《好鈔》作『撤』）手即空。姑且省稽用，學作田舍翁。此義誰知之，知者（《好鈔》作『之』）惟（《好鈔》作『乃』）羲農。故其治天下，止（《好鈔》作『祇』）守屯與蒙。生不知不識，死不樹不封。文章與禮樂，不及後人（《好鈔》作『世』）工。人謂大缺陷，我謂真英雄。不飲過量酒，不彎滿石弓。惟其有未至，是以可加隆。極盛無以加，必（《好鈔》作『乃』）至大亂從。皇天偶（《好鈔》作『不』）喜（《好鈔》作『曉』）事，乃（《好鈔》作『忽』）生一周公。既而自知誤，又生一祖龍。盡取其禮樂，付之一炬紅。而何西京初，又有叔孫通。』《日鈔》此首爲之四，《好鈔》此首爲之六。

〔七〕　所，《日鈔》、《好鈔》作『復』。

〔八〕　《日鈔》此首爲之二，《好鈔》此首爲之三。『離』下，《好鈔》多『春秋而無傳，孰能與於斯』。

〔九〕　詞，《日鈔》作『辭』。

〔一〇〕　倒，原本作『到』，據《日鈔》改。

〔一一〕　吾，《日鈔》作『我』。

有物如蟢子而大，能螫人影，夜數見之，不知何物也。賦詩惡之〔一〕

唐堯天子且有蠍，而況齷齪如吾徒。夜深擕燈照四壁，壁間有物形模糊。大者如盤小者盌，六足窸窣雙拑麤。吾讀爾雅苦未熟，爾雖有名無由呼。獨念爾非踏影蟲，又非蠼螋與短狐。杜伯之鈎斮父斧，不過傷人肌與膚。爾何螫人慣螫影，燭奴燈婢其何辜。嘗聞古有王〔二〕山人，能相人影分榮枯。可知形影非二物，豈堪與爾爲鉗奴。世間儻有張三影，坐教側目如愁胡。吾欲滅燭學嵇康，自覺悻悻非丈夫。行步顧影學何晏，畏首畏尾非良圖〔三〕。不如置我天地中，建木千尋影則無。

【校記】

〔一〕《日鈔》此題爲卷二第二十五篇，《好鈔》爲卷二第三十一篇。『如』下，《好鈔》多『大』字。何物，《日鈔》、《好鈔》作『其何名』。

〔二〕王，《好鈔》作『玉』。

〔三〕『畏首』句，《好鈔》作『吾面又未將粉塗』。

記杭州近事，時甲辰二月〔一〕

二月丁未天初晴，大風吹動杭州城。黃沙四飛屋瓦走，空中疑有百萬兵。風過滿城説異事，天竺山中黑雲生。黑雲忽低紅光出，紅光旋淡白光明。白光走入西湖水，湖水從之空中行。一株樟樹隨水起，滿城枝葉飛縱横。吾聞樟樹頗神異，大者能與蛟龍爭。得無神龍取水與樹鬬，但恨不知誰輸贏。又越五日月之望，麗譙初打〔二〕蝦蟆更〔三〕。居人望見馬坡巷，黑烟滚滚吹如飇。頗疑回祿降聆〔四〕遂，萬夫走救鳴銅鉦。那知風雨忽然至，更兼硬雨如彈抨。雷公執椎左提鼓，依依格格雌雄鳴。競傳雷燒火藥局，局即在馬坡巷〔五〕。風烟眯目都成盲。霽後大官走馬看，棟宇盡失墻垣平。城外觀者入城問，誰家拔宅上玉京。陰虯陽馬隨風起，竟如廖〔六〕廓翔鵾鵬。又言風雨未起時，先有瑞氣空〔七〕中呈。蓮花一朶落城上，誤喜佛至焚香迎。烏乎〔八〕！世間怪事乃有此，當年一峯飛來安足驚？鄙人作歌記其事，客有知者當吾賡。方今幸逢聖人世，無勞咄咄雙瞳瞠〔九〕。

【校記】

〔一〕《日鈔》此題作『記杭州近事』，爲卷二第二十八篇。《好鈔》題同《日鈔》，爲卷二第三十四篇。

〔二〕打，《日鈔》作『煞』。

〔三〕『麗』至『更』，《好鈔》作『是日壬子東方明』。

〔四〕聆，《日鈔》、《好鈔》作『聆』。

〔五〕馬坡巷，《日鈔》、《好鈔》作『巷中』。

〔六〕廖，《日鈔》、《好鈔》作『寥』。

〔七〕空，《日鈔》、《好鈔》作『雲』。

〔八〕烏乎，《日鈔》、《好鈔》作『嗚呼』。

〔九〕『無勞』句，《好鈔》作『諸君莫問妖與禎』。

玉山常平倉一大樟樹，其形如龍，蓋倉之神也。因樹爲屋以奉神，根在屋後，穴壁而出，復穴南牖，達于庭中，遂作勢而起，高入雲表，鱗鬣宛然。每大風雨，柯葉扶搖，而棟宇無損，亦可異也。作詩紀之〔一〕

天上蒼龍宿，何時下界來。七年培雨露，百尺撼風雷。榦老嶙峋立，根深屈曲栽。之而藏室內，突兀起庭隈。宿霧噴能活，閑〔二〕雲攘盡開〔三〕。爪牙撐白日，鱗甲劃青苔。星落朝探頷，霜高夜曝腮。每當噓氣出，常認作霖回〔四〕。既恐垣墻毀，兼愁棟宇摧〔五〕。豈知翻巨浪，初不動輕埃。令我摩挲歎，難將造化猜〔六〕。秦祠尊怒特，夏廟祖神能。祀典隨人創，天池定爾催。行當階〔七〕尺木，飛上列仙臺。

【校記】

〔一〕《日鈔》此題爲卷二第二十九篇，《好鈔》爲卷二第三十五篇。『起』下，《日鈔》、《好鈔》多『支以巨石』。亦可異也，《日鈔》、《好鈔》作『亦異矣哉』。

〔二〕閑，原作『間』，據《校勘記》改。

〔三〕『之而』至『盡開』，《日鈔》、《好鈔》無。

〔四〕『回』下，《日鈔》、《好鈔》多『宿霧噴能活，閑雲攘盡開。漫嫌泥曳尾，且（《好鈔》作『更』）喜石承頦。閱世忘唐宋，鍾靈自草萊。要留春萬古，特築屋三陔。伏尚疑窺牖，遊還效鑿坏。之而藏室內，突兀起庭隈。舊植知誰在，新枝亦許陪。（其後有小者二株。）當空常偃蹇，得勢或掀豗』一段。

〔五〕『既』至『摧』，《好鈔》作『隔怕紅欒損，垣愁白蜃頹』。

〔六〕『猜』下，《日鈔》、《好鈔》多『曾聞朝日檜，更記邇英槐。（皆龍形。）異質由來有，奇觀到此纔。』《好鈔》『纔』下文多『已非池沼物，豈止棟梁材。力護生人命，身留劫後灰』一段。

〔七〕階，《日鈔》、《好鈔》作『憑』。

記江右俗二首〔一〕

子孫糧〔二〕

子孫糧，欲留餘飯子孫嘗。椀中粒粒白而長，棄之不異粃與糠。雖有善飯廉將軍，頗亦每飯不敢忘。唐堯捐金舜捐玉，世間可寶惟五穀。君看烟火千萬家，所棄何啻太倉粟〔三〕。郗公含飯哺兩兒，不過聊救兒啼飢。君子有穀貽孫子，區區一飯安足貽。勸君鐺底留焦飯，一囊奉母如陳遺。

風龍樹

風龍樹，風來何方去何處。家家種樹名風龍，天半枝柯自翔翥。吾聞龍耳與龍角，其説相傳從〔四〕郭璞。後來贛法論龍穴，在堪輿家或未錯。奈何以此求之風，無乃〔五〕捕風風仍空。松邪柏邪〔六〕徒蔥蘢，此間安得張尋龍。佛言隨藍風一起，雖有大樹不足恃。勸〔七〕君種德如樹高，自有清風到孫子。

【校記】

〔一〕《日鈔》此題爲卷二第三十二篇，《好鈔》爲卷二第三十八篇。

〔二〕《日鈔》無小題。下同。

〔三〕『粟』下，《日鈔》、《好鈔》多『無怪冥中薜荔鬼，種類常滿三十六』。

〔四〕相傳從，《日鈔》、《好鈔》作『已見於』。

〔五〕乃，《好鈔》作『力』。

〔六〕兩『邪』字，《日鈔》、《好鈔》均作『耶』。

〔七〕勸，《日鈔》、《好鈔》作『願』。

寓齋前有梧桐一株，不知誰何書其上曰『和同樹』，戲作一詩〔一〕

李君九載此流寓，種得梧桐招鳳住。未識何時三鹿公，將來題作和同樹。君不見，天上河鼓號黄姑，江中澎浪稱彭郎。又不見，戴記慈良作子諒，荀子誅賞成詩商。在治忽爲來始滑，音雖近而意則妨。而肆赦爲内長文，字得半而誼〔二〕則亡。古來沿訛皆一律〔三〕，豈獨侍郎伏獵宰相麞。而況同塵兼和光，老氏之學勝于黄。故知卿言亦復佳，正宜封植期無忘。噫嘻！人生呼馬呼牛尚不惡，豈其區區爭一木？我欲喚爾櫬與榮，又恐世人爾雅讀未熟。不如〔四〕妄聽且妄言，莫笑盲心幷盲目。或如梧敔可借書，猶勝桐挏曾誤讀。儻作家訓訓子孫，當與白鐵樹同錄。

【校記】

〔一〕《日鈔》此題爲卷二第三十五篇，《好鈔》爲卷二第四十一篇。『桐』下，《好鈔》多『树』字。

〔二〕誼，《日鈔》、《好鈔》作『義』。

〔三〕 律，《日鈔》、《好鈔》作『例』。

〔四〕 如，《好鈔》作『知』。

夜發玉山〔一〕

輿丁是虎輿是龍，輿名過山龍，輿丁名爬山虎。山石犖确一徑通。萬户皆扃隻犬吠，四山盡黑孤燈紅。欲雷不雷電閃閃，將雨未雨雲〔二〕濛濛。螢明復滅焰似鬼，鶻欸且笑聲如翁〔三〕。葛衣受風凍起粟，布被著〔四〕霧寒生淞〔五〕。輿丁輿丁爾努力〔六〕，前頭山寺鳴晨鐘。

【校記】

〔一〕 《日鈔》此題爲卷二第三十七篇，《好鈔》爲卷二第四十三篇。

〔二〕 雲，《日鈔》作『天』。

〔三〕 『欲』至『翁』，《好鈔》作『雲外驚蛇走飛電，林間病鸛號秋風』。

〔四〕 著，《好鈔》作『蒙』。

〔五〕 『淞』下，《好鈔》多『道旁粲者憐客冷，瀹茗招我茅屋中』。

〔六〕 『輿丁』句，《好鈔》作『那知客行意殊急』。

揭曉後謁房考韓厚庵先生，知本中弟二，有吹索者，遂置三十六。歸輿漫賦二詩〔一〕

不作人間第二流，卻來三十六天游。身隨傀儡場中轉，文向〔二〕麻沙板上留。自笑拚飛黃鷂子，誰〔三〕憐辟易赤泉侯。敦槃尚忝〔四〕宗盟長，退舍中原未足羞。是科，俞氏中式〔五〕者尚有六十二名俞君庸禮，九十三名俞君璜，故云〔六〕。

敢〔七〕把科名比沈崧，也曾〔八〕兩度到蟾宮。鷁飛又退原無力，狐搰重埋也有功。莫認我爲都鍓鐰，且呼兄作半英雄。壬甫兄中癸卯榜弟十八。明年紫陌看花去〔九〕，三十六宮春已通。

【校記】

〔一〕《日鈔》、《好鈔》此題爲卷三第二篇。『先生』下，《日鈔》多小注『懋德』。厚庵先生，《好鈔》作『師』。『遂』下，《日鈔》、《好鈔》多『抑』字。

〔二〕向，《日鈔》、《好鈔》作『已』。

〔三〕誰，《日鈔》作『共』，《好鈔》作『人』。

〔四〕忝，《日鈔》作『列』，《好鈔》作『作』。

〔五〕中式，《日鈔》、《好鈔》作『得售』。

〔六〕故云，《好鈔》無。

〔七〕敢，《好鈔》作『欲』。

〔八〕也曾，《日鈔》作『居然』。

〔九〕『明年』句，《日鈔》、《好鈔》作『一言戲作來春兆』。

大霧發錢唐江〔一〕

大霧漫空吹，東西亂塗抹。如絮一天飛，如墨半江潑。如花開鬖鬆，如塵起跐跋。浩如水上上聲潮，昏如日中上聲笪。翳余媿豹隱，船頭坐披褐。仰觀雲冥冥，俯聽水濊濊〔二〕。不知天宇寬，彌覺江岸闊。頗疑〔三〕逢蚩尤，欲煩帝降妭。尚幸風力佳，蕭蕭起林末。帆腹飽彭亨，槳牙鳴撥剌〔四〕。豈惟客愁破，兼〔五〕使詩情活〔六〕。須臾紅日來，萬象又軒豁。

【校記】

〔一〕《日鈔》、《好鈔》此題爲卷三第三篇。『大』上，《日鈔》、《好鈔》多『十月下旬作新安遊』。

〔二〕『船頭』至『濊濊』，《好鈔》作『江干侵曉發』。

〔三〕頗疑，《好鈔》作『無乃』。

〔四〕剌，原作『刺』，據《校勘記》改。

〔五〕兼，《日鈔》作『並』。

〔六〕『尚幸』至『情活』，《好鈔》作『尚幸風略順，不怕雪能遏。（諺云：冬霧主雪。）兩眼任生花，一帆仍脱笘』。

馬没村社曲〔一〕

去嚴州二十七里，地名馬没，其俗十年一賽社神，綵棚六七坐〔二〕，相對演劇，八九日乃止。遠近來觀者，延一飯，具酒肉，日數千人，以人之多寡占歲之豐歉〔三〕。余過此適遇之，因紀以詩。

炊烟起共浮雲高，萬夫競走山之坳。山中隱隱鼓與鼙，襍以人語如秋濤。有客爲我言，此地洵樂土。水處爲漁〔四〕蠻，陸處爲牛户。十年一擊神祠鼓，治地先平碌碡場，分曹競奏雲翹部。客來醉飽不論錢，有肉在簝飯在釜，夜深共數尊〔五〕前籌。今番人較前番浮，一巫起舞羣巫謳。言神大歡喜，錫爾無疆休。繅絲絲滿籰，積粟粟滿篝。我聞客言頗錯愕，此舉可稱樂上樂。海内雕攰非從前，乃令豪舉在村落。日暮人散〔六〕朱顔酡，魚龍曼衍看如何。待取一十五年後〔七〕，小溪又〔八〕聽迎神歌。小溪距此數十里，亦有此會，十五年始〔九〕一舉。

【校記】

〔一〕《日鈔》此題爲卷三第五篇。《好鈔》爲卷三第七篇。

〔二〕坐，《日鈔》、《好鈔》作『座』。

〔三〕占歲之豐歉，《好鈔》作『爲吉凶，多則吉，少則歲不登』。

〔四〕漁，《好鈔》作『魚』。

〔五〕尊，《日鈔》、《好鈔》作『樽』。

〔六〕人散，《好鈔》作『歸去』。

〔七〕 一十五年後，《日鈔》作『歲星一終十五歲』，《好鈔》作『歲星一終十五載』。

〔八〕 又，《日鈔》、《好鈔》作『再』。

〔九〕 始，《日鈔》、《好鈔》無。

縴夫行〔一〕

扁舟搖搖向西去，大風滚滚從西來。千搖萬兀不得上，一繩力挽聲如雷。縴夫數輩負繩立，驚濤濺衣衣盡濕。脚下不借雙草鞋，頭上夫須一臺笠。曉日初出鷄子黄，蓬蓬飯飽起束裝〔二〕。江面羣凫去活潑，山頭衆蟻〔三〕行微茫。爾其王濬水中龍，爾其敖曹地上虎。萬丈長牽繫日繩，百鈞重挽射潮弩。冥濛霧氣山難分，天風吹面面欲皺。安得仙家百花橋，陵〔四〕空直上如梯雲。

【校記】

〔一〕 《日鈔》此題爲卷三第六篇，《好鈔》爲卷三第八篇。

〔二〕 裝，《好鈔》作『囊』。

〔三〕 蟻，《好鈔》作『螘』。

〔四〕 陵，《日鈔》、《好鈔》作『淩』。

上灘〔一〕

千山萬山水，直下勢如刷。巨石扼其衝，亂流怒欲齧。遂令平地間，大聲起澎汃。豪如鐘夜撞〔二〕，清如琴曉抃。日中走金蛇，月下〔三〕翻銀鶻。勇哉黃頭郎，健可挽七札。一舟作鼎扛，一篙當山拔。甚〔四〕或立水底，束腰僅一帓。力重千贔屭，身輕一鷞鵫。我自發江干，已閱晦明八。每遇一灘來，相顧目屢䀣。頗怪造物者，有意弄狡猾。碥險過閻王，磯高勝羅刹。安得起神禹〔五〕，來此更磨刮。直須地形平，乃得水勢殺。猶憶今年秋，兩岸尚鳴蚻。客枕蝶蘧蘧，歸棹鴉〔六〕軋軋。相去曾幾何，又來聽霜鶵。以視向所經，其難更戛戛。未免悵薪〔七〕勞，且復歌泥滑。當勝轎紅中，間關走車犖。

【校記】

〔一〕《日鈔》此題爲卷三第七篇，《好鈔》爲卷三第九篇。

〔二〕撞，《好鈔》作『揰』。

〔三〕下，《好鈔》作『中』。

〔四〕甚，《好鈔》作『其』。

〔五〕神禹，《日鈔》、《好鈔》作『盤古』。

〔六〕鴉，《好鈔》作『雅』。

〔七〕薪，《日鈔》、《好鈔》作『塵』。

入徽河後，四面皆山，蒼翠萬狀，復值雪後，真奇觀也。偶拈『大好』二字爲韻，作詩二首〔一〕

昨夜灘聲中，一枕恣酣臥。曉聞邪許諠，遙知險已過。平生〔二〕看山癖，不受寒威挫。船頭風雪中，久〔三〕坐竟忘惰〔四〕。愛此萬疊山，似倩巧匠作。一峯輕如飛，一峯重如馱。一峯坐如倨，一峯拜如叅。偃蓋松千盤，重臺蓮一座。我舟隨之轉，迴環〔五〕蟻走磨。更喜山岬間，雪花夜來大。深處已白描，淺處尚紫邏。當作畫圖看，會使客愁破。

自發錢唐江，山山無不好。憶從去年來，眼界頗一飽。今來此地看，前者〔六〕盡輿皂。山下有〔七〕人家，完固類新造。蠣殼嵌窗明，蜃灰塗壁燥。吾聞山中田，種麥勝種稻。土厚雨不傷，泉深旱不槁〔八〕。春山剞竹胎，秋山劚蕨腦。際此雪晴初，縛帚定已掃〔九〕。樂哉此中人，何異住蓬島。倘能來卜居，豈不愜素抱。無如朔風吹，催上長安道。

【校記】

〔一〕《日鈔》此題爲卷三第九篇，《好鈔》爲卷三第十二篇。首，《好鈔》無。

〔二〕平生，《日鈔》作『客有』。

〔三〕久，《日鈔》作『獨』。

〔四〕『平生』至『忘惰』，《好鈔》作『船脣風雪中，獨坐我一箇』。

〔五〕迴環，《日鈔》、《好鈔》作「竟如」。
〔六〕者，《日鈔》、《好鈔》作「此」。
〔七〕有，《日鈔》、《好鈔》作「萬」。
〔八〕槁，原作「稿」，據《校勘記》改。
〔九〕「掃」下，《日鈔》、《好鈔》多「青留畦畔荽，黄擊田間菓」。

舟中三君子詩〔一〕

三君子者，舵也，篙也，繂也，〔二〕一之不具，則無以行。余嘉其爲用不同而同力以濟，有君子之德，爲賦三君子詩。若帆之功，出於天幸，正如小人，因時立功，或有過於君子，時去卽委之去矣，故不列云。

舵〔三〕

路當平處能持重，勢到窮時妙轉移。只惜功多人不見，艱難惟有後人知。

篙

深山風雪錬奇材，入世偏工挽與推。指點教人深處去，支持出我險中來。

繂

挽起茫茫既倒瀾，旁人誤作繫援看。但誇直上扶搖易，那識居高汲引難〔四〕。

【校記】

〔一〕《日鈔》此題爲卷三第十篇。《好鈔》爲卷三第十三篇。三，《好鈔》作『四』，序中亦然，較《詩編》多一首，詳見『詩文輯錄』。

〔二〕『一』上，《好鈔》多『椿也』二字。

〔三〕《日鈔》、《好鈔》小題在詩後，爲小字注文。下同。

〔四〕《好鈔》此後多一絶，詳見『詩文輯錄』。

到新安，贈汪蓮府儉、鏡軒兆蓉、瞻園之芳〔一〕

曉來寒意襲冠巾，自整輕裝束水濱〔二〕。不惜遠尋蒼耳路，只〔三〕緣中有素心人。蘭陵城外同探菊，明聖湖邊共采蓴。今日相逢雲海裏，一樽定爲洗風塵。

久擬來題瑞室銘，幾年〔四〕蹤跡竟如萍。兩番有約〔五〕成團雪，一夕無端〔六〕到客星。路似熟游曾入夢，語多脱略爲忘形。此行看盡千山色，不及諸君眼底青。

【校記】

〔一〕《日鈔》此題爲卷三第十一篇。《好鈔》爲卷三第十四篇。

〔二〕『曉來』至『水濱』，《好鈔》作『朔風吹面面生皴，曉起輕裝束水濱』。

〔三〕只，《好鈔》作『秖』。

〔四〕幾年，《日鈔》、《好鈔》作『年來』。

〔五〕有約，《好鈔》作『已分』。

〔六〕無端，《好鈔》作『偏驚』。

贈孫蓮叔殿齡〔一〕

興公年少〔二〕擅風華，藉甚〔三〕才名擬八叉〔四〕。門外驕嘶金勒〔五〕馬，市中聚看璧人車。七擒不放歡場月，九錫頻加得意花。媿我一鞭燕趙〔六〕去，相思天半望朱霞。

【校記】

〔一〕《日鈔》此題爲卷三第十二篇。《好鈔》爲卷三第十五篇。

〔二〕興公年少，《日鈔》、《好鈔》作『孫郎江左』。

〔三〕藉甚，《日鈔》作『少小』。

〔四〕『藉甚』句，《好鈔》作『與我相逢越國家』。

〔五〕勒，《日鈔》、《好鈔》作『絡』。

〔六〕趙，《好鈔》作『市』。

古城巖觀魚〔一〕

新安山水稱大好，我今來游苦不早。名山都被凍雲封，欲往從之媿飛鳥。主人招游古城巖，一巖頗已兼眾妙。巖前有亭曰半亭，亭下有水如帶繞〔二〕。水〔三〕中戢戢魚千頭，轉覺朱公種尚少。未容嫠叟帶笭箵，那許漁人脱校礿。地禁捕魚。投以香餌魚爭來，人無機心物不擾。安知其下無蛟龍，頭〔四〕角養成人未曉。倘令仙艾春來吞，會見扶搖起雲表。更隨樵步登山巔，滿山落葉無僧掃。奇樹何〔五〕從訪夕陽，山有大樹，中空〔六〕，可容一人〔七〕，時未之見。廢祠已見埋荒草。有唐越國公汪華祠。蒼蒼〔八〕暝色催人歸，凜凜寒風生樹杪。歸來赬尾薦晶盤，一笑金尊又同倒。

【校記】

〔一〕《日鈔》此題爲卷三第十三篇。《好鈔》爲卷三第十六篇。

〔二〕『巖前』至『繞』，《日鈔》作『我來啜茗坐半亭，一水亭前如帶繞』，《好鈔》作『我來啜茗坐半亭，衣帶一水亭下繞』。

〔三〕水，《日鈔》、《好鈔》作『其』。

〔四〕頭，《日鈔》、《好鈔》作『鱗』。

〔五〕何，《好鈔》作『無』。

〔六〕中空，《日鈔》、《好鈔》作『其根中空』。

〔七〕可容一人，《日鈔》、《好鈔》作『一人可過』。

〔八〕 蒼蒼,《日鈔》、《好鈔》作『巖前』。

萬歲山 相傳明太祖曾至此〔一〕

漢皇登嵩山,山中呼萬歲。山神不解諛,未免疑真僞。明祖登茲山,山名與之符〔二〕。不知空山裏,曾效嵩呼無。於今山色青瞢瞢,萬仞巨石千盤松。真人所到卽名勝,雲氣非復尋常同。嗚呼,三百年明祚畢崇禎,十七外止有福王一。回首燕京萬壽山,可憐龍馭徒蕭瑟。豈若茲山掩薜蘿,千秋萬歲總嵯峨。太平草木多佳氣,莫問前朝事若何。

【校記】

〔一〕《日鈔》此題爲卷三第十四篇,小注作『相傳明太祖起事時曾至此』。《好鈔》爲卷三第十七篇,小注無『相傳』二字。

〔二〕『山名』句,《好鈔》作『名乃偶與符』。

鍊心石弔金正希先生〔一〕

蒼松偃蹇作龍吟,怪石横空俯萬尋。我輩驚垂二分足,先生苦〔二〕鍊百年心。山中〔三〕草木英風在,江左〔四〕君臣暮氣深。填海補天無一濟,虞淵黯黯日先沈。

【校記】

〔一〕《日鈔》此題爲卷三第十五篇。《好鈔》爲卷三第十八篇。

〔二〕苦，《好鈔》作『此』。

〔三〕山中，《好鈔》作『空山』。

〔四〕江左，《好鈔》作『南渡』。

下水偶成〔一〕

隱隱雷聲水下灘，問誰〔二〕有力挽狂瀾。百年風氣於今〔三〕悟，一例文章到此難。江〔四〕面石如人磊落，磯邊鷺似客平安。境逢順處須持重，説與艑郎子細看。

【校記】

〔一〕《日鈔》此題爲卷三第十六篇。《好鈔》爲卷三第十九篇。

〔二〕問誰，《好鈔》作『何人』。

〔三〕今，《好鈔》作『斯』。

〔四〕江，《好鈔》作『水』。

水碓〔一〕

每逢湍急處，水碓置中央。佛法金輪大，仙人玉杵長。勢驚環轉疾〔二〕，聲訝磨旋忙。不是漢陰叟，機心未易忘。

【校記】

〔一〕《日鈔》此題爲卷三第十七篇。《好鈔》爲卷三第二十篇。

〔二〕疾，《好鈔》作『易』。

江行感舊圖〔一〕

《江行感舊圖》者，孫丈竹孫家球感舊而作也。丈少時侍其尊人芋花大令宦游江西，已而其叔祖相國文靖公督兩江，大令引嫌，改就京職。遂奉其父至金陵節署，丈昆弟均從焉。後四十餘年，丈復客江右，感念昔游，繪圖紀之，屬余題詩。〔二〕

江上青山千萬簇，山下蒲帆千百幅。中有嶔奇磊落人，坐對江山一根〔三〕觸。自言生小在西江，官舍清閑對綺窗〔四〕。祖父堂前黄髮二，弟兄門内白眉雙。爾時門第熱可炙，庭列皃鐘户棨戟。公子花間駕〔五〕綠車，上公天上來黄鉞。一舟和石載歸裝，白下〔六〕雲山接渺茫。節度旌旗候行李，亭公弩矢護風霜。四十年來春寂寂，春風重譜關山笛。記昔風流號璧人，而今感慨摩銅狄。勸公且勿感華顛，萬事雲烟過眼前。但願堅牢仙不老，江山重與結新緣。

【校記】

〔一〕《日鈔》、《好鈔》均題作『題孫竹孫家球表姑丈江行感舊圖（有序）』。《日鈔》爲卷三第十九篇。《好鈔》爲卷三第二十二篇。

〔二〕《日鈔》序作『丈少時偕兄蘭里先生（家璉）侍其尊人苧花明府宦游江右，已而其叔祖相國文靖公督兩江，明府引嫌改就京秩。遂奉其父至金陵節署，丈昆季均從焉。後四十餘年，丈復客江右，感念舊遊，繪圖紀之』。《好鈔》序作『丈少時，其尊人苧花先生宦游江右，丈與兄蘭里先生（家璉）均隨侍焉。已而其叔祖相國文靖公督兩江，避嫌就京秩。遂挈丈昆季奉其贈公泝江至金陵節署。後四十餘年，丈復客江右，感念舊遊，繪圖以紀』。

〔三〕根，《日鈔》、《好鈔》作『振』。

〔四〕『官舍』句，《日鈔》、《好鈔》作『官舍曾開聽雨窗』。

〔五〕駕，《好鈔》作『走』。

〔六〕白下，《好鈔》作『六代』。

乙己編　春在堂詩編卷二

乙巳新正二日北上〔一〕

屠蘇一杯酒，飲罷卽天涯。已迫端門試，時新例覆試。難遲計吏偕。長途佳伴共，謂馬譃香孝廉〔二〕。望眼老親揹。未識春風裏，看花願可諧。

【校記】

〔一〕《日鈔》此題爲卷三第二十篇。《好鈔》爲卷三第二十三篇。乙巳，《日鈔》、《好鈔》無。

〔二〕孝廉，《日鈔》無。謂馬譃香孝廉，《好鈔》作「與馬譃香同行」。

夜泊常州〔一〕

毘陵城外路，雲樹故依然〔二〕。一雨足暝色，孤篷〔三〕撑暮烟。人家排水次，燈火認堤〔四〕邊。記取舊游地，重來已五年。

【校記】

〔一〕《日鈔》此題爲卷三第二十一篇。《好鈔》爲卷三第二十四篇。

〔二〕「毘陵」至「依然」，《好鈔》作「北風吹不住，又迫晚來天」。

〔三〕篷，原作「蓬」，據《校勘記》改。

〔四〕堤，《日鈔》作「橋」。認堤，《好鈔》作「暗城」。

自丹陽乘小車至京口〔一〕

一夫力挽一夫推，滑滑泥中曲折來。最苦低昂行石上，隻輪碾起萬重雷。

書生生小習江湖，乍試輪轅膽未麤。如此乘車卽騎馬，不知髀〔二〕裹肉存無。

【校記】

〔一〕《日鈔》此題爲卷三第二十三篇，《好鈔》爲卷三第二十六篇。較《詩編》多一首，詳見「詩文輯錄」。

〔二〕髀，《好鈔》作「脾」。

揚子江〔一〕

中原一塹自天開，日夜〔二〕波濤走怒雷。千古英雄淘浪去，半江楪〔三〕柳渡春來。風從郭璞墳前打，雲在焦仙洞口〔四〕陪。莫笑欲登還未果，此游終擬補南回。時守風二日，因〔五〕雨阻，未及登〔六〕金、焦也〔七〕。

【校記】

〔一〕《日鈔》此題爲卷三第二十四篇。《好鈔》爲卷三第二十七篇。

〔二〕日夜，《好鈔》作『眼底』。

〔三〕棵，《日鈔》、《好鈔》作『梅』。

〔四〕洞口，《好鈔》作『閣上』。

〔五〕因，《日鈔》、《好鈔》作『惜爲』。

〔六〕登，《日鈔》作『作』。

〔七〕也，《日鈔》作『之遊』，《好鈔》作『二山』。

渡黄河作〔一〕

一千七百一川水，泡泡渾渾從天來。華胥聖子不敢塞，石門千里憑空開。出於敦蕘注無達，東流到海行紆迴。故道一失不可復，河渠從古無良才。鐵龍濬泥〔二〕淤轉甚，石犀鎮水久亦頽。緊余北轅過河上，一宵露宿河之隈。竊思河出昆侖墟，其勢定可吞埏垓。何乃千里一曲直，如汞瀉地往復回〔三〕。必有太〔四〕山當其衝〔五〕，約束河伯難爲灾。河圖龍象縱荒誕，非等方士誇蓬萊。一曲規山二精石，地肩地腹皆可推。神禹龍門費穿鑿，已令萬古驚奇侅。何如於此鑿混沌，洪流放出如奔雷。不入龍門走滄海，一線直撼金銀臺。中原從此失河患，方梁石泇何有哉。我歌未竟〔六〕復自笑，渡河已聽黄頭催。勿復妄言馮夷惱，須防爲祟如臺駘。

【校記】

〔一〕《日鈔》此題爲卷三第二十五篇。《好鈔》爲卷三第二十八篇。

〔二〕泥，《日鈔》、《好鈔》作『河』。

〔三〕『如汞』句，《好鈔》作『波流泼漫隨黃埃』。

〔四〕太，《日鈔》、《好鈔》作『大』。

〔五〕當其衝，《好鈔》作『作底柱』。

〔六〕竟，《好鈔》作『成』。

登陶然亭〔一〕

會得南華秋水意，吾心何處不陶然。况從牛馬風塵地，來認鳶魚活潑天。人到林泉皆似鶴，車行蘆葦便如船。登臨何必輸濠濮，未信相逢是日邊。

【校記】

〔一〕《日鈔》此題爲卷六第九篇。

出都〔一〕

欲訪蓬山未有因〔二〕，不如歸采聖湖蒓。諸公飽拭看花眼，我輩閒留聽雨身。時與壬甫兄俱。縱遂青雲能到客，豈無白首未來人。征衫莫道還依舊，添得銅駝陌上塵。

【校記】

〔一〕《日鈔》此題爲卷三第二十八篇。《好鈔》爲卷三第三十一篇。

〔二〕『欲訪』句，《好鈔》作『無福能消上苑春』。

崇真宮歌〔一〕

興濟有崇真宫〔二〕，明弘治十五年爲皇后張氏建，后卽〔三〕興濟縣人也。今興濟縣〔四〕已裁屬青縣，而宫猶存，余過之，因爲歌曰〔五〕：

興濟舊縣無垣墉，巋然獨見崇真宫。新雨洗來殿瓦緑，斜陽照出宫墻紅。青松文梓已無色，陰虬陽馬仍陵〔六〕風。其旁贔屭負碑立，剔蘚得字粗堪通。大書弘治十五載，皇帝敕諭頒司空〔七〕。朕惟興濟百里地，祥源福緒長秋鍾〔八〕。爰命所司建祠宇，用昭美報垂無窮〔九〕。想見新宫落成日，實與壇廟同尊崇〔一〇〕。大官金紫拜階〔一一〕下，小侯蟒玉陪庭中。那知世事一朝改，繁華竟與浮雲同〔一二〕。武宗卽世興邸入，大禮議起來張璁。孝康已削聖母號，延齡難保通侯封。生辰尚免百官賀，此地固宜埋蒿蓬。况今城郭亦非昔，是何規製猶恢宏。鄙人作歌紀顛末，以鞍爲几殊悤悤。但願留作靈光殿，他年作賦煩羣公。

【校記】

〔一〕《日鈔》此題爲卷三第三十篇。《好鈔》爲卷三第三十四篇。

〔二〕興濟有崇真宮，《日鈔》、《好鈔》作「宮在興濟」。

〔三〕卽，《日鈔》、《好鈔》無。

〔四〕縣，《日鈔》無。

〔五〕「余」至「曰」，《日鈔》作「因作是歌」。「今」至「曰」，《好鈔》作「今宮半就傾圮，而興濟亦裁屬青縣矣」。

〔六〕陵，《日鈔》、《好鈔》作「淩」。

〔七〕司空，《好鈔》作「羣工」。

〔八〕「祥源」句，《好鈔》作「實毓靈秀長秋宮」。

〔九〕「用昭」句，《日鈔》作「敬將靈貺酬蒼穹」。「窮」下，《日鈔》多「更賜膏腴一千頃，以奉祭祀昭嚴恭」，《好鈔》多「賜地千頃奉祭祀，秋毫無敢徵司農」。

〔一〇〕「崇」下，《日鈔》、《好鈔》多「赤棒傳呼中使貴，青詞乞福儒臣工」。

〔一一〕階，《好鈔》作「壇」。

〔一二〕「繁華」句，《好鈔》作「繁華盡付隨藍風」。

項王墓〔一〕

事去英雄此葬身，千秋過者尚悲辛。道旁〔二〕氣壓秦皇帝，帳下情鍾〔三〕虞美人。已擲頭顱生贈客，還留魂魄死成神。彼蒼原借驅除力，便道天亡也是真。

【校記】

〔一〕《日鈔》此題爲卷三第三十一篇。《好鈔》爲卷三第三十五篇。

〔二〕旁，《日鈔》、《好鈔》作『傍』。

〔三〕鍾，《好鈔》作『傷』。

柳下惠墓〔一〕

直道世莫容，三仕乃三已。先生見其大，去留等一屣〔二〕。斥之固無怨，援之亦可止。高視臧季輩，直與蟻〔三〕蠓似。歸去隱柳下，守吾桑與梓。遺直聞鄰封，嘉言登國史。吾鼎吾自愛，怡然以没齒。留此土一抔，生王甦死士。竊怪後來人，多未悟此〔四〕旨。屈子汨羅沈，賈傅長沙死〔五〕。

【校記】

〔一〕《日鈔》此題爲卷三第三十二篇。《好鈔》爲卷三第三十六篇。

〔二〕屣，《好鈔》作『履』。

〔三〕蟻，《日鈔》、《好鈔》作『螘』。

〔四〕此，《日鈔》、《好鈔》作『斯』。

〔五〕『死』下，《好鈔》多『一遭擯斥後，憔悴乃至此。將毋千金身，而以一毫視。吾爲作此詩，敬告後君子』。

夜發陰平〔一〕

參橫斗轉夜冥冥，車鐸郎當喚夢醒。遠樹攧風猶未綠，遥山得月始能青。問津野渡人難覓，沽酒荒村户尚扃。自笑征夫歸思急〔二〕，一宵未放馬蹄停。

【校記】

〔一〕《日鈔》此題爲卷三第三十三篇。《好鈔》爲卷三第三十七篇。

〔二〕『問津』至『思急』，《好鈔》作『戍樓乍下三更鼓，野火微搖數點星。歸思僕夫應亦曉』。

余家自甲申歲遷居臨平之史家埭，余甫四齡耳，後又他徙，至今二十二年，復遷居史埭舊屋，則寅兒亦四齡矣。漫書四十字〔一〕

故是童時地，重來覺有情。兒年同我小，門户似前清。暫作鶉籠寄，終輸燕壘成。一椽猶未定，何況此浮生。

【校記】

〔一〕《日鈔》此題爲卷四第一篇。余家自，《日鈔》無；『歲』下，《日鈔》多『自德清』；史埭，《日鈔》作『史家埭』。

雨發錢唐江〔一〕

纔了春明夢一場，又來風雨渡錢唐。迷濛雲氣沾衣濕，澎湃濤聲入枕涼。山鳥似窺前度客，江神應識去年裝。只愁齒冷嚴夫子，歲歲萍身〔二〕爲底忙。余于釣臺下往返五次矣〔三〕。

【校記】

〔一〕《日鈔》此題爲卷四第二篇。

〔二〕身，《日鈔》作『蹤』。

〔三〕小注『余』至『矣』，《日鈔》作『余凡五過釣臺矣』。

富陽〔一〕

水複山迴到此收，一城斗大壓江流。遠連歙浦無平地，俯納胥濤亦上游。漠漠寒烟籠雉堞，荒荒落日起漁謳。山川形勝今猶昔，不願重生孫仲謀。

【校記】

〔一〕《日鈔》此題爲卷四第十篇。

子陵魚〔一〕

我思嚴夫子，變化如神龍。見首不見尾，歸臥青山中。至今山色青如皴，山中無復羊裘人。上有千尺百尺之高臺，下有一寸二寸之游鱗。老饕一見笑不止，咄咄子陵竟在此。素書不報侯司徒，白水未忘漢天子。桃花浪撲漁人蓑，其中戢戢千頭多。秋來已作乾魚薧，不知風味還如何。我愛此魚名字好，客星化作魚星小。幸無攙入五侯鯖，尊前尚恐狂奴惱。

【校記】

〔一〕《日鈔》此題爲卷四第二十三篇。

將至淳安，有地曰響山潭，舟人云：『方臘祖墓在焉。』因紀以詩〔一〕

自從歙浦來，山重水更複。盤鬱百餘里，至此一小束。深藏蚩尤冢，險壓黃巢谷。惜哉佳山水，乃以抔土辱。我思宣和間，朝局屢翻覆。道君荒聲色，媼相弄威福。遼亡女真熾，國勢從此蹙。是何東南盜，更乃起相續。宋江橫淮徐，方臘煽婺睦。庸非天亡宋，假手代之斵。至今千餘載，桑田幾度綠。豈此蓬顆地，尚在茲山麓。但訝峯巒奇，峭不受樵牧。昂首試一呼，應聲出山腹。山神如有知，聽客一言祝。但許雲雨興，毋使龍蛇伏。

【校記】

〔一〕《日鈔》此題爲卷四第九篇。

重九日抵新安〔一〕

下澤逍遥事未諧，且攜琴劍客天涯。田園雖好貧難守，霄漢無媒遠莫階。生計依然資秃筆，游蹤聊復任芒鞋。此來喜值重陽節，獨把茱萸眼屢揩。

【校記】

〔一〕《日鈔》此題爲卷四第三篇。

呼猖歌紀徽俗〔一〕

粃初世界徒茫茫，問誰死作閻羅王。況當聖世幺麽藏，方殪野仲殲游光。云何楚鬼越禨外，更來此地〔二〕聽呼猖。團團曉日人聲多，萬夫儽走山之坡。山坡襍沓馬與贏，神之來兮羣巫歌。云此木居士，目睅而腹皤。縱使蔣侯有骨在，其奈叔寶無心何。吾將爲爾執鬼中，吾將爲爾招鬼雄。若有人兮披薜荔，來從紂絶陰天宫。爾無懭悢西復東，此腹空洞足爾容。但願耳目明且聰，左嗹右嚥無能蒙。庶幾長錫一鄉福，疥癘不作田禾豐。新鬼笑且呼舊鬼，啼烏烏已憐〔三〕混沌。破行見，神叢枯。魂兮歸來竟何處，一盂麥飯墳前無。噫嘻乎！吾〔四〕聞此俗殊堪驚，惟神正直斯聰明。山鬼聊知一歲事，寄之心腹無乃輕。吾詩且復記其俗，由來傳訛無能更。不見村氓打社鼓，去賽孫權蕭道成。徽有土神，曰孫、蕭二帝。相傳，元末人聚衆守鄉里，明初以土寇誅。徽人思其保障功，爲立廟，後訛爲孫權、蕭道成。或云諱之也。

【校記】

〔一〕《日鈔》此題爲卷四第四篇。紀，《日鈔》作『記』。

〔二〕地，原作『來』，據《校勘記》改。

〔三〕憐，《日鈔》作『鑿』。

〔四〕吾，《日鈔》作『我』。

蟋蟀歎〔一〕

客有畜蟋蟀者〔二〕，風雪之夕，晨起視之，死矣，移近爐火，得煖復活，如是者已五六次。余〔三〕有感焉，爲賦此篇。

魯公僵臥手握拳，可憐一死三千年。不如簡子七日遊帝所，醒來尚記聞鈞天。李賀自誇天上樂，白瑤宫遠歸無緣。不如歌女被召上天去，清歌一曲還人間。死生大矣古所歎，鳩摩神咒無從延。嗟爾幺麼何足道，能回造化天無權〔四〕。藉令蟪蛄修春秋，不知滄海幾度成桑田。平生觀物有深慨，竊疑真宰無乃偏。瘋狗已死吹復活，馬蚿已斷續更全。人生自謂金石堅，一瞑不視殊堪憐。縱使仙人化鶴歸，人民城郭徒茫然。感此作歌寄太息，幸無譜入雍門絃。

【校記】

〔一〕《日鈔》此題爲卷四第六篇。

〔二〕『客有』句，《日鈔》作『主人有蟋蟀二』。

〔三〕余，《日鈔》作『客』。

〔四〕『權』下，《日鈔》多『死死生生大閱歷，朝朝暮暮小遊仙』。

果然奇〔一〕

先祖南莊府君，耄而好學，手抄書不下十餘種，所用筆曰果然奇。其值止青蚨七，而可書二萬字，既壞則付工人治之，又可萬餘字。今問之邑人，不復知此筆矣。敬識〔二〕以詩。

果然奇，筆一枝，一枝入手雲烟馳。世間智巧日日出，誰能奇更如此筆。功高欲敵兔毫千，價賤止須鵝眼七。先祖手治南村廬，桐帽棕鞋坐讀書。一日手鈔五十紙，至今字字琳琅如。烏呼！至今字字琳與琅，一枝筆有千丈光。何必豐狐與虎僕，斑竹爲管珊爲牀。所惜筆公竟無冢，只留一硯九鼎重。請看石面⿰齒頁欲穿，後人敢負讀書種。家有一硯，亦先祖舊物，磨久幾成穴矣。

【校記】

〔一〕《日鈔》此題爲卷四第七篇。

〔二〕識，《日鈔》作『誌』。

題戴氏三俊集後〔一〕

三俊者，戴琴莊孝廉福謙，及其兄駿伯芬、弟羹叔燕兩茂才也。三君竝有俊才，不幸短命。身後故人爲刻其詩，人各一卷，題曰《三俊集》。余與三君有中表之戚，又嘗請業於琴莊孝廉〔二〕，且與孝廉爲同年友。覽其遺詩，恍如復面，而三君之墓草宿矣。區區身後之名，傳不傳，與〔三〕九原何有哉？因漫書數語於其後，蓋不僅爲三君慨也。

三株玉樹委蓬蒿，幽怨空留楚客騷。殉爾微名一鼠首，較人福命九牛毛。文無可賣如薪賤，命〔四〕竟難回比鐵牢。獨抱清琴真自誤，世間多少鬱輪袍。

【校記】

〔一〕《日鈔》此題爲卷四第十五篇。

〔二〕『又嘗』句，《日鈔》作『又嘗從琴莊孝廉遊』。

〔三〕與，《日鈔》作『於』。

〔四〕命，《日鈔》作『數』。

丁未秋周雲笈下第歸，寄詩慰之〔一〕

今春送子游京華，缺胯之衣深雍韡。錟光二丈在頭上，愁君燒殺長安花。春風吹夢夢忽醒，蹇驢席帽仍還〔二〕家。手握蛇珠世不識，子無一語旁人嗟。男兒自有不朽事，勿與眾嫭同嘔啞。纓冠束帶學拜跪，如鳳在笯麟在罝。口作箏聲不成語，我視〔三〕其頰赬於皻。世間名利豈不好，一骨投地萬犬齗。不如歸掃子斗室，左右圖史如排衙。他人入室詫不識，但見〔四〕束束籤紅牙。君坐其中細咀嚼，勝辟穀食餐晨霞。不然春秋選佳日，於山之麓溪之涯。沿溪釣月一笭箵，入山采雲雙鞲鞅。道逢熱客試問訊，何若款段紅塵撾。歸來婦有一斗酒，其肴惟何魚鼈蝦。上堂問母母曰善，兒女繞膝來呼爹。君於此時樂不樂，有如癢得麻姑爬。鄙人十夜九此夢，所苦有願囊無鎈。獨坐千山萬山裏，不覺心緒紛如麻。安得一稜兩稜地，去與鄰父同耕耡。他年有田不歸隱，請卽此歌盟以猳〔五〕。

【校記】

〔一〕《日鈔》此題作『寄雲笈』，爲卷四第三十一篇。

〔二〕還，《日鈔》作『回』。

〔三〕視，《日鈔》作『見』。

〔四〕見，《日鈔》作『驚』。

〔五〕『他年』至『以猳』，《日鈔》作『作詩寄君滿一紙，吾言不食盟以猳』。

雨夜作〔一〕

秋來一夜雨，頗喜涼意足。那知多田翁，正待曬新穀。乃歎世間事，未可以我卜。同乎我所遭，異乎我所欲。而況天地間，茫茫萬億族。杜鵑望〔二〕北飛，鷓鴣向南宿。鷖没鳧則浮，羊羣狗則獨。倮蟲吾同類，而意各有屬。難將一人心，入此衆人腹。不如置勿問，問亦弗我告。陸雲笑其笑，阮籍〔三〕哭其哭。

天當生好人，地當生好物。如何驚蟄後，諸毒一時出。土中有鼃黽，木中有蛣蝠。蜈蚣如箏大，蜒蚰如箸〔四〕直。鼓翼天蟲黄，負殼天牛黑。壁上長尾蠆，溪邊短弧蜮。生此竟何爲，徒爲人蟊蠈。小齋一雨過，咄咄來相逼。窗外窸窣聲，燭之又不得。先〔五〕生付一笑，吾性故坦率。柳圈佩固無，竹筒貯亦弗。爾姑爲所爲，吾自適其適。之蟲亦有知，不入吾〔六〕之室。待之以君子，彼將自斂飭。防其爲小人，吾已先傴仄。

皎皎富家女，妝成來堂前。衫袖藕絲薄，裙衩芙蓉鮮。足下紅錦韡，頭上黄金鈿。呵花豔貼鬢，匐葉紛〔七〕垂肩。光耀射人目，目已先無權。嘖嘖作何語，但道真神仙。齞齒與孿耳，彼固勿見焉。貧家亦有女，丰韻原翩翩。布裙而椎髻，見者不復憐。烏呼世間事，大抵皆同然。遂令不平者，起而問之天。天公默〔八〕不答，惟聞雨濺濺。不如姑置之，我與我周旋。是以窮巷女，不賣鏡一奩。是以窮巷士，不舍詩一篇。

【校記】

〔一〕《日鈔》此題爲卷四第十七篇。

〔二〕望，《日鈔》作『向』。

〔三〕籍，原作『藉』，據《校勘記》改。

〔四〕箸，原作『筋』，據《校勘記》改。
〔五〕先，《日鈔》作『書』。
〔六〕吾，《日鈔》作『我』。
〔七〕紛，《日鈔》作『濃』。
〔八〕默，《日鈔》作『置』。

寒蠅〔一〕

秋蠅凍欲死，就暖來依人。驅之去復集，戀戀如相親。蠅癡我亦癡，癡語頗自真。男兒方寸中，要留天地春。解網出窮鳥，貸水甦枯鱗。西風昨夜起，吹面面欲皴。可憐窮鄉子，敝衣若縣〔二〕鶉。寒衾夜無絮，冷突朝有塵。書生念及此，雙眉爲之顰。不能庇一物，媿此七尺身。爾蠅〔三〕獨何爲，依我不知貧。蟲寒號益急，雀凍飛益馴。斯意絶可念，拔劍奚爲瞋〔四〕。獨念平生意，豈止區區仁。柰何困貧賤，有志無由伸。寒僅足爾庇，熱亦將人因。作詩寄吾感〔五〕，蛩語同悲辛。

【校記】

〔一〕《日鈔》此題爲卷四第十八篇。
〔二〕縣，《日鈔》作『懸』。
〔三〕爾蠅，《日鈔》作『嗟爾』。
〔四〕瞋，《日鈔》作『嗔』。

〔五〕 感,《日鈔》作『意』。

客有昔富而今貧者,讀余詩而有感,因以詩慰之〔一〕

茫茫身世總堪哀,舊日繁華付劫灰。坐〔二〕上酒闌人散去,牀頭金盡券〔三〕飛來。已知明月不常滿,爲問春光何處回。領取南華齊物意,窮愁詩卷莫輕開。

【校記】

〔一〕《日鈔》此題爲卷四第二十二篇。

〔二〕坐,《日鈔》作『座』。

〔三〕券,原作『劵』,據《校勘記》改。

張船山集有《作家書》、《望家書》二題,因各賦一首〔一〕

作家書〔二〕

貧士舊有例,例與田園離。書生亦有例,例與妻孥宜。況我老母在,固宜親盤匜。勿克親盤匜,何以慰母慈。惟有一紙書,寫到更闌時。家貧迫歲暮,事事棼如絲。如何一握管,欲寫翻無詞〔三〕。首言客中樂,次言歸有期。不將眠食累,上費高堂思。不將羈旅感,下使家人知。

望家書

老母年六十，久謝筆與硯。嬌兒甫六齡，讀書未盈卷。誰爲報平安，千里如覿面。傳語親家翁，謂周〔四〕雲笈。費君一斗麪。爲我作家書，一字當一絹。無如客山鄉，又乏郵筒便。飛到雙鯉魚，頓覺黃金賤。開書省日月，月圓已兩徧。回首望鄉山，白雲有餘戀。何當學少游，歸去作郡掾。

【校記】

〔一〕《日鈔》此題爲卷四第二十篇。

〔二〕《日鈔》小題在詩後，爲小字注文。下同。

〔三〕詞，《日鈔》作『辭』。

〔四〕謂周，《日鈔》無。

戊申春日發錢唐江，舟子焚香祀神。余適有感，亦揖而致詞〔一〕

我於癸卯秋，呼舟始過此。聽水夜遲眠，看雲晨早起。江山如有知，此時定我喜。及我再來游，悤悤迫歲杪。眼底新安山，夢裏長安道。江山如有知，此時定我笑。長安居不易，重趁江邊船。幼安仍白帽，子敬猶青氈〔二〕。江山如有知，此時定我憐。而今年復年，蕭然此書劍。徒添三斗塵，已短二丈髮。江山如有知，此時定我厭。傴僂揖江神，爲我語古人。有宋謝晞髮，有唐方補脣。雲巢舊約在，吾豈終風塵。『他年築屋名雲巢』，余初過七里瀧時句也〔三〕。

【校記】

〔一〕《日鈔》此題爲卷四第二十七篇。戊申春日，《日鈔》無。

〔二〕『幼安』至『青氈』，《日鈔》作『飄零作殘客，懵懂仍頑仙』。

〔三〕小注『他年』至『句也』，《日鈔》作『余初過七里瀧，有句云「他年築屋名雲巢」，迄今又五年矣』。

新安舟次口占〔一〕

布帆無恙又新安，多謝東風送上灘。天以雲山慰游子，我因奔走悔儒冠。春來晴雨真〔二〕難料，客裏鶯花總倦看。寄語故園諸舊侶，莫將名利换漁竿。

【校記】

〔一〕《日鈔》此題爲卷五第十九篇。

〔二〕真，《日鈔》作『渾』。

偶成〔一〕

不成富貴不成仙，學作飄飄不繫船。傀儡姑隨人俯仰，轆轤自與我周旋。書因善忘宵猶看，身爲多閑〔二〕晝亦眠。飲水自家知冷煖，何須更寫衛生篇。

年華衮衮去如雲，故紙堆中自策勳〔三〕。無可驕人聊嚇鼠，未能忘物尚誅蚊。閉門已覺成高隱，開卷徒〔四〕堪佐咫聞。不倚賣文爲活計，桉頭筆硯竟須焚。

【校記】

〔一〕《日鈔》此題爲卷四第二十九篇。

〔二〕閑，原作『間』，據《校勘記》改。

〔三〕自策勳，《日鈔》作『著此君』。

〔四〕徒，《日鈔》作『聊』。

壁鏡〔一〕

壁鏡，毒蟲也，其狀如蟢子而大，善吸人影。余前於江西〔二〕見之，曾賦一詩，而不知其名。新安亦有之〔三〕，名曰壁鏡。因復賦此。

跂跂脈脈善緣壁，謂非守宫卽蜥蜴。攜燈照壁驚且呼，怪哉非鬼復非蜮。主人爲我言，是物名壁鏡〔四〕。魑魅爭光已可虞，罔兩問影能無病。壁鏡壁鏡奈爾何，卻背疾走影愈多。不圖羅鉗吉網外，世更有此鏡新磨。爾豈不聞周公亦有影，獨行獨寢無所慚。爾若往螫之，設官捕汝如蝗蝻。爾又不聞仲尼亦有影，弟子謹避不敢履。爾若往螫之，子路石磐壓汝死。爾何不游鏡殿中，媚娘含笑看昌宗。千影百影任爾飽，苦口直與梁公同。達摩面壁坐兀兀，其心已死不復活。爾往吸彼壁間影，此功不減馬祖喝。我本飯顆山頭太瘦生，那能肥白如陳平。骨人不足供咀嚼，况此瘦影何勞爭。我爲爾言爾應省，爾何張目如蚱蜢。爲爾作歌〔五〕三太息，嗟爾幺麼伎倆未全逞。不見薏苡可與明珠同，沙糖可與黃金等。古來宵小中傷人，何必其人果有影。

【校記】

〔一〕《日鈔》此題爲卷四第三十篇。

〔二〕西，《日鈔》作『右』。

〔三〕之，《日鈔》作『此物』。

〔四〕『鏡』下，《日鈔》多『善能吸人影，有若鏡中映』。

〔五〕歌，《日鈔》作『詩』。

孫蓮叔贈雲霧茶，賦謝〔一〕

浮丘仙人舊游處，至今萬丈青芙蓉。天梯石棧繚以曲，非雲非霧常濛濛。朝聞木客嘯其上，夜見山精游其中。人間烟火所不到，雲噴霧泄皆神功。一朝抽出珠琲瓃，石罅青翠如蒲茸。茶丁欲采不得路，導以鶴子從猿公。緣橦縋索僅得上，十人提筐九則空。由來神物不多有，何怪價與黃金同。故人贈我滿一篚，雲花霧葉猶惺忪。嗟余塵容積斗許，如墮五濁神懵懵。得此月團三百片，快哉兩腋來清風。茶銚手拭翻自愧，近來面目仍吳蒙。

【校記】

〔一〕《日鈔》此題爲卷四第三十二篇。孫，《日鈔》無。

磔鼠行〔一〕

一舉手，一鼠死，咄咄書生勇至此。一鼠死，羣鼠號，如訴無罪聲嘈嘈。鼠爾來前，吾告汝故。爾爲禮鼠，吾不汝怒。爾爲隱鼠，吾不汝顧。何爲乎入我寢，升我牀，顛到我衣裳。鼫鼠之貪已無厭，鼷鼠之毒尤難防。騂騮與騏驥，捕爾非所長。孟賁自言勇，捕爾反見傷。鼠母前行鼠子後，卻行仄行如康莊。噫嘻！爾亦幸未逢張湯。吾聞蹷鼠一跳數尺高，無端一蹷埋蓬蒿。又聞鼯鼠自恃有五技，一朝技盡竟安恃。碩鼠碩鼠聽我歌，爾曹伎倆徒幺麽，啾啾唧唧將如何？海外鼠王國，邈乎竟何許？何不返爾所，乃向橐中處。縱令白老睡不知，自有銅丸來逐汝。如不信，視此鼠。

【校記】

〔一〕《日鈔》此題爲卷四第三十六篇。『行』下多小注『偶斃一鼠，戲作此詩』。

黃氏子詩〔一〕

歙縣黃氏子，名崇信，九歲能詩文。或試令屬對，曰『小時了了』，卽應聲曰『元箸超超』，其慧可見。他日所至未可量也，因爲賦此。

無雙今又屬黃童，纔賦高軒句便工。夙慧居然珠在手，嬌姿想見玉臨風。小時了了真堪羨，元箸超超本不同。吳下阿蒙翻自媿，近來頭腦大冬烘。

【校記】

〔一〕《日鈔》此題爲卷四第三十九篇。

鑒物篇〔一〕

勿矜爾雄，而恥人伍。劉累豢龍，梁鴦養虎。勿倚人勢，而向人驕。唐公房鼠，燕真人貓。朱門勿榮，白屋勿醜。鵂鶹生鵰，熊虎產狗。同我勿親，異我勿疎。鼬鼠啖鼠，鱀魚食魚。情受之天，勿強其肖。鸜鵒自啼，鶺鴒自笑。性之所適，勿求其兼。杜鵑常北，鷓鴣常南。世界大千，孰知其極。雀蛤迭遷，蛇蛙互食。世途反覆，孰知其情。狐爲女狀，狼作兒聲。人之所賤，忘其異衆。蠻蛙似龍，駿驤似鳳。人之所貴，或亦恆流。麒麟牛尾，鳳皇〔二〕鷄頭。謂莫予毒，必有所蟨。蜮聞鵝沈，虎見蝟伏。謂不足數，乃亦有工。猥狗知雨，乾鵲〔三〕知風。不必同巢，不必同穴。打鴨驚鴛，燒黿致鼈。毋恃頭角，毋詡爪牙。蝤蛑鬬虎，蝍蛆食蛇。宇宙大矣，不見有餘。有火中鼠，有雪中蛆。吾生寄耳，何所不足。蜺居鹿耳，蝞藏龜殼。雖有百年，百年可嗟。中州一蝸，滄海一蝦。亦有千秋，千秋誰覺。麝護其臍，犀埋其角。是以達人，大小都忘。螘可稱虎，蠅可名羊。是以至人，物我各適。鳬沒鷖浮，蚤乾蝨濕。

【校記】

〔一〕《日鈔》此題爲卷四第四十一篇。

〔二〕皇，《日鈔》作『凰』。

〔三〕鵲，《日鈔》作『雀』。

鬼〔一〕

曲折迴廊獨自行，微聞太息夜三更。月明長嘯無人見，風過血腥何處生。白日簾櫳惟鼠迹，黄昏院落有龙聲。漫漫莫道何時旦，聽取晨鐘一杵鳴。

【校記】

〔一〕《鬼》、《怪》二題，《日鈔》合爲一題，作『夏日無事，戲作鬼怪二詩』，爲卷四第三十三篇，並以『鬼』『怪』爲詩後小字注文。

怪

世間萬事總離奇，博得流傳信復疑。市上異人初過處，山中古佛忽靈時。風雷〔一〕慘淡五更雨，榛莽荒蕪三尺碑。説與老儒渾不解，諸公無乃妄言之。

【校記】

〔一〕雷,《日鈔》作『烟』。

己酉春日寄壬甫兄廣西〔一〕

六千里外作征人,五管雲山一葉身。門户艱難都仗婦,晨昏安否各思親。敢云長揖能增重,時兄客鄭夢白撫部幕中〔二〕。或者遨遊勝守貧。小錄驂鸞須手訂,莫虚眼界此番新。

光陰俱向客中過,賸有閑門鎖薜蘿。夢裏歸來輸我近,人間閲歷讓君多。讀書歲月貧猶未,作客生涯老奈何。莽莽蒼梧空悵望,幾時聽雨共東坡。

【校記】

〔一〕《日鈔》此題爲卷五第六篇。『己酉春日』,《日鈔》無。

〔二〕撫部幕中,《日鈔》作『中丞幕府』。

蓮叔招看牡丹,即席有作〔一〕

名士傾城兩庶幾,不先桃李鬬芳菲。來從天上衆香國,披得人間一品衣。林下山公原自貴,楊家妃子本來肥。自憐寒瘦同郊島,也戀穠芳未忍歸。

【校記】

〔一〕《日鈔》此題作『牡丹』，爲卷四第二十六篇。

又成一絶句

管領春風豈等閑，珊珊仙骨下人間。芳心當日分明甚，不媚金輪媚玉環。

打標〔一〕

我讀江南錄，競渡曰打標。借以習水戰，不唱迎神謠。何哉新安俗，乃與名相淆。維四月之望，伐鼓鳴笙匏。森森列蘭錡，隱隱撞蒲牢。良工製巨舸，瑤楫而瓊艘。羽蓋後棽麗，采纛前飄飄。有唐張睢陽，正氣干雲霄。即今對遺像，凜凜寒生毛。叱咤方良走，睥睨游光消。獨念南與雷，兩君人中豪。面受城下箭，指斷筵前刀。城破等死義，大節皆無橈〔二〕。鬼豈有大小，分別真徒勞。船中奉唐張睢陽以逐疫，而以雷萬春〔三〕爲大王，南霽雲〔四〕爲小王，神像〔五〕大小〔六〕因之。斜日落樹杪，風起聲蕭蕭。一夫負之走，來往如追逃。須臾爆竹起，驚走山中魈。目眩五里霧，耳震三秋濤。以此祓不祥，何假茢與桃。更翦紙五色，歷亂隨風飄。黑者黑鴉軍，白者白鷺翿。或云事近戲，無〔七〕乃同兒曹。書生喜持論，不肯前人剿。方相箸〔八〕周禮，山鬼登楚騷。倀子起漢世，鍾馗興唐朝。何者非附會，未可輕訾謷。吾鄉春賽社，襍沓連昕宵。堂堂戴侯神，秩祀陳羊羔。從之葉與柳，俎豆同不祧。德清于清明日迎總管神〔九〕，其神有三，一戴、一葉、一柳，均載《縣志》，而葉無考。三社並時出，夾道羅旌旄。雲車一瞬過，火樹千枝高。今我遠行役，此會誰相招。坐對異鄉樂，徒令心忉忉。無才媿奪錦，有句還抽毫。未堪風土記，聊當鄉音操。

【校記】

〔一〕《日鈔》此題爲卷四第二十八篇。

〔二〕橈，《日鈔》作『撓』。

〔三〕萬春，《日鈔》無。

〔四〕霽雲，《日鈔》無。

〔五〕『像』下，《日鈔》多『之』。

〔六〕『小』下，《日鈔》多『卽』。

〔七〕無，《日鈔》作『毋』。

〔八〕箸，《日鈔》作『著』。

〔九〕『神』下，《日鈔》多『謂之作社』。

女兒曲〔一〕

無爲州鄉間有陳氏女，許嫁〔二〕城中季某。女失怙恃，依叔母以居。母故索重禮以難季〔三〕，欲居女爲奇貨。女積憂成疾，至辛丑夏，疾加劇。女自度不起，思一見季自明〔四〕，而未得間。會就醫城中，適與季遇，相持而哭，解香囊贈季，而氣已垂絶。季負之行，及稻孫樓竟卒〔五〕，亦〔六〕可悲也。余客新安，有從無爲來者言及其事，因賦此〔七〕。

淒淒切切，有女泣血。問女何所悲，嗚咽不能説〔八〕。　女兒雖無父，女兒自有夫。女兒雖無母，女兒自有姑。昨日媒氏來，索彼一斛珠。今日媒氏來，索彼紅羅襦。非索珠與襦，乃索郎所無。噫嘻異哉，乃索郎所無〔九〕！　朝亦哭，暮亦哭。朝哭暮哭，一病入骨。女兒死耳何足悲，所悲郎不知〔一〇〕。　行行且止，女兒入市。女兒非入市，曰有醫在此。女兒非就醫，冀郎一見耳。天假之緣，郎竟來前。郎竟來前，女兒涕泗漣漣〔一一〕。　解妾香囊，繫君衣裳。生不得入君之室，死猶得在君之旁。妾不勝大願，願君無傷〔一二〕。　風蕭蕭，日冥冥。淵魚深匿，林鳥悲鳴。女兒行不成步，語不成聲。蛩蛩距虛，負之而行。嗚呼！今日何日，得君負之而行。女兒雖死，死賢於生〔一三〕。　我聞此事，爲作此詩〔一四〕。敬告儒林丈人，勿以苛禮責女兒，女兒之志良可悲。嗚呼！女兒之志良可悲，敬告儒林丈人，勿以苛禮責女兒〔一五〕。

【校記】

〔一〕《日鈔》此題爲卷五第三篇。

〔二〕許嫁，《日鈔》作『字』。

〔三〕重，《日鈔》作『原』。

〔四〕自明，《日鈔》無。

〔五〕竟卒，《日鈔》作『而没』。

〔六〕『亦』上，《日鈔》多『噫』。
〔七〕『余客新安』至『賦此』，《日鈔》作『爲賦此曲』。
〔八〕『問女』至『能説』，《日鈔》作『嗚嗚咽咽，欲説不説』，並多小注『一解』。
〔九〕『無』下，《日鈔》多小注『二解』。
〔一〇〕『知』下，《日鈔》多小注『三解』。
〔一一〕『漣』下，《日鈔》多小注『四解』。
〔一二〕『傷』下，《日鈔》多小注『五解』。
〔一三〕『生』下，《日鈔》多小注『六解』。
〔一四〕詩，《日鈔》作『歌』。
〔一五〕『兒』下，《日鈔》多小注『七解』。

《兩當軒集》有『何事不可爲』《詠史》二首，即效其體〔一〕

何事不可爲？乃妄學堯舜〔二〕。功高國愈〔三〕危，權重主亦震。九錫書方來，三讓表已定。天子願避賢，羣公競勸進。太常具禮儀，太史奏瑞應〔四〕。於是高築壇〔五〕，威儀一〔六〕何盛。曰皇帝臣某，謹以玄牡請。神器無久曠，天位宜早正。臣敢執小節，而久稽大命。乃召故君來，朕命爾其聽。庸建爾上公，往哉罔勿敬。無何讓王薨，仍以天子贈。車駕自臨送，震悼若弗勝。嗚呼將誰欺，欺天天不信。唐宋均爾爾，吾無責魏晉。

何事不可爲？乃妄學孔孟〔七〕。雕蟲楊子雲，晚年忽自病。太玄擬周易，法言擬魯論〔八〕。遂令文中子，妄以聖自任。門亦四科分，經亦六藝定。黎丘〔九〕僞可疑，荆楚僭孰甚。要是古人拙，事事若符印。後世則不然，其技又有進。鑿空講理學，聚徒談性命。漢唐盡吐棄，佛老或借徑〔一〇〕。就中又區別，問學與德性。小儒聞而慕，支派日以盛。語録繁於經，道統尊於聖。嗚呼諸先生，所學非不正。當思漆雕開，吾斯未能信。

【校記】

〔一〕《日鈔》此題爲卷五第八篇。

〔二〕『乃妄』句，《日鈔》作『而必爲堯舜』。

〔三〕愈，《日鈔》作『乃』。

〔四〕瑞應，《日鈔》作『符命』。

〔五〕壇，《日鈔》作『臺』。

〔六〕一，《日鈔》作『抑』。

〔七〕『乃妄』句，《日鈔》此句作『而必爲孔孟』。

〔八〕『雕蟲』至『魯論』，《日鈔》作『西漢執戟揚，東漢嗇夫鄭。各傳書數卷，刻意摹魯論』。

〔九〕丘，《日鈔》作『邱』。

〔一〇〕『漢唐』至『借徑』，《日鈔》無。

予來新安，問字諸君日有至者，而方言不同，相對無語，戲作此詩〔一〕

周客不知鼠，楚人不識虎〔二〕。越客端宜作越吟，魯人止可嗚魯鼓。縱煩宮女正傒音，偏有參軍愛蠻府。須知齊傅教齊言，不若楚歌配楚舞。無如作客來異鄉，未免相對成傖父。人疑王導何乃渹，我訝左慈遽如許。欲言未言先囁嚅，似解不解兩齟齬。不如一笑付胡盧，何必多言徒謰謱。君不見公羊作傳語則齊，淮南箸〔三〕書音則楚。猶勝一聲稜等登，口作箏聲不成語。

【校記】

〔一〕《日鈔》此題爲卷五第九篇。

〔二〕『虎』下，《日鈔》多『方言難盡同，各因其水土』。

〔三〕箸，《日鈔》作『著』。

汪紫卿芳慶爲余畫一便面，柳陰之下，因山爲屋，一人危坐其中，旁則積書如堵。噫，此境也，非余所深願而不得者邪？因爲長歌，以酬其意，兼述所懷〔一〕

傳一卷書勝千駟，擁萬卷書如百城。吾曹例有愛書癖，謂吾〔二〕獨否非人情。家貧棄書逐衣食，目有所觸心怦怦。吾兄亦復有同嗜，每過書賈囊爲傾。然〔三〕脂暝寫數十卷，上者兩漢下則明。書成留與蠹魚鮑，短衣楚製萬里行。提書一袱付吾校，誰其作者悦與宏。壬甫兄將之粵西，以荀悦、袁宏兩《漢紀》屬余校定。而我來作新安客，羔裍筍席今三更。浮名浪竊如畫餅，不足齒數真一傖。諸君見我忝鄉賦，疑於文字三折肱。拜手稽首稱弟子，問其年齒吾所兄。爲貧而仕古且有，况乃僅竊師儒名。二十一史束高閣，且與諸子談朱程。虚字律令吾粗曉，設有謬誤能彈抨。讀故人書一太息，無乃舍己爲人耕。馬讌香書中語。今觀君畫再太息，此吾素志何時成。吾本烏巾山下住，尚有先世雙柴荆。三硬蘆圩一稜地，吾鄉地以若干畝爲一圩，余家薄田數畝，皆三硬蘆圩也。厥性頗宜長腰秔。惜乎所居固湫隘，田亦未足供粢盛。他年買田更築室，旁或益以樓三楹。環植楊柳如君畫，亦或不論松與樫。鑿池引水種菱芡，襍以鵝鴨池中盈。牛闌豕苙〔四〕固細事，苟有隙地皆宜營。四時甘旨既無缺，不速客至兼可烹。奴使耕田婢使織，童子一二供使令。更蒔花木及竹石，風味庶比田家清。亭榭具體亦已足，小橋當使南北横。春秋佳日奉母出，弱女扶杖嬌兒迎。主人謝事亦謝客，冬衣鹿裘夏裸裎。終朝閉户坐一室，惟聞戢戢牙籤聲。買書但不買語録，餘者皆可充書棚。爾時吾兄所手寫，或者高與牀頭平。弟兄白首相對讀，旁人不識忪且驚。書巢老死亦無恨，死便埋我先人塋。再觀此畫定一笑，君有先見如棓生。吾言及此三太息，長抱鄙願徒硜硜。賣文日禿兔豪一，家中依舊空瓶罌。青山自在不須買，草堂資〔五〕亦良非輕。書空咄咄竟何益，徒使鄉夢宵來縈。已矣置此勿復道，流行坎止吾無爭。

【校記】

〔一〕《日鈔》此題爲卷五第十篇。『卿』下，《日鈔》多『茂才』。『旁』上，《日鈔》多『而』。『非余』至『耶』，《日鈔》作『非予所深願者耶？人事牽挽，此志莫遂』。『歌』下，《日鈔》多『一章』。
〔二〕吾，《日鈔》作『我』。
〔三〕然，《日鈔》作『燃』。
〔四〕苙，原作『笠』，據《校勘記》改。
〔五〕資，《日鈔》作『貲』。

百歲婦詩〔一〕

休寧上草市孫漢昭之妻，生於乾隆己巳，至〔二〕道光戊申壽百歲。七月十四日，其生日也，至八月而卒〔三〕。家惟一孫，又甚貧，遂湮没不箸〔四〕。余〔五〕甚惜焉，因紀以詩。

白髮青裙婦，蓬門老此身。壽難兼福命，死已過生辰。日月三朝永，虀鹽百歲貧。瑤京歸去後，誰爲勒貞珉。

【校記】
〔一〕《日鈔》此題爲卷五第十四篇。
〔二〕『休寧』至『至』，《日鈔》作『婦畢氏，休寧上草市孫漢昭之配』。
〔三〕卒，《日鈔》作『歿』。
〔四〕箸，《日鈔》作『著』。
〔五〕余，《日鈔》作『予』。

女蘿行〔一〕

夫搖比翼之扇，夏日分涼；　臥同功之緜，冬宵共暖。　斯固倡隨〔二〕之樂，抑亦牉合之常。若乃巴寡婦之懷清，齊嬰兒之不嫁，則已哀同黄鵠，孤比青鸞。　然一則天上媤媧，本來有偶；　一則日南野女，原是無夫。　從未有青廬一面，便了前緣；　而白髮孤燈，仍稱偕老者也。　乃有金屋名姝，玉臺麗質，春在汪倫之宅，生共桃花；　雪深明道之門，來吟柳絮。　方謂赤繩繫就，定諧伉儷之歡；　誰知黄土摶〔三〕來〔四〕，竟遇〔五〕冥頑之物。　夫感《終風》而隕涕，賦《芣苢》而傷心；　此情雖人所難堪，此恨猶世所時有。　乃啞如豫讓，既痼疾之難瘳；　而狂豈接輿，又披猖之加甚。　此則性非鹿豕，難與同游；　嫁逐犬雞，亦爲較勝者矣。　然而女貞自矢，婦順無違。　三十年怨耦方長，不受未亡之號；　九十日春光太短，已甘獨活之名。　小姑元是無郎，使君居然有婦。　迨狂夫之柳，望秋先零；　而貞女之枝，經冬尚茂。　守我閉房之記，報君同穴之詩。　烏呼！　其可感矣，亦可敬矣。名雖高于漆室，事難達于蘭臺。　因賦短章，以存苦節。　女而不婦，人休疑爲宋國伯姬；　色即是空，我請證之維摩天女。

青青女蘿枝，乃附荆與棘。　女蘿雖無知，女兒三太息。　妾家慧山側，日飲慧山泉。　梁谿清見底，照妾雙嬋娟。　一朝梁谿水，送人去千里。　去去將何之，千山萬山裏。　千山萬山裏，云是新安江。　女子固有行，所悲在異邦〔六〕。　異邦雖可悲，高門原不辱。　聘我明珠千，先以雙白玉。　入門笙歌起，綺席猶未收。坐客皆珠〔七〕履，騎奴盡綠褠。入室屏幃開，罽茵鋪地密。傅母玉搔頭，侍兒金屈膝。再拜見舅姑，舅姑顏色和。新安江千里，新婦勞如何。回頭見娣姒，娣姒各色喜。不必問采伴，儂家皆築里。斜睇睨兒夫，兒夫麗且都。盛年十七八，白皙未有須〔八〕。魚質被龍文，問魚魚不識。癡骨裏妍皮，好醜誰能測。朝聞人有言，兒夫生而瘖。竟如無舌蟲，不能成聲音。暮聞人有言，兒夫生而癡。飢飽且不識，菽麥安能知。新婦始猶疑，怪事那有此。昨者見堂前，翩翩佳公子。新婦繼乃悲，淚下如綆縻。不恨妾夫惡，但恨生不諧。青青女蘿枝，乃附荆與棘。女蘿雖無知，女兒三太息。自此洗紅妝，自此守空房。連理三十載，妾身是女郎。東家亦娶婦，娶婦秋月圓。秋月照帷闥，共臥蛩蛩氈。西家亦娶婦，娶婦春風滿。春風窺簾櫳，同服黃昏散。女蘿附荆棘，荆棘誰能親。嫁女與狂夫，百歲如路人。女蘿附荆棘，終與荆棘守。嫁女與狂夫，原不狂夫負。秋月與春風，年年自不同。惟有一心人，亮不渝始終。始終苟不渝，何必共牀笫。誰與〔九〕知妾心，惟有梁溪水。

【校記】

〔一〕《日鈔》此題爲卷五第十七篇。

〔二〕倡隨，《日鈔》作『闔門』。

〔三〕摶，原作『搏』，據《校勘記》改。

〔四〕來，《日鈔》作『成』。

〔五〕遇，《日鈔》作『是』。

〔六〕『邦』字，《日鈔》作『鄉』。下同。

〔七〕珠，《日鈔》作『朱』。

〔八〕 須，《日鈔》作『鬚』。

〔九〕 與，《日鈔》作『歟』。

蓮叔以詠古詩見示，戲和四首〔一〕

滄海君椎〔二〕

始皇入海求蓬萊，蓬萊仙人安在哉？徐福一去不復返，滄海君獻力士椎。異哉此力士，非鬼復非仙〔三〕，是何名姓終無傳。當日海上鞭石石流血，或卽此椎之力而非真有神人鞭。一椎擊，三秦動。十日索，天下聳。海内始知秦可擊，陳項紛紛起畎〔四〕隴。祖龍不死膽亦破，不久便葬驪山冢。乃歎子房此舉非無功，後人莫將成敗論智勇〔五〕。

禰正平鼓

大兒孔文舉，小兒楊德祖。平生眼底空無人，乃爲老瞞一擊鼓。鼓聲一擊風蕭蕭，坐中賓客寒生毛。老瞞顔色慘不樂，鼓吏擊鼓聲愈高。惜哉此鼓僅向鄴中擊，請看他日東風燒赤壁。倘留此老在南軍，戰鼓一聲飛霹靂。幸哉此鼓猶在建安年，請看他年寂寞西陵田。倘煩此老更一擊，能無白骨寒重泉？

李長吉錦囊

可憐齷齪子，手提十囊五囊錢。重若金印腰間縣〔六〕，一朝囊破錢難穿〔七〕。不若吾輩囊中詩，一囊詩抵千牟尼。提囊示人人不識，但驚腹大如鴟夷〔八〕。嗚呼！有唐三百載〔九〕，只有詩堪愛。劉郎珍惜一首詩，竟有土囊壓其背。當日曲江諸少年，例將皮袋隨身佩〔一〇〕。何如〔一一〕李家奚奴背上小錦囊，足抵人間多少金魚銀魚袋。寄語千載學詩人，莫與李義山衣一例撏撦碎。

樂昌公主鏡

瓊樹朝朝璧月暮，君王正醉臺城路。是何女子獨聰明，已知家國同朝露〔一二〕。臨春結綺爭繁華，興亡轉轂徒咨嗟。試問青溪橋下水，何如玉樹庭中花。鏡兮鏡兮儂與汝，爲命分得菱花剛半柄。誰知蕭史竟相逢，一笑重完當日鏡。鏡雖完，璧已破。倘逢金谷墜樓人，應媿鏡中顔色涴。鏡雖破，人尚完。可憐花蕊入宫後，空向張仙圖上看。

【校記】

〔一〕《日鈔》題作『蓮叔以自繪人物一册屬題，各賦一首』，爲卷五第三十篇。

〔二〕《日鈔》小題注於詩後，爲小字注文。下同。

〔三〕『異哉』至『非仙』，《日鈔》作『異哉滄海君，非人非鬼非神仙，而此力士尤可怖』。

〔四〕 畂，《日鈔》作『畝』

〔五〕『乃歎』至『智勇』，《日鈔》作『乃歎此舉非無功，莫將成敗論智勇。赤帝手中三尺劍，竟似此椎爲作俑。可憐秦皇愚不曉，副車雖破轀輬好，還把金椎築馳道』。

〔六〕縣，《日鈔》作『懸』。

〔七〕『穿』下，《日鈔》多『留得飯囊之腹空皤然』。

〔八〕『夷』下，《日鈔》多『問君竟何意，貌此冰雪姿。始信才人别有癖，徒掉書袋安能知』。

〔九〕載，《日鈔》作『年』。

〔一〇〕『佩』下，《日鈔》多『不知其中果何物，若是塵垢之囊無乃穢』。

〔一一〕何如，《日鈔》作『請看』。

〔一二〕『露』下，《日鈔》多『石子岡頭北風猛，君王竟辱臙脂井。自憐生長帝王家，今日始知真不幸』。

古意〔一〕

馬如龍，車如水。將安之？入吴市。吴市輸一錢，便得看西子。一人一錢千人千，西子看殺誰云妍。請君細看西子面，一入吴宮難得見。

【校記】

〔一〕《日鈔》此題爲卷五第二十六篇。

寓齋題壁〔一〕

偶然投足莫非緣，坐對明窗況四年。庭下雖無書帶草，墨池餘瀋滿階前。
土音雖解半難通，相對都成囁嚅翁。慙媿方言吾未箸〔二〕，虚勞載酒過楊〔三〕雄。
何處新翻團扇歌，金星入命近來多。門生頗亦能吹笛，只惜吾非馬伏波。
豈果神鍼出夜來，筆花都到五更開。經營慘淡燈光小，不是仙才是鬼才。

【校記】

〔一〕《日鈔》此題爲卷五第二十七篇。題壁，《日鈔》作『襍詠』。

〔二〕箸，《日鈔》作『著』。

〔三〕楊，《日鈔》作『揚』。

汪紫卿出所藏木紙見示。其實木也，而薄如紙，可以受墨，但不能卷耳。云出東洋，因乞其一，而紀以詩〔一〕

紙非紙〔二〕，木非木，此木無乃輪扁斵，不然安得如紙薄。其廣四寸長踰尺，其質雖脆色如玉。不堪舒卷入詩筒，亦難裝潢成畫軸。惟堪墨汁塗淋漓，或共筆鋒〔三〕峙卓犖。形製大小初無殊，紋理縱横尚相屬。試問紙官固弗知，即徽紙譜亦未錄。其來遠自東洋東，定與高麗紙同蓄。吾聞蔡侯始造紙，樹膚麻頭非一族。後人有意求新奇，亦或從宜更從俗。吳人以繭楚以楮，蜀人以麻閩以竹。要皆剝膚存其液，麤者使精生者熟。彭彭魄魄水碓舂，丁丁董董布囊漉。功從一寸二寸成，力或千椎萬椎築。何如此紙出天然，真乃不雕又不琢。魯人削固無其勻，楚匠鉋亦憂其縮。吾儕日向故紙鑽，以木爲紙見者孰。乞君一紙已足榮，何必參軍滿百幅。但塹木筆不開花，孤負銀光照吾目。

【校記】

〔一〕《日鈔》此題爲卷五第三十五篇。

〔二〕下『紙』下，《日鈔》多『兮』字。

〔三〕鋒，《日鈔》作『峯』。

紫卿又以兩燭見示，乃明代物也，亦賦一詩〔一〕

不見前代人，乃見前代燭。其壽三百年，望之已如木。方其造此時，豈料至今畜。成毁竟誰司，堅牢惟爾獨。膏雖屯而光，炷乃老不禿。質細工雕鏤，形方露圭角。已免劫灰紅，莫學聖火綠。不以明自煎，千載定可卜。

【校記】

〔一〕《日鈔》此題爲卷五第二十八篇。又，《日鈔》作『茂才』。亦賦一詩，《日鈔》無。

閉户〔一〕

閉户先生倦出游，惟將筆墨破羈愁。隨人作計何妨嬾，無佛稱尊亦可羞。公擇書纔學鸜鵒，庭堅詩恐〔二〕類蝤蛑。曹蜍李志皆千古，莫問人間弟〔三〕幾流。

【校記】

〔一〕《日鈔》此題爲卷五第三十二篇。

〔二〕恐，《日鈔》作『或』。

〔三〕弟，《日鈔》作『第』。

伐蛟行〔一〕

周官壺涿氏，實掌除水蟲。水蟲非一族，而蛟尤其雄。擊鼓投石神不死，更以牡橭貫象齒。古人慮患何其周，月令伐蛟亦如此。小儒讀之付一笑，直謂古人游戲耳。何怪官吏多因循，酒肉醉飽安知民。輒云深山絶壑人不到，雖有蛟窟無從詢。我來新安問田叟，蛟之所生處處有。以龍爲父雉爲母，遺種入地數千尺，草木不生〔二〕雪不受。惜乎強弓毒矢民間無，不然刳割如屠狗。一朝頭角養已成，飛上半天作龍吼。今年久雨無時乾，老蛟不肯泥中蟠。霹靂一聲裂山出，遂令平地生驚湍。吁噫〔三〕

乎！老蛟作計亦太劣，何不山中守爾穴。驅駕雷霆欲出山，一遇海潮化爲血。山中之蛟不耐鹹水，與海潮遇，往往多死〔四〕。

【校記】

〔一〕《日鈔》此題爲卷五第三十三篇。

〔二〕生，《日鈔》作「萌」。

〔三〕噫，《日鈔》作「嘻」。

〔四〕往往多死，《日鈔》作「則死矣」。

偶感〔一〕

自春徂夏雨還風，芳信都歸冷淡中。無奈名花心不死，明知風雨也須紅。

【校記】

〔一〕《日鈔》此題爲卷五第三十四篇。

聞浙中大水〔一〕

憶昔歲辛丑，大雪没至肘。老翁八九十，驚詫得未有。天公好出奇，無獨必有偶。今年兩月雨，海若不敢受。遂令平地水，高可濡人首。頗聞新安民，水患固所狃。老蛟一掉尾，萬室〔二〕掃如帚。游子見而歎，猶謂故鄉否。家書昨日至，不覺噤吾口。書中何所云？但道水太陡。我家臨平湖，地不逾一畝。誰知陋室中，已可置敝笱。䲔䱹鷺登堂，撥剌魚窺牖。家人避它〔三〕所，故宅誰扞掫。一僕一老嫗，權拜官留守。空堂網蠨蛸，污泥定一斗。區區家室計，此猶在所後。顧念水漫漫，已徧浙左右。田疇既被淹，室廬亦見蹂。年荒穀價高，盜賊鋌〔四〕而走。已憂生計艱，更恐癘氣厚。敬問諸巨〔五〕公，誰是迴瀾手。我讀左氏書，經義細分剖。一尺雪爲大，三日雨爲久。若在今日觀，此殊未爲咎。吾年未三十，所見過魯叟。白首話生平，即此可自負。

【校記】

〔一〕《日鈔》此題爲卷五第三十七篇。

〔二〕室，《日鈔》作『竈』。

〔三〕它，《日鈔》作『他』。

〔四〕鋌，原作『挺』，據《校勘記》改。

〔五〕巨，《日鈔》作『鉅』。

六月三日，内子三十初度，寄詩爲壽〔一〕

蓬門寂寞酒誰沽，自覺新詩未可無。一歲遲生原外弟，十年苦守尚窮儒。清閑轉得貧中味，憔悴遙憐病後軀。只有嬌兒偏解事，手攜弟妹拜氍毹。

誰家夫壻擅風流，寶馬香車作勝游。我爲不才長落寞〔二〕，卿緣何事亦窮愁。屋嫌〔三〕租貴謀移徙，奴怨〔四〕傭微聽去留。堂上親衰兒輩小，可知晨夕費綢繆。

莫嫌門户費支撑，紙閣蘆簾氣味清〔五〕。配我書香皆福分，傲人銅臭是科名。雖貧未識糟糠味，因别彌增伉儷情。一事流傳三黨徧，膝前兒女總聰明。

不向紅窗共舉杯，客中此夕倍低徊。酒無可祝將詩祝，身未能回有夢回。少小絲蘿聯玉鏡，幾時聲價重金臺。明〔六〕年我亦剛三十，曾否春風得意來。

【校記】

〔一〕《日鈔》此題爲卷五第三十八篇。六月三日，《日鈔》無。

〔二〕寞，《日鈔》作『拓』。

〔三〕嫌，《日鈔》作『因』。

〔四〕怨，《日鈔》作『爲』。

〔五〕『莫嫌』至『味清』，《日鈔》作『釵荆裙布可憐生，偏有旁人豔羨卿』。

〔六〕明，《日鈔》作『來』。

樂府體四章，記江浙大水〔一〕

水災歎〔一〕

天公憒憒那有此，竟遣十一龍治水。雨師又不避甲子，遂令乘船可入市。正月十一日遇辰，爲十一龍治水，主水災，自宋以來有此説。『夏雨甲子，乘船入市』，亦古諺也，今歲皆驗。君不見東南七千里，田廬盡化爲汙渠。又不見黄河之水天上來，一怒欲灌淮與徐。嗚呼噫嘻民其魚。

賑饑行

小口三，大口六。六文錢，一合粟。炊之爲糜，不盈一掬。何況小口又減半，雖易糠秕且未足。昔時富户今亦貧，何人爲具黔敖粥。西風策策吹茅檐，大口小口同聲哭。

流民謡

不生不死流民來，流民既來何時回。欲歸不可田汙萊，欲留不得官吏催。今日州，明日府。千風萬雨，不借一廡。生者前行，死者臭腐。吁嗟〔三〕乎！流民何處是樂土。

米貴歌

錢六千，米一石。米一斗，錢六百。借問窮檐民，何以度朝夕。市中米價日日增，米不論斗止論升。我欲辟穀嗟未曾，一飽之樂何可憑。且寫魯公食粥帖，歸問妻孥能不能。

【校記】

〔一〕《日鈔》此題爲卷五第三十九篇。『樂』上，《日鈔》多『擬』字。記，《日鈔》作『紀』。

〔二〕《日鈔》小題在詩後，爲小字注文。下同。

〔三〕　吁嗟，《日鈔》作『噫嘻』。

余客新安，與孫蓮叔交最深。明年春將入都應禮部試，因賦詩爲别〔一〕

人生半面莫非緣，何況論交近十年。燈火正尋文字契，風霜又到别離天。堅留後約煩縣〔二〕榻，遥指前程盼箸〔三〕鞭。卻恐長安居不易，未行先贈辦裝錢。

不才十載困風塵，媿説名場閲歷身。意氣自知難比昔，文章敢謂尚如人。破荒科第殊非易，啗肉神仙豈是真。小草本來無遠志，聊酬良友與慈親。

旅食新安四載餘，微名贈我勝瓊琚。詅癡市上詩〔四〕成集，問字門前客〔五〕駐車。蟲似壓油雖自苦，士如畫餅不嫌虚。吾儕〔六〕最是狂難及，莫向悠悠計毁譽。

卽今千里赴金臺，敢謂游燕是郭隗。有幸或能登一第，無成仍可訂重來。青雲路遠雖難定，白首盟堅總不灰。此去升沈何必問，終須爲我洗尊罍。

【校記】

〔一〕《日鈔》此題作『將去新安，留别蓮叔』，爲卷五第四十篇。

〔二〕縣，《日鈔》作『懸』。

〔三〕箸，《日鈔》作『著』。

〔四〕詩，《日鈔》作『真』。

〔五〕客,《日鈔》作『競』。

〔六〕儕,《日鈔》作『曹』。

蓮叔將余所致書札裝成二册,聞之甚媿〔一〕

寄書不獨報平安,無限清狂在筆端。一月須糊一斗麪,綠珠盆内幾曾乾〔二〕。

收拾都歸一卷裝,只慚筆墨太頽唐。書成總似悤悤寫,不識荆公有底忙。

【校記】

〔一〕《日鈔》此題爲卷五第三十一篇。

〔二〕『乾』下,《日鈔》多小注『自三月至此,云已得四十餘函』。

庚癸編　春在堂詩編卷三

庚戌春，偕壬甫兄北上，覆舟于青楊浦，詩以紀事，其地距丹陽七里〔一〕

正月癸丑天平明，扁舟曉發毘陵城。孟婆方便助吾力，片帆高與浮雲平。迅若巨魚縱大壑，輕於廖廓翔鷦鴨〔二〕。誰料危機卽此伏，性命幾與蛟龍爭。上流一舟渺如葉，砉然觸舟舟微橫。猶謂鄒不與楚敵，彼或可慮〔三〕吾無驚。庸〔四〕知造物有深意，危者使平易者傾。風力注帆帆勢側，柁不能制篙難撐。天旋地轉此一瞬，使我目眩心怦怦〔五〕。猶幸相將登彼岸，未至竟與鷗鳧〔六〕盟。遙見吾〔七〕僕自水出，豈惟濯足兼濯纓。舟子彳亍立泥淖，更有童穉啼咿嚶。是時風雨又作惡，那免寒粟肌膚生。嗟我遠遊竟何事，所爲祇此區區名。奔車覆舟古所慎，何以此險吾俱攖。憶昔車僨已至再，乙巳入都時〔八〕事。今茲水厄尤非輕。姑轉危語作壯語，平生履險如夷庚〔九〕。分風劈〔一〇〕流巨靈手，沉舟破釜項籍兵〔一一〕。寄語孟婆更助力，便煩送我遊蓬瀛。

【校記】

〔一〕《日鈔》此題作「青楊浦覆舟（地距丹陽七里）」，爲卷六第一篇。

〔二〕「迅若」至「鷦鴨」，《日鈔》作「天風蓬蓬吹我上，竟如寥廓翔鷦鵬」，並多「奔牛酒熟未及酤，丹陽塔已來崢嶸。上距京口無百里，江神早已遥相迎」二聯。「廖」，通「寥」。

〔三〕可慮，《日鈔》作「虀粉」。

〔四〕庸，《日鈔》作「豈」。

〔五〕「使我」句，《日鈔》作「亂流齧入訇有聲」。

〔六〕鷗鳧，《日鈔》作「波鷗」。

〔七〕吾，《日鈔》作「我」。

〔八〕時，《日鈔》無。

〔九〕「平生」句，《日鈔》作「不歷危險何由成」。

〔一〇〕劈，《日鈔》作「擘」。

〔一一〕「兵」下，《日鈔》多「卽看入水水不溺，此舉已足淩公卿」。

穀城山中訪黄石公祠不得〔一〕

帝遣五老遊人間，一入藍田化爲玉。始而趙璧後〔二〕秦璽，神物流傳無〔三〕乃辱。不如此老化爲石，恥以譁囂悦人目。偶然游戲遇子房，興漢亡秦一編足。韜精斂采穀城山，坐看秦璽出函谷〔四〕。我來驅車行，山石走犖确。神仙富貴兩茫茫，徒向風塵緬遺躅。

【校記】

〔一〕《日鈔》此題爲卷六第二篇。

〔二〕後，《日鈔》作『繼』。
〔三〕無，《日鈔》作『毋』。
〔四〕『谷』下，《日鈔》多『噫嘻，泰山石，不可讀。嶧山石，久已仆。不知此一拳，可在茲山麓』。

漫河集遇風〔一〕

彭彭魄魄春雷鳴，渾渾沌沌秋潮生。他他籍籍虎豹鬬，淫淫裔裔蛟龍爭。噫嘻風力猛至〔二〕此，而我驅車適與風相迎。頗疑車輪昨夜生四角，不然何以千搖萬兀車難行。老僕淩兢凍欲倒，疲騾局促噤不聲。我亦閉帷學新婦，猶來飄搖吹我雙冠纓。回憶故園好風日，綠楊樹樹聞啼鶯。花氣濃薰袷衣暖，芹泥輭藉芒鞋輕。何爲一鞭走燕趙，塵沙眯目幾成盲。不知風伯竟何怒，自朝至暮猶未平。亟投逆旅避其鋭，且喜雞黍盤中盛。牛溲馬勃無不有，禦寒聊盡酒一觥。卧聽風聲獵獵猶未息，僕夫又報東方明。

【校記】
〔一〕《日鈔》此題爲卷六第三篇。集，《日鈔》無。
〔二〕至，《日鈔》作『如』。

趙北河渡十二連橋〔一〕

南垂北際認蒼茫，轉覺烟波似故鄉。一水略清燕趙氣，重關曾劃宋遼疆。鴨頭浪小漁舟穩，雁齒橋平客路長。慙媿元龍湖海士，也來車鐸走郎當。

【校記】

〔一〕《日鈔》此題爲卷六第四篇。

入都〔一〕

僕僕長途敢憚勞，風塵且喜換征袍。龍髯已遠攀何及，駿骨無憑價不高。方朔空囊難索米，禰衡名刺易生毛。狗屠市上如相問，只有悲歌氣尚豪。

【校記】

〔一〕《日鈔》此題爲卷六第六篇。

謁謝文節祠〔一〕

首陽薇蕨老，高餓又先生。蟲臂身原寄，鴻毛死肯輕。起兵虛翟義，賣卜學君平。南八何曾〔二〕屈，皇天眼自明。

瀛國歸朝日，崖山致命秋。空存三寸舌，莫挽五更頭。表肯陳情上，書曾卻聘修。不因親尚在，朱鳥久同游。

富貴留承旨，風流趙子昂。如何忘節義，知否有倫常。孝女碑三尺，孤臣淚萬行。由來名教重，何敢忝冠裳。

冰霜無折挫，香火有因緣。碧血哀丘〔三〕畔，青燈古佛前。祠在憫忠寺後。墓碑仍署宋，廟貌任留燕。我到摳衣謁，靈風起肅然。

【校記】

〔一〕《日鈔》此題作「謁謝文節公祠，敬賦四律」，爲卷六第八篇。

〔二〕曾，《日鈔》作「嘗」。

〔三〕丘，《日鈔》作「邱」。

乾隆重勒石鼓歌〔一〕

我入成均觀石鼓，石鼓彭亨手可撫〔二〕。從甲至癸數盈十，自東徂西庋各五。摩挲再四歎神物，有客爲言此非古。此鼓勒自乾隆年，御碑突兀樹於廡。我聞斯語尤屏營，再拜而觀敢莽鹵。唐時石鼓出陳倉，殘缺幾將成柱礎。表章始自韋蘇州，歌詠又傳韓吏部。自元大德移燕都，五百餘年留此所。小儒眼小小於豆，疑秦疑魏騰其輔。煌煌聖論薄雲霄，始爲千秋破聾瞽。自來神物有廢興，或棄泥塗或天府。隋世已毀無射鐘，元代猶存劈正斧。斯鼓得逢聖人世，舊者重新缺者補。倘令坡老生我朝，欲讀何須手畫肚。下士檮昧何所知，肅觀其旁首爲俯。惟聖雖述亦兼作，是器雖文亦寓武。車攻吉日中興詩，豈與尋常鐘〔三〕鼎伍。

【校記】

〔一〕《日鈔》此題爲卷六第十篇。

〔二〕手可撫，《日鈔》作『目未覩』。

〔三〕鐘，《日鈔》作『彝』。

禮闈揭曉，口占四十字〔一〕

三十初通籍，微名敢怨遲。所嗟登第日，不逮過庭時。燈火仍兄共，門閭慰母思。長安春有信，早報故園知。

【校記】

〔一〕《日鈔》此題爲卷六第十一篇。

五月初三日，勤政殿引見，紀恩一首〔一〕

紅雲深處冕旒尊，魚貫同趨如意門。紫禁分行森玉立，丹毫圓轉透珠痕。凡與館選者，硃筆作圈。頭銜已借冰壺冷，手澤猶存鐵硯温。記得先臣遺語在，留將科第付兒孫。先祖南莊府君年逾七十以明經終，人或惜之，輒怡然曰：留此以貽子孫，不更優乎？見先君所撰家傳〔二〕。

【校記】

〔一〕《日鈔》此題爲卷六第十二篇。首，《日鈔》作『律』。

〔二〕『傳』下，《日鈔》多『中』字。

十九日初入翰林院，恭紀〔一〕

北御河邊一水清，曉隨鵷鷺集蓬瀛。雲中丹詔天申命，殿上緇帷聖大成。是日宣旨，并謁先聖。簪筆行將從太史，執經初學拜先生。大教習杜芝農相國、福元修侍郎〔二〕均于是日到館。非才濫與清華選，媿説仙曹已隸名。

【校記】

〔一〕《日鈔》此題爲卷六第十三篇。

〔二〕『郎』下，《日鈔》多『兩師』。

餓夫墓〔一〕

餓夫姓彭氏，名之燦，字了凡，明季蠡縣諸生也。甲申後棄諸生，入輝縣蘇門山，餓死孫登嘯臺下。孫夏峯先生〔二〕題其墓曰『餓夫墓』。庚戌歲，有以其事實〔三〕寄京師索題詩〔四〕者，因賦此。

玄蟬潔而饑〔五〕，蜣螂穢而飽。苟念嘑蹴羞，猶謂餓死小。何況劫火人間燒，故宫離黍愁蕭條。何地可挂箕山瓢，何路可吹吴門簫。侏儒侏儒亦孔醜，爾曹飽死竟何有。夷齊結隊下山中，巢許爭先迎馬首。眼前突兀，惟有孫登之高臺，嵇康死後無人來。芒鞋竹杖偶此過，劃然長嘯山爲開。千仞山，三尺土，餓夫之骨香千古。誰其〔六〕題者孫徵君，至今字字龍蛇舞。我欲拜其墓，惜無介山田。我欲弔其魂，惜無雍門絃。但覺餓夫赫然在，生氣凜凜干雲天。嗚呼！先生竟以一餓傳。

【校記】

〔一〕《日鈔》此題爲卷六第十五篇。

〔二〕『生』下，《日鈔》多小注『奇逢』。

〔三〕『寄』上，《日鈔》多『郵』字。

〔四〕詩，《日鈔》無。

〔五〕饑，《日鈔》作『飢』。

〔六〕其，《日鈔》作『歟』。

八月二十二日請假南旋，口占二律〔一〕

金爵觚棱入望遥，一鞭南下路迢迢。秀才官冷奴無勢，薄笨〔二〕車輕馬不驕。清俸未能供菽水，虚名那足傲漁樵。止因生小江湖慣，話到烟波興便饒。

十年辛苦困名場，韝線微才本不長。聖代優容無棄物，羣公謬愛到文章。敢期著述留東觀，聊取科名慰北堂。慙媿相如仍四壁，虚將詞賦擬長楊。

【校記】

〔一〕《日鈔》此題爲卷六第十六篇。

〔二〕笨，原作『苯』，據《校勘記》改。

皂河阻雨，易車而舟，成四十字記之〔一〕

車輪竟生角，草草又登舟。一夜雨淋腦，連朝風打頭。歸程剛共雁，生計總輸鷗。何日烟波裏，全家泛宅游。

【校記】

〔一〕《日鈔》此題爲卷六第十七篇。

松江〔一〕

狎鷗亭畔足清娱，我亦扁舟向此租。自昔文章推二陸，于今財賦冠三吳。空江有雪鱸魚冷，同調無人鶴唳孤。慙愧塵容徒碌碌，未堪蹤跡寄菰蒲。

【校記】

〔一〕《日鈔》此題爲卷六第十九篇。

黄浦〔一〕

客路經黄浦，推窗試一觀。晴光浮水淡，海氣逼天寒。篷〔二〕背留殘雪，船脣鬬怒瀾。江湖吾所樂，止欠釣魚竿。

【校記】

〔一〕《日鈔》此題爲卷六第二十篇。

〔二〕篷，原作『蓬』，據《校勘記》改。

内子偶作梅花詩，云『耐得人間雪與霜，百花頭上爾先香。清風自有神仙骨，冷豔偏宜到玉堂』，余喜而和之〔一〕

庭院無塵夜有霜，風來不是等閑香。寒宵同作羅浮夢，絶勝東坡在雪堂。

【校記】

〔一〕《日鈔》此題爲卷六第二十一篇。余,《日鈔》作『予』。

三女堆 在海寧長安鎮覺皇寺後,乃吳大帝弟三女墓。〔一〕

吳宮花草付荒烟,幸〔二〕此佳城築尚堅。千古漫矜銅雀瓦,一抔猶賸赤烏甎。休嫌猺子難爲配,且喜〔三〕蟂姬與竝傳。畢竟江東兒女好,劉家豚犬太堪憐。

【校記】

〔一〕《日鈔》此題爲卷六第二十二篇。

〔二〕幸,《日鈔》作『喜』。

〔三〕且喜,《日鈔》作『何幸』。

咸豐辛亥,將至新安訪諸故人,發錢唐江口占〔一〕

浮生不定似飛蓬,又挂之江一席風。游子出門殊惘惘,老僧托盋柰空空。青山太熟詩無料,白日難消睡有功。遙想新安諸舊侶〔二〕,幾回相望暮雲中。

【校記】

〔一〕《日鈔》此題作『發錢唐江』,爲卷六第二十三篇。

〔二〕 侶，《日鈔》作『雨』。

登新安郡城斗山亭作〔一〕

七年來作新安客，今日始至新安城。城中有山山曰斗，山上有閣以斗名。我攜游屐偶登此，盡收勝概歸簷楹。兩城環環蟻垤小，萬瓦簇簇蜂窠平。一江如練走舄下，渺若杯水堂坳傾。翻怪昨者此呼渡，何爲波浪使我驚。對面黄山隱復見，似聞客至來相迎。舉手敬向山靈謝，青鞵布韈猶未成。興闌游倦下山去，流泉濯足風吹纓。回頭仰望渺何處，但有雲氣涵空明。

【校記】

〔一〕《日鈔》此題爲卷六第二十五篇。

大風雨過五里欄杆〔一〕

山石犖确一線寬，其上壁立千峯巒。俯臨百仞〔二〕下無地，行人未過心先寒。此塗雖畏行難已，爰築石欄長五里。五里欄杆以此名，上達郡城下巖市。地名。籃輿舁我行山坳，舉頭不覺青天高。隘道僅如蜀左擔，危巖何減秦函崤。天公有意與我戲，風風雨雨破空至。書生張目坐咤叱，老蛟欲出又驚避。我聞武穆昔此過，摩崖作字字擘窠。以石爲紙戈爲筆，筆鋒横掃青嵯峨。石上有『山高水長』四字，相傳爲岳忠武〔三〕書。至今英氣足千古，山中不敢生豺虎。我亦題詩巖石間，山靈莫笑書生懦。

【校記】

〔一〕《日鈔》此題爲卷六第二十六篇。杄，《日鈔》作『干』。

〔二〕仞，《日鈔》作『尺』。

〔三〕忠武，《日鈔》作『武穆』。

幽寃婦墓〔一〕

徽州府城外有石碑曰『嗚呼幽寃婦黄氏之墓』。訪之〔二〕故老，言人人殊。余〔三〕謂婦既含寃而死，但使過其墓者皆知其爲幽寃之婦，則婦之寃固已白矣，必求其事，轉恐失之。辛亥夏日過此，因紀以詩。聞舊碑漫漶，婦見夢〔四〕里人重立之，亦可〔五〕異也。

負恨竟終古，憑誰問九原。一碑當孔道，萬口訟幽寃。但博人無間，何勞石有言。表揚吾豈敢，留此待輶軒。

【校記】

〔一〕《日鈔》此題爲卷六第二十七篇。

〔二〕之，《日鈔》作『諸』。

〔三〕余，《日鈔》作『予』。

〔四〕『里』上，《日鈔》多『於』字。

〔五〕 可，《日鈔》作『足』。

石橋巖〔一〕

何年天上虹，化作山中石。遂令兩山間，危橋架百尺。橋高百尺上接天，其下不鑿天然圓。中間一峯隱復見，有如明鏡窺嬋娟。石橋下有遠山〔二〕隱然，故亦名『美女窺鏡』。老僧築屋〔三〕住山腹，一朶奇峯壓僧屋。但訝嶙峋雁齒高，不知宛轉蛾眉綠〔四〕。我無仙人淩虛之長趫〔五〕，仰負飛鳥空中招。不然振衣登〔六〕絶頂，請以石筆題其橋。

【校記】

〔一〕 《日鈔》此題爲卷六第二十九篇，題下多小注『在休寧縣西』。

〔二〕 遠山，《日鈔》作『峯』。

〔三〕 屋，《日鈔》作『居』。

〔四〕 『但訝』至『眉綠』，《日鈔》作『飛瀑長流佛頂青，危崖低覆檐牙綠』。

〔五〕 『我無』句，《日鈔》作『惜乎我乃無長趫』。

〔六〕 登，《日鈔》作『淩』。

桃天〔一〕

石橋不可上，客〔二〕請游桃天。躡衣走蒙茸，雙屩幾爲穿。無端勝境落吾眼，四山森立如規圓。仰視天形更奇絶，有如一桃空中縣〔三〕。上下凹凸無不肖，造物如〔四〕遣神工鐫。剖而食之惜無巨靈手，偷而獻者疑有度索仙。因思此境深藏萬山腹，山不自薦誰流傳。古人探勝偶至此，遂令千古饞客同流涎。所惜佛舍久傾圮，屋無片瓦空留椽。日光穿漏奪吾目，未將勝概收其全。山靈倘訂後游約，請待此桃一熟三千年。

【校記】

〔一〕《日鈔》此題爲卷六第三十篇。

〔二〕客，《日鈔》作『吾』。

〔三〕縣，《日鈔》作『懸』。

〔四〕如，《日鈔》作『疑』。

記石橋巖兩泉水〔一〕

巖石微有罅，云是龍涎泉。泉水終年涸，龍亦愛其涎。要待四月分龍日，而後龍口有水流濺濺。

又有四時泉，石竅分爲四。春夏與秋冬，各以其時至。我來初夏春已徂，夏水正盛春水枯，秋冬二竅涓滴無。君不見昔日柳子厚，造物疑無又疑有。卽此兩泉亦難測，豈有神物爲之守。吾詩聊復紀所見，若云格物吾則否。

【校記】

〔一〕《日鈔》此題爲卷六第三十一篇。

齊雲山紀游〔一〕

夙慕齊雲名，今日乃真到。爰從漁亭橋，扁舟發清曉。沿溪舴艋輕，登嶺籃輿小。舁行亂山中，曲似羊腸繞。仙家有福地，精廬頗完好。羽士出延客，麥飯聊一飽。是日飯于洞天福地。昔有邋遢翁，於此成大道。古洞埋骨香，石室摹形槁。蹤跡雖尚留，名字竟莫考。飯飽鼓游興，惜乎雨淋腦。擔簦游名山，山靈幸無笑。

雙石巋然立，云是頭天門。一石危欲墮，浮雲爲之根。迤邐登其三，有署天門者三。疑可青天捫。無端入山腹，白日成黄昏。但見阿羅漢，或坐或則蹲。羅漢洞極深邃。懍乎難久留，懼爲蛟龍吞。去之走山岬，有若蝨緣褌。飛雨不能入，山勢如覆盆。惟有巖前瀑，閃爍成珠痕。有泉水飛灑巖際，名『真珠簾』。無怪澗中水，終古無由渾。

北方帝真武，神靈此焉宅。雙舄遺水中，千載化爲石。明代搆崇基，歷年踰數百。鑪峯矗其前，秀若烟凝碧。屏峯環其後，朗若玉生白。鐘峯左嵯峨，鼓峯右突兀。壯哉神明居，夫豈人力鬭。嗟余亦何幸，來此蠟游屐。長揖冕旒前，願神恕狂客。

【校記】

〔一〕《日鈔》此題爲卷六第三十三篇。

贈李子迪彬彦〔一〕

雨後峯巒秀轉加，籃輿乘興至君家。紅浮席上清明酒，君家以清明日汲水釀酒，紅潤可愛。綠滿甌中穀雨茶。三楚雲烟供吐納，君曾作楚游。一庭花木極清華。延青生白幽人室，所居軒名『延青生白』。絶勝朱門觸熱撾。

四十年華鬢未衰，謝庭珠玉好栽培。且將書味從頭領，會見科名接踵來。選勝最宜鄰白嶽，余齊雲之游，君爲主人。蜚聲定卜滿金臺。慚余禿盡江郎筆，有負論文酒一杯。君子弟半從余游，并擬令隨余入都。

【校記】

〔一〕《日鈔》此題爲卷六第三十四篇。

四月十六日，新安諸故人與及門諸子爲余補作三十生辰，卽席賦謝〔一〕

去年苕上逢生日，風雪扁舟獨自眠〔二〕。余去年〔三〕泛舟苕霅，適逢生日〔四〕。何意諸君憐故我〔五〕，翻教一醉〔六〕補今年。已遭偏露難稱慶，偶竊微名未是仙。但感光陰如逝水〔七〕，尊〔八〕前那得不流連。

麥秋天氣半陰晴，且爲諸君盡此觥。酒户從來輸坐客，食單連日議門生。清談何必煩絲竹，雅集端宜記姓名。白首他年同話舊，雪泥蹤跡最關情。

【校記】

〔一〕《日鈔》此題爲卷六第三十六篇。諸子，《日鈔》作『諸君子』。

〔二〕『去年』至『自眠』，《日鈔》作『一舟風雪泛苕川，忘卻桑弧此日懸』。

〔三〕年，《日鈔》作『歲』。

〔四〕適逢生日，《日鈔》作『適逢三十生辰，忽忽不自覺也』。

〔五〕諸君憐故我，《日鈔》作『壽筵開異地』。

〔六〕一醉，《日鈔》作『詩債』。

〔七〕『但感』句，《日鈔》作『爲感故人相待意』。

〔八〕尊，《日鈔》作『樽』。

鰕魚〔一〕

鰕魚生山澗中，有四足，能緣木食鳥雀，不水可活〔二〕。余〔三〕考《爾雅》『鯢大者謂之鰕』，郭璞〔四〕注曰〔五〕：鯢魚似鮎，四足〔六〕，聲似小兒啼〔七〕。《海外西經》曰：龍魚陵居，一曰鰕，一曰鱉魚。又《北山經》曰：決決之水多人魚，其狀如鯑魚，四足，其音如嬰兒，食之無癡疾。蓋即此魚之類〔八〕。《史記·司馬相如傳》『禺禺鱋魶』，徐廣曰：魶一作鰨。《漢書》正作『鰨』，注引郭璞曰：鰨，鯢魚也，似鮎，有四足，聲似嬰兒。然則魶也、鰨也，皆其異名也〔九〕。寓齋前有畜此者，因爲賦之。

水蟲謂之魚，宜水不宜陸。造物喜出奇，不許深淵伏〔一〇〕。是故〔一一〕鮯與鮋，其足各有六。鱷魚則虎爪，鱳魚則雞足〔一二〕。乃歎物類繁，莫恃爾雅熟。怪哉〔一三〕庭除間，何處得〔一四〕此族。有足竟如鮎，無鱗又非鰒。夜靜聞其啼，聲類小兒哭。云自山澗生，飢〔一五〕極輒緣木。巧借口中水，靜待鳥來啄。鳥渴就之飲，誰料入其腹。書生喜臆斷，謂此乃鯢屬。又或謂之鰨，上林賦曾讀。又或謂之魶，異字史公錄〔一六〕。一笑語主人，魚乃我所欲。何不烹爲鯖，否則乾爲鱐。使我得染指，當勝雞與鶩。既而復自笑，吾意殊碌碌。海上有鯨鯢，京觀未及築。矧此池沼物，區區安足戮？不如姑置之，仍命校人畜。

【校記】

〔一〕《日鈔》此題爲卷六第三十八篇。

〔二〕『活』下，《日鈔》多『其字或作鮁，又作鰔』。

〔三〕余，《日鈔》作『予』。

〔四〕郭璞，《日鈔》無。

〔五〕曰，《日鈔》作『云』。

〔六〕足，《日鈔》作『腳』。

〔七〕『啼』下，《日鈔》多『疏云：雌鯨也』。

〔八〕『海外』至『之類』,《日鈔》無。
〔九〕『史記』至『異名也』,《日鈔》作『《上林賦》『禺禺魼鰨』注云: 鰨,鯢魚也,似鮎,有四足,聲如嬰兒。然則鰕也、鰨也,似卽鯢魚,而實則鯢也。《益部方物略》載: 鰨魚四足,能緣木。亦此魚之類』。
〔一〇〕『伏』下,《日鈔》多『或傅之以翼,或予之以足』。
〔一一〕是故,《日鈔》作『不見』。
〔一二〕足,《日鈔》作『躅』。
〔一三〕怪哉,《日鈔》作『如何』。
〔一四〕何處得,《日鈔》作『怪哉有』。
〔一五〕飢,《日鈔》作『饑』。
〔一六〕『異字』句,《日鈔》作『方物載於蜀』。

金華〔一〕

秋色斜陽裏,先人舊挂篷〔二〕。先人到金華,詩云『人家秋色裏,城郭夕陽中』。遺編來此讀,風景與之同。江闊橋能跨,城低塔轉雄。停橈無限意,不僅感飄蓬。

【校記】

〔一〕《日鈔》此題爲卷六第四十篇。
〔二〕篷,原作『蓬』,據《校勘記》改。

繆孝子詩〔一〕

繆〔二〕孝子名聖元，仁和之〔三〕臨平人。母病，斷一指烹而進之，母竟不起。孝子大慟，創裂尋死〔四〕。余〔五〕時適居臨平〔六〕，聞其事，因紀以詩〔七〕。

繆孝子，家臨平。有父父早世，有母守節如陶嬰。孝子貧不具甘旨，孝子愚不讀書史。樸茂美意人不知，竊竊羣疑非孝子。無何母病病且危，孝子不哭心傷悲。無錢不辦湯與藥，刲肝斷臂，孰非吾分所當爲。抽刀斷指手不縮，裂帛封創〔八〕眉不蹙。烹而進阿母，母不知爲子之肉。一引而盡甘如飴，私冀母命從此續。誰知母命竟不續，一慟從之登鬼籙。嗚呼繆孝子，其意殊堪傷。天性日以薄，是亦名教光。韓子鄠人對，毋乃拘其常。請以此歌激發末俗之天良。

【校記】

〔一〕《日鈔》此題爲卷七第十九篇。

〔二〕繆，《日鈔》無。

〔三〕仁和之，《日鈔》無。

〔四〕『死』下，《日鈔》多『此辛亥年事』。

〔五〕余，《日鈔》作『予』。

〔六〕居臨平，《日鈔》作『里居』。

〔七〕『聞』至『詩』，《日鈔》作『欲紀以詩而未果也。比來京師，乃卒成之』。

〔八〕 創，《日鈔》作『瘡』。

奚虚白先生疑行年八十，寄詩爲壽〔一〕

自從樊榭此登樓，樓畔雙榆緑更稠。先生所居榆蔭樓，乃樊榭故居。天爲先生留小築，人非名士不同游。花間醉客烏程酒，雲外尋僧苕霅舟。望重東南年八十，詩家此福有誰修。

先人生小菰城住，每到城南必訪君。消夏同邀金蓋月，尋秋共泛玉湖雲。樓中舊榻塵猶積，篋内新詩藁〔二〕未焚。今日典型尊老輩，敢云交紀又交羣。

【校記】

〔一〕《日鈔》此題爲卷七第十八篇，題作『奚虚白先生（疑）八十壽詩』，有小注曰『先生去年爲八十生辰，徵詩於余，未及作也。今春北上，於舟次成四律寄之，補録於此』，較《詩編》多兩律，詳見『詩文輯録』。

〔二〕 藁，《日鈔》作『稿』。

鄭節母行〔一〕

節母鄭氏，吴江人，年十九歸〔二〕秀水楊君錫圭。甫三載，楊君因蹶折臂，庸醫爇炭炙之，中火毒，咯血死。有子早夭〔三〕。母撫嗣子成立，爲娶婦〔四〕，生孫二。而嗣子與婦又卒，母又〔五〕撫二孫〔六〕。嘗曰：『吾育頭蠶不成，更〔七〕育二蠶矣。』數十年辛苦備至，其〔八〕長孫象濟所撰行述甚詳。余〔九〕同年戚英甫，其戚也，徵詩於〔一〇〕余，因〔一一〕賦此。

殉夫易，撫孤難。何況子死又撫孫，數十年中歷盡冰霜寒。嗚呼〔一二〕！節母之力能無殫。節母始入門，妙得尊章喜。婉孌相其夫，井臼皆親理。無何所天病，病且終不起。折臂三公今已矣，誓將一命從夫死〔一三〕。尊章〔一四〕泣相謂，柰此嗣子何？瞿然謝不敢，涕淚收滂沱。願以婦代子，白頭二老同婆娑。願以母兼父，青燈一卷毋蹉跎。養親親令終，教子子成立。歸告泉下人，吾事亦已畢。誰料瓊瑤枝，一朝又蕭瑟。賸此兩桐孫，纔自孤根茁。育罷頭蠶又二蠶，噫嘻蠶母其何堪？

綜計四十年，雙眉日日蹙。門户我乎支，窀穸我乎卜。上以奉蒸嘗，下以延似續〔一五〕。室家風雨已飄搖，無端〔一六〕厄又〔一七〕遭回祿。誰〔一八〕謂荼苦桂則〔一九〕辛，辛苦世間惟母獨。翩然旌節天上迎，峨然綽楔門前旌。姑蘇臺下十萬家，何人不誦節母名。節母姓鄭氏，所天楊氏子。家在吳江歸秀水，吾爲作歌告彤史。

【校記】

〔一〕《日鈔》此題爲卷七第二十五篇。

〔二〕歸，《日鈔》作『適』。

〔三〕『夭』下，《日鈔》多『嗣以姪』。

〔四〕爲娶婦，《日鈔》作『授室』。

〔五〕又，《日鈔》無。

〔六〕『孫』下,《日鈔》多『如撫其子』。
〔七〕更,《日鈔》作『又』。
〔八〕其,《日鈔》無。
〔九〕余,《日鈔》無。
〔一〇〕於,原作『與』,據《日鈔》改。
〔一一〕因,《日鈔》作『因爲』。
〔一二〕嗚呼,《日鈔》作『吁嗟乎』。
〔一三〕『誓將』句,《日鈔》作『生與俱生死俱死』。
〔一四〕尊章,《日鈔》作『翁姑』。
〔一五〕『門户』至『似續』,《日鈔》作『鏡甫卜紅鸞,歌已成黄鵠。君舅君姑兩大事,一力擔承助者孰。眠牛吉地又重遷,雛鳳清聲幾不續』。
〔一六〕無端,《日鈔》作『那堪』。
〔一七〕又,《日鈔》作『更』。
〔一八〕『誰』上,《日鈔》多『嗚呼』。
〔一九〕桂則,《日鈔》作『而桂』。

壬子元旦,無錫舟次試筆〔一〕

晴光明射舵樓邊,元旦欣逢雪霽天。爆竹聲催游子起,屠蘇酒占故人先。時與雲笈同行〔二〕,年長于余,故云。衣冠脱略〔三〕因爲客，詩句推敲算過年。輸與玉堂諸老輩，裁箋同和早朝篇。

【校記】

〔一〕《日鈔》此題爲卷七第三篇。無錫舟次，《日鈔》無。

〔二〕時與、同行，《日鈔》無。

〔三〕脱略，《日鈔》互乙。

金山本在大江中，今因沙漲，遂可不舟而登，亦一異也。以詩紀之〔一〕

金山浮大江，厥名曰浮玉。山神厭水居，自江徙之陸。沙痕一望平，水勢半江縮。遂令咫尺間，攀援即山麓。我昔此維舟，雪深阻游躅。蹉跎八寒暑，又向江干宿。遂攜游屐登，同捫御碑讀。江南形勝〔二〕地，一覽盡在目。世亂寄安危，時平恣游矚。往來使節多，迎送僧鞋熟。蹲鴟踞殿紅，贔屓負碑綠。吾詩紀所見，攬勝殊未足。俯仰幸昇平，變遷任陵谷。回首望中流，姑讓焦山獨。

【校記】

〔一〕《日鈔》此題爲卷七第六篇。以詩紀之，《日鈔》作『前詩未盡所見，復成五古一章』。

〔二〕勝，《日鈔》作『勢』。

人日發京口，疊元旦韻〔一〕

扁舟侵曉發江邊，水面晴光遠接天。一棹烟波吾輩在，九衢車馬幾人先。聞同館諸君均先已入都。招來舊雨皆千里，補得清游已八年。乙巳歲泊金山下〔二〕，未及上，今始一游〔三〕。客裏悤悤又人〔四〕日，草堂待寄少陵篇。

【校記】

〔一〕《日鈔》此題爲卷七第七篇。

〔二〕『下』下，《日鈔》多『二日因雨』。

〔三〕今始一游，《日鈔》無。

〔四〕又人，《日鈔》互乙。

鄒縣謁孟子廟〔一〕

素王不再作，夫子起衰周。洙泗皋〔二〕游夏，齊梁老奕秋。治無三代盛，書有七篇留。遺像今瞻拜，巖巖孰與儔。

千秋尊養意，啓聖有專祠。殿左有啓聖祠，祀鄒國公及端範宣獻夫人，均有孟子石像侍坐。五等上公爵，三遷慈母儀。機絲懲自棄，鄰肉示無欺。此日堂隅侍，還如勸學時。

從游諸弟子，分祀廡東西。列傳雖難補，崇封尚可稽。衣冠留樂正，樂正子有像〔三〕。俎豆附昌黎〔四〕。想見門墻盛，原堪配仲尼。

曩者驅車過，今茲入廟來。斷碑從地出，有漢碑得之土中，已殘缺。聖井自天開。有雷震井，在大殿庭中。鐵樹嶙峋立，朱藤曲屈〔五〕栽。平生私淑意，到此幾徘徊。

【校記】

〔一〕《日鈔》此題爲卷七第十一篇。其一與《詩編》本大不同，詳見『詩文輯錄』。《好鈔》有《鄒縣過孟子祠》一題，在卷三第三十篇，與本題第一首同。

〔二〕洙泗卑，《好鈔》作『俎豆先』。

〔三〕『像』下，《日鈔》多『配享殿上』。

〔四〕『黎』下，《日鈔》多小注『韓子從祀東廡』。

〔五〕曲屈，《日鈔》互乙。

過匡衡故里〔一〕

名臣故里太荒寒，賸有崇碑道左看。相業豈能同丙魏，儒家畢竟勝申韓。殿廷封事千秋在，鄰舍燈光五夜殘。太息後來張禹輩，也因經術進朝端。

【校記】

〔一〕《日鈔》此題爲卷七第十二篇。

蒼頡墓〔一〕

蒼史墳前尚有碑，當年造字擅神奇。六書變體隨秦漢，一畫憑空本伏羲。混沌忽開天亦喜，文章多禍鬼先悲。要從皇古留真意，不使人間獬豸知。

結繩以〔二〕後費經營，體製於今幾變更。不識何嘗非快活，好奇未免太聰明。經書燒後無真本，字母傳來半梵聲。我輩雕蟲徒碌碌，可憐浪費楮先生。

【校記】

〔一〕《日鈔》此題爲卷七第十四篇。

〔二〕以，《日鈔》作『而』。

過平原弔趙公子勝〔一〕

公子風流一世傾，千秋遺恨獨長平。君臣苟且尊秦帝，宗社安危仗魏兵。貪受降書貽實禍，謬推將種誤虛聲。當年〔二〕人物惟無忌，不比諸君浪得名。

【校記】

〔一〕《日鈔》此題爲卷七第十五篇。

〔二〕年，《日鈔》作『時』。

固安弔張茂先〔一〕

神劍千秋尚未回，司空故里已蒿萊。太多亦是讀書累，不斷終非定變才。宮内甲兵興一夕，天邊星象失三台。何如蒓菜鱸魚客，長嘯西風歸去來。

【校記】

〔一〕《日鈔》此題爲卷七第十六篇。

入都〔一〕

客路三千次弟〔二〕過，無邊春色帝城多。好尋陳迹長安道，略洗征塵永定河。渡永定河車陷。燕壘未成猶待築，貂裘已敝不堪劘〔三〕。一椽擬僦銅駝陌，何處閑〔四〕門置雀羅。

【校記】

〔一〕《日鈔》此題爲卷七第十七篇。『都』下，《日鈔》多『再疊馬連屯店壁韻』。

〔二〕弟，《日鈔》作『第』。

〔三〕 劘，原作『磨』，據《校勘記》改。
〔四〕 閑，原作『間』，據《校勘記》改。

微雨出廣渠門，至天寧寺與諸同年宴集〔一〕

春風文酒互招延，借得城西屋數椽。僧舍偷閑剛半日，師門問字盡同年。雨晴不定隨鳩喚，主客無譁任鹿眠。院中有鹿。坐上醉翁能共樂，蒼顏白髮望如仙。謂座主朱撳堂侍郎〔二〕。

【校記】
〔一〕 《日鈔》此題爲卷七第二十篇。
〔二〕 侍郎，《日鈔》作『師』。

謝公祠與諸同鄉宴集〔一〕

謝公祠畔草如茵，莫負當筵酒數巡。文字清談吾輩事，衣冠小集故鄉人。壺觴盡興無絲竹，兄弟同車有主賓。時壬甫兄亦與衆賓之列，余與同車而往。待向禪房看芍藥，眼前花木尚餘春。席散後擬游法源寺，不果。

【校記】
〔一〕 《日鈔》此題爲卷七第二十一篇。

與壬甫兄至横街南散步，其地皆叢葬處〔一〕

閒箸〔二〕芒鞋踏綠莎，蕭然風景似巖阿。小車得得紅塵少，破冢荒荒白骨多。幾輩熱場同捉搦，吾儕冷趣不銷〔三〕磨。歸來纔向門前立，又見高軒次弟〔四〕過。

【校記】

〔一〕《日鈔》此題爲卷七第二十三篇。

〔二〕箸，《日鈔》作『著』。

〔三〕銷，《日鈔》作『消』。

〔四〕弟，《日鈔》作『第』。

四月二十一日散館引見，授職編修，恭紀〔一〕

九天閶闔鬱崔嵬，濟濟千官闕下來。帝許春光留上苑，人將風信候蓬萊。幸偕茅許登仙籍，敢共淵雲鬬賦才。自古玉堂清要地，非徒詞采重蘭臺。

【校記】

〔一〕《日鈔》此題爲卷七第二十四篇。

孝女行〔一〕

孝女周氏，桐鄉人，鐵霞孝廉士炯之女也。母病，封臂肉作羹進之，竟愈。母偶見其臂創，固詰之，始以實告，且曰：『兒籲天默禱，誓勿令人知，願母勿洩也。』母諾之，遂無知者。後歸王生錫璋，再舉男，皆〔二〕不育。道光戊申歲以疾卒。母撫之大慟，始述其事，蓋已閲七年矣。周縵雲前輩爲作孝女傳，鐵霞以傳徵詩，因〔三〕賦此。

慈烏啞啞飛繞屋，孝女嗚嗚對天祝〔四〕。有母病垂危，醫來手盡束。諸藥襍進皆無功，惟有兒身一塊肉。抽刀封臂臂血流，裂帛封之不敢哭。烹肉進阿母，阿母甘如飴。霍然病良已，效過參與耆。女猶竊喜母不知〔五〕，無端阿母攬兒臂。驚見臂血何淋漓，女伏母膝言其私。兒誓弗〔六〕使他人知，願母弗〔七〕言憐兒癡。已而孝女歸于王，王氏舊業傳青箱。孝女以敬相夫子，以孝事尊章。尊章嘖嘖歎賢婦，謂宜子孫逢吉身康強。修短誰能知，沈痾竟不起。母來撫之慟，今日不言吾負爾。遂將七年前事話從頭，請看臂上瘢痕大如指。阿翁聞其事，謂是天生至性人難侔。阿姑聞其事，深惜吾家祚薄無能留。夫壻聞其事，願將佳傳偏乞名公修。下而臧獲聞其事，亦不自知涕淚潸然流。嗚呼！自從天性漓，忠孝襍誠僞。孝不求人知，乃真孝之至。吾讀孝女傳，低徊不能置。不見男兒讀書講學數十年，君親借作沽名地。

【校記】

〔一〕《日鈔》此題爲卷七第二十六篇。

〔二〕皆，《日鈔》作『俱』。

〔三〕『因』上，《日鈔》多『余』字。

〔四〕『慈烏』至『天祝』，《日鈔》作『一燈搖搖小如粟，孝女嗚嗚對燈祝』。

〔五〕知，《日鈔》作『疑』。

〔六〕弗，《日鈔》作『勿』。

〔七〕弗，《日鈔》作『勿』。

寄孫蓮叔

走也名場閲歷身，論交未有似君真。項斯直欲逢人説，鮑叔深能知我貧。翰墨前盟空鄭重，漁樵後約恐因循。遥知別後霞溪水，閑殺傳書六六鱗〔一〕。霞溪，君所居也。

浮沈宦海那能知，且與諸君十載期。寒儉文章難報國，迂疎才略敢匡時。若教菽水粗能給，便挂衣冠定不遲。他日版輿奉慈母，山中倘許翦茅茨。

【校記】

〔一〕鱗，原作『麟』，據《校勘記》改。

太師杜文正公輓詞〔一〕

纔聞霖雨沛南方，忽見台星隕大荒。遺表但傳憂國事，詔書頻與處家常。君臣終始情無間，生死哀榮禮有光。敕使親承天語至，細將眠食問高堂。

自登政府贊無爲，造膝深謀世莫知。黄閣共推名父子，綠圖原是聖人師。雖當鵠鼎調羹日，還似龍樓侍學時。一十七年資啓沃，至今深繫九重思。

飾終恩禮降連翩，異數頻邀感九泉。珍藥寵頒憐父老，清班特晉〔二〕爲兒賢。易名不待臣工議，錫命還居保傅先。聖意徘徊殊未已，一尊〔三〕親自奠靈筵。

鯫生才〔四〕識本駑頑，曾在孫陽一顧間。庚戌覆試，公爲閲卷官，樾忝弟一。執卷玉堂容問字，樾預〔五〕館選，公爲大教習。謝恩金殿許隨班。散館日，公率庶吉士於太和殿謝恩。皂囊入奏猶無恙，赤舄辭朝竟不還。自爲蒼生惜安石，非徒絲竹感東山。

【校記】

〔一〕《日鈔》此題爲卷七第二十七篇。

〔二〕晉，《日鈔》作「進」。

〔三〕尊，《日鈔》作「樽」。

〔四〕才，《日鈔》作「材」。

〔五〕 預，《日鈔》作『與』。

八月初九日，皇上行夕月禮，派翰林六人於西華門送駕。臣樾與焉，恭紀〔一〕

聖主順時行鉅典，小臣循分效微誠。五籌次弟〔二〕傳呼肅，萬乘森嚴蹕路清。鵷鷺排來皆有序，驊騮過盡總無聲。鑾輿已遠朝車散，共趁斜陽出鳳城。

【校記】

〔一〕《日鈔》此題爲卷七第二十八篇。

〔二〕 弟，《日鈔》作『第』。

勝果妙因圖歌〔一〕

京師廣安門内有慈仁寺，乃古雙松寺故址，前明改建者也。其西廂懸《勝果妙因圖》，乾隆中，傅雯奉敕以指繪。圖中諸佛及羅漢像，最〔二〕小者猶與人相等。屋凡三楹，圖之廣狹稱是，洵奇〔三〕觀也。瞻禮之餘，歡喜讚歎，而作是詩。

松風颯颯肌骨涼，老僧導我游西廊。道有妙繪中間藏，開門瞥見心傍徨。萬億千佛森滿堂，如來説法居中央。佛頂隱隱成圓光，紺眉藕髮窮微茫。諸佛菩薩環兩旁，應貞五百紛成行。種種妙相難具詳，天龍八部齊騰驤。迦陵之鳥飛且翔，龍降虎伏無披猖〔四〕。冥濛雲氣開天閶，諸天護法羅冠裳。天魔睒睒不敢狂〔五〕，天女手中花芬芳。我來肅觀生悚惶，畫工得此何其良。姓名歲月具下方，乾隆丙午夏日長。臣雯奉敕來僧房，大叫潑墨神飛揚。以指代筆指盡張，五指化作獅子王。雖有醉象走且僵，淋漓揮灑誰能當。須臾一掃千丈強，大眾膜拜都焚香。但覺紙上生光芒，即今一幢縣〔六〕西廂。鳥雀不污鼠不傷，安得摹勒千仞岡。森然呵護煩金剛，歷千萬劫長輝煌。

【校記】

〔一〕《日鈔》此題爲卷七第二十九篇。

〔二〕最，《日鈔》無。

〔三〕奇，《日鈔》作『鉅』。

〔四〕披猖，《日鈔》作『敢狂』。

〔五〕睒睒不敢狂，《日鈔》作『欲下仍遠颺』。

〔六〕縣，《日鈔》作『懸』。

慈仁寺窑變觀音像〔一〕

毫端建寶刹，芥子藏須彌。佛法在天地，如水無不之。偶借陶旊力，妙示莊嚴姿。白衣而綠帔，纓絡垂參差。火土不相喻，變化誰能知。高廟昔臨幸，於此鐫銘詞。下士未聞道，讚歎安所施〔二〕？惟喜洪鑪内，亦有清涼時。

【校記】

〔一〕《日鈔》此題爲卷七第三十篇。題作『窰變觀音（有序）』，序作『慈仁寺窰變觀音像，妙相天成，不假人力。高宗有御製贊刻其座上，宸翰光輝，慈容端好，瞻禮之下，敬紀以詩』。

〔二〕安所施，《日鈔》作『將安施』。

仲冬四日移寓南柳巷〔一〕

寄身安得長房壺，老屋三間又此租。客裏不嫌家具少，坐中且喜襆賓無。開箱先檢新詩本，掃室仍安舊茗鑪。所幸對牀還有伴，案頭燈火未曾孤。時壬甫兄同寓。

【校記】

〔一〕《日鈔》此題爲卷七第三十一篇。較《詩編》多一律，詳見『詩文輯録』。

慈親率眷屬入都，喜賦〔一〕

連宵魂夢繞征輪，此夕燈前笑語親。禄養未充仍菽水，慈容略減爲風塵。妻孥且耐天涯冷，童僕休嫌宦況貧。他日鄉山如許買，全家同享故園春。

【校記】

〔一〕《日鈔》此題爲卷七第三十二篇。

入朝侍班，車中作〔一〕

星月微茫裏，雞人報曉籌。晨光瞻鳳闕，寒意襲貂裘。禁樹遥難辨，霜華冷不流。早朝應許賦，此景即蓬洲。

【校記】

〔一〕《日鈔》此題爲卷七第三十三篇。「入」上，《日鈔》多「二十五日五鼓」。

癸丑正月二十四日恭謁慕陵，隨同行禮，敬紀四律〔一〕

先帝垂衣治，深仁三十年。囷倉常發粟，亭堠總銷烟。土木工俱輟，珍奇貢盡捐。至今懷聖德，歌舞徧垓埏。

宣室傳遺制，橋山率舊儀。屢頒寬大詔，不樹聖神碑。帝極終身慕，民懷没世思。謳吟猶未息，陵樹已參差。

星燧俄三改，韶華又一春。祠官開寢殿，帝子奉明禋。時命恭親王行禮。黍稷升香遠，松楸入望新。

九重嚴恪意，原不異躬親。

東觀叨清切，西陵望鬱蔥。獲陪原廟祭，如抱鼎湖弓。黄瓦瞻雲表，青袍拜雪中。是日大雪。在天靈不遠，仁孝鑒深宫。

【校記】

〔一〕《日鈔》此題爲卷七第三十四篇。『癸丑』，《日鈔》無。

渡琉璃河〔一〕

車聲催夢醒，已向石梁過。秃樹枯無葉，寒流小不波。風前微霰集，雲外亂山多。未識騎驢客，尋詩興若何。

【校記】

〔一〕《日鈔》此題爲卷七第三十五篇。

易水弔古〔一〕

驅車渡易水，慷慨悲燕丹。不惜黄金買死士，誤將秦政當齊桓。白衣送去不復返，徒令易水千秋寒。嗚呼！烏頭馬角有深痛，君臣草草多〔二〕如夢。皇天未許祖龍死，滄海君椎猶不中。區區匕首將奚爲，藥囊一擲便無用。獨憐枉殺樊將軍，一函輕把頭顱送。劍術精粗何足云，欲劫欲刺徒紛紛。就使秦皇果剸刃，未必王翦真收軍。自古存亡由得士，匹夫能建千秋勳。丹也碌碌胡不聞，令人欲憶昌國君。

【校記】

〔一〕《日鈔》此題爲卷七第三十六篇。

〔二〕多，《日鈔》作『都』。

涿州渡永濟橋〔一〕

涿州城外水迢迢，春入河流凍未消。烟裏塔紅經雨洗，雪中山白倩雲描。悤悤一飯投茅店，碌碌雙輪走石橋。欲向此中尋冷趣，不嫌風力太飄蕭。

【校記】

〔一〕《日鈔》此題爲卷七第三十七篇。

二月八日，皇上臨雍講學，派翰林二十員聽講。臣樾與焉，恭紀〔一〕

咸豐三年二月上丁〔二〕，皇上親詣太學，行釋菜禮。越六日癸未，臨雍講學，自王公大臣以及有司百執事，自先聖先賢之裔以至執業之諸生、觀光之羣士，莘莘〔三〕焉，鱗鱗焉，環集橋門者，蓋不可以數計。皇上眷懷舊學，命惇郡王致祭於贈太師、大學士杜文正之靈，蓋重淵源、思耆舊也。臣樾幸從載筆之末班，獲睹圜橋之盛典，宜被歌詠，以誌遭逢。抑又聞之古者，師出有功，告成于學，故在《詩》曰：『矯矯虎臣，在泮獻馘。』至我國家，率循是典。方今粤西之賊〔四〕擾及金陵，宵旰之憂，實廑於此。故於章末及之，亦庶幾《魯頌》之義也。

仲春初八日，皇帝詔臨雍。隔歲頒成命，先期習禮容。宮墻千仞闢，冠佩百僚從。柱史威〔五〕儀肅，祠官俎豆〔六〕恭。鸞聲傳噦噦，豹尾護重重。輦路香泥細，橋門瑞氣濃。祥雲呈太甲，旭日起高舂。濟濟先賢裔，巍巍衍聖封。親臣冠孔翠，帝子服團龍。有位咸陪從，何人不敬共。恪依山品級，靜聽佩琤瑽。朝列無攙越，天顔自肅雝。庭中陳鹵簿，堂下奏笙鏞。觀聽人咸屬，聰明聖獨鍾。精言開奥窔，高論破愚惷。仁敬心惟一，中和理本庸。是日講《中庸》『致中和』一節，《尚書》『皇天無親，克敬惟親』四句。玉音宣朗朗，璧水瀉溶溶。雅化流芹藻，羣材獻菲葑。茶筵香馥郁，講畢賜茶。槐市蔭葱蘢。胄子叨培植，生徒被鑄鎔。摩挲周獵碣，翕集魯章縫。帝乃俙然念，誰爲學者宗。丹書懷舊訓，赤舄緬遺蹤。鄭重恩言錫，頻繁御祭供。推仁原藹藹，慕義盡喁喁。臣忝清班附，天教盛典逢。昔曾衣釋謁，今又砌依彤。獲睹文明啓，遙知雨露醲。膠庠齊鼓篋，亭堠徧銷烽〔七〕。干羽能柔遠，詩書寓折衝。虎臣行獻馘，蛾賊自歸農。會見成功告，重來聽鼓鐘〔八〕。

【校記】

〔一〕《日鈔》此題爲卷七第三十九篇。『月』下，《日鈔》多『初』字。

〔二〕咸豐三年，《日鈔》無。二，《日鈔》作『是』。『月』下，《日鈔》多『二十日』。

〔三〕 莘，原作『萃』，據《校勘記》改。
〔四〕 之賊，《日鈔》作『餘匪』。
〔五〕 威，《日鈔》作『糾』。
〔六〕 俎豆，《日鈔》作『秩祀』。
〔七〕 烽，原作『鋒』，據《校勘記》改。
〔八〕 鐘，原作『鍾』，據《校勘記》改。

爲友人題《苕溪漁隱圖》〔一〕

自向烟波築釣臺，忘機鷗鷺不相猜。筍〔二〕皮笠子瓜皮艇，搖出苕溪深處來。
餘不溪邊舊有亭，十年抛卻種魚經。何當共泛扁舟去，飽喫清明一點青。一點青乃吾鄉魚名也。

【校記】
〔一〕 《日鈔》此題爲卷七第四十篇。
〔二〕 筍，《日鈔》作『笋』。

乞假送親，由水道旋里，口占二律〔一〕

三載清班忝玉堂，敢抛簪紱事耕桑。天涯薄宦門如水，堂上衰親鬢有霜。久住魚將遊涸轍，暫歸燕只賸空梁。余故里無一椽之居〔二〕。臨行費盡躊躇意，莫道悤悤遽束裝。

攬轡登車感不禁，鳳城烟樹望森森。才疏媿乏匡時略，身賤虛存戀闕心。且與波鷗同浩渺，但期風鶴早銷沈。小臣歸享昇平樂，好譜堯夫擊壤吟。

【校記】

〔一〕《日鈔》此題爲卷八第一篇。『乞』上，《日鈔》多『癸丑六月』。二，《日鈔》作『三』，并較《詩編》多一律，詳見『詩文輯錄』。

〔二〕小注『余』至『居』，《日鈔》無。

至通州，謁朱撖堂師。師憂時感事，悽然泣下，卽席賦呈〔一〕

丁沽小泊謁師門，重對玄亭酒一尊〔二〕。寂寞衙齋聊共飲，艱難世事與同論。丹心戀主無歸意，白髮憂時有淚痕。此夕依依官燭底，非關臨別易銷魂。

【校記】

〔一〕《日鈔》此題爲卷八第二篇。至，《日鈔》無。

〔二〕尊，《日鈔》作『樽』。

途次聞豐工復決〔一〕

百計彌縫兩載中，安瀾一奏慰宸衷。璽書正敘防河績，息壤難收止水功。浪擲黄金填蟻孔，坐看赤子葬龍宮。扁舟待赴蓴鱸約，愁聽哀嗸滿沛豐。

【校記】

〔一〕《日鈔》此題爲卷八第三篇。

東昌以下，寇盜充斥，頗有戒心，因賦一詩〔一〕

秋色蒼茫裏，全家一棹過。江湖仍枕席，天地正干戈。骨肉飄蓬慣，山林伏莽多。由來行路險，不盡在風波。

【校記】

〔一〕《日鈔》此題爲卷八第四篇。

分水龍王廟〔一〕

汶水西來疾如駛，南北分流從此始。盤渦怒捲風蕭蕭，中有神龍分此水〔二〕。我來祠下維扁舟，拂衣竟登來汶樓。樓前疑有巨靈手〔三〕，直從咫尺分鴻溝。水勢既分漕道利，數百年來拜神賜。也同鐵弩射潮強，更比金釵劃泉銳。方今寇盜猶縱横，漕船打鼓無由行。安得神龍更助力，銀河淨洗東南兵。

【校記】

〔一〕《日鈔》此題作『游分水龍王廟，登來汶樓』，爲卷八第五篇。

〔二〕『水』下，《日鈔》多『吾聞分水始前明，亦藉人力爲經營。當時何人發此議，汶上老者名白英（見《明史·宋禮傳》）。南旺地高異平陸，從高而下勢難蓄。南流徐沛十之四，北達臨清十之六。功成僉謂神與謀，河畔崇祠從此築』一段。

〔三〕疑有巨靈手，《日鈔》作『汶水走一線』。『手』下，《日鈔》多『俯視但覺寒颼颼。此中疑有巨靈手』。

濟寧以下，彌望皆水，田廬市井，不可復辨，蓋皆屬之南陽湖矣。舟行過此，詩以紀之〔一〕

南陽湖茫茫，千頃琉璃鋪。水天一色渺無際，但見風帆點點有若烟中凫。我來欲渡不敢渡，濁酒三日前村〔二〕沽。天公知我有歸意，北風忽轉竿頭烏。揚帆直下疾於鳥，又若怒馬馳平蕪。遠山迎面忽已過，回視惟有〔三〕青模糊。胷中傀儡此一洗，那怕浪花片片船頭麤。忽然感慨發胷臆，坐念民力年來痛〔四〕。黃流滾滾決堤入，河伯不念民無辜。運河故道那可辨，但覺彌望皆菰蒲。師莊仲淺盡零落，聖賢後裔嗟泥塗。師家莊，子張故里；仲家淺，子路故里〔五〕。人民散盡市廛改，轉令舟楫成通塗。舟行過此亦愁絶，忠信安得豚魚孚。烟〔六〕雲出没盡盜藪，往來估客咸張弧。髑髏縣〔七〕竿血淋漉，如何未足懲萑苻〔八〕。噫嘻南陽湖，我來豈果因蒓鱸？何乃出險復入〔九〕險，千金難買中流壺。登艫一望三太息，風波如此安歸乎？

【校記】

〔一〕《日鈔》此題爲卷八第六篇。蓋，《日鈔》作『而』。上『之』，《日鈔》作『諸』。矣，《日鈔》無。下『之』，《日鈔》作『事』。

〔二〕前村，《日鈔》作『村中』。

〔三〕惟有，《日鈔》作『但覺』。

〔四〕『痛』下，《日鈔》多『君不見水中楊柳葉猶緑，水面青草枝未枯。其上驚濤駭浪不可極，其下田廬墟墓何者無』一段。

〔五〕小注『師』至『里』，《日鈔》作『師家莊、仲家淺，皆地名，乃子張、子路故里』。

〔六〕『烟』上，《日鈔》多『而況』。

〔七〕縣，《日鈔》作『懸』。

〔八〕苻，《日鈔》作『莩』。

〔九〕出、入，《日鈔》互乙。

阻風彭口閘，閘官劉君梅，余鄉人也，招飲，賦贈〔一〕

名紙何曾識，鄉音頓覺同。相邀輭脚局，剛值打頭風。冷署一杯酒，輕舟三尺篷。微山湖畔路，聚散太悤悤。

【校記】

〔一〕《日鈔》此題爲卷八第七篇。

中秋泊高郵有感〔一〕

全家蹤跡似浮漚，今夕荒涼此泊舟。枕上無眠非待月，燈前有淚借悲秋。波濤擊岸聲聲怒，烽火連雲夜夜愁。我欲乘風竟歸去，天邊何處認瓊樓。

【校記】

〔一〕《日鈔》此題爲卷八第八篇。

抵里門作〔一〕

中年何敢便抽簪，不爲烟霞返舊林。雲被風吹任南北，萍隨水轉聽浮沈。先幾媿乏觀時識，早退原無避世心。欲共巢由買山隱，故山松桂未成陰。

【校記】

〔一〕《日鈔》此題爲卷八第九篇。

旋里後聞蔡雲士前輩賡颺、戚英甫同年士彥相繼殂謝，慨然有作〔一〕

長安邸舍屢經過，一別俄聞薤露歌。春夢短長都是幻，晨星三兩已無多。邑中同宦京師者，止予在矣。艱難時世驚烽火，容易光陰付逝波。我亦傳聞誤生死，居然海外老東坡。予此次假旋，因水程遲滯，有〔二〕傳予途中物故者。

【校記】

〔一〕《日鈔》此題爲卷八第十篇。

〔二〕『有』上，《日鈔》多『里人』。

輓戚英甫〔一〕

誰料一分手，茫茫隔死生。歸車纔駕鹿，仙路已騎鯨。舊望虛鸞掖，前遊憶鳳城。螭坳俱對策，雁塔互題名〔二〕。北闕雲初曉，午門坐班，每與君同往。西陵雪乍晴。今年正月，與君同詣慕陵行禮，時適值大雪。朝衫常〔三〕借箸〔四〕，官燭每〔五〕分明。爲有妻孥累，能無夢寐縈。客囊雖淡薄，家具早經營。路遠謀難定，時危局易更。錦帆遲就道，墨絰遽催行。君擬迎眷屬，未果，而以聞訃南旋。楚粵方流毒，江淮正阻兵。烽烟朝慘淡，礮火夜縱橫。瓜步兵全没，蕪城寇未平。至今無勝算，而子促歸旌。日落慈烏泣，風高戰馬嗚。憂天心耿耿，戀闕意怦怦。暑路麻衣重，涼宵布被輕。一身真若寄，二豎竟相攖。迨我全家返，遲君半月程。中途頻問訊，得信劇疑驚〔六〕。紫陌花同看，黃壚酒獨傾。飄零歎吾黨，迢遞念神京。聖主原英武，羣公自藎誠。如何駐貔虎，未見掃鼯鼪〔七〕。追想承平日，常教樂事幷。歌場喧竹肉，酒坐〔八〕聚簪纓。與子同游宴，相依若弟兄。悤悤一回首，處處總〔九〕關情。華屋人何在，青衫淚欲盈。宦途皆傀儡，世事等楸枰。末路奚堪問，長眠幸已成。彭殤無足較，何況此浮榮。

【校記】

〔一〕《日鈔》此題爲卷八第十二篇。『甫』下，《日鈔》多『（士彦）同年』。

〔二〕『名』下，《日鈔》多『賦就常傳寫，詩成每共評。清光依禁籞，仙侶集蓬瀛』四句。

〔三〕常，《日鈔》作『容』。

〔四〕箸，《日鈔》作『著』。

〔五〕每，《日鈔》作『許』。

〔六〕『驚』下，《日鈔》多『燕市車常共，鴛湖棹孰迎。（君寓嘉興。）人琴都寂寞，鄰笛賸淒清』。

〔七〕『聖主』至『鼯鼪』，《日鈔》無。

〔八〕坐，《日鈔》作『座』。

〔九〕總，《日鈔》作『盡』。

庚戌會試，吾郡成進士者四人，爲近科所未有。今年余與愼芙卿毓林南旋，而英甫長逝，獨王又沂工部書瑞猶留都下耳。撫今思昔，復成一詩〔一〕

聖主龍飛弟〔二〕一科，蓬山仙籍故鄉多。皇州春色同游覽，官樣文章互琢磨。已愧散材徒擁腫，不堪生意更婆娑。遙知今歲梅開日，止賸風流水部何。

【校記】

〔一〕《日鈔》此題爲卷八第十三篇。「今」上，《日鈔》多「至」字。詩，《日鈔》作「律」。

〔二〕弟，《日鈔》作「第」。

寄贈撫部黃壽臣前輩宗漢〔一〕

輕裘坐鎮浙西東，喜聽輿歌遠邇同。小醜自膏三尺劍，時新〔二〕獲於潛新城滋事要犯正法。健兒爭挽六鈞弓。手芟荆棘安民命，力護苞桑慰聖衷。數十萬家俱按堵，可知韓范在軍中。

欲識荆州未有因，秋風來作掃門人。玉堂舊許呼前輩，石户新容作部民。樸略語言詢細細，艱難時事話頻頻。知公節鉞東南日，未〔三〕改書生面目真。

【校記】

〔一〕《日鈔》此題爲卷八第十四篇，較《詩編》多二律，詳見『詩文輯録』。贈撫部，《日鈔》作『呈中丞』。

〔二〕新，《日鈔》無。

〔三〕未，《日鈔》作『不』。

蔣節母詩〔一〕

節母姓徐氏，海寧硤石〔二〕人。年十八歸蔣君潞英星緯，未踰年而孀。又五年，蔣君弟霽峯星華生子光煦，節母撫以爲子，蓋其翁之遺命也。又四年而霽峯亦卒，無次子，以光煦兼祧。而議者謂〔三〕：潞〔四〕英雖長，庶出也；霽峯雖幼，嫡出也。長〔五〕幼之序，不能敵嫡庶之分。今泛言兼祧，將以長兼幼乎〔六〕？抑以嫡兼庶乎〔七〕？節母慨然曰：是宜定〔八〕之以服制，請爲所生父母服三年喪，而爲所後者期。議乃定。是〔九〕可知母之賢且明〔一〇〕矣。咸豐癸丑節母卒，嗣子以狀徵詩，賦此。

雙峯起突兀，一水流東西。我來拜節母，但聽慈烏啼。節母初來歸，光采〔一一〕生裳袿。周旋兩姑間，笑語從無睽。持家既井井，處室尤媞媞。無何所天隕，鳳去鸞孤棲。生雖未化石，死已拌磨笄。尊章泣相謂〔一二〕，勸婦毋慘悽。小郎年十歲，的的顔如圭。吾家千里駒，行當生駃騠。以是爲爾子，何必分町畦。節婦敬〔一三〕受命，再拜書幗帨。自此屏華鎗，自此居空閨。誰謂堇荼苦，甘如餳與銻。荏苒十餘載，同室無勃谿。叔姒果生男，生男初孩提。被之以黃纙，衣之以綠綈。阿翁雖不見，遺命猶可稽。撫以爲己子，膝下相提攜。兒幼始能食，飼兒棗與梨。兒壯始能行，佩兒鰈與觿。掌中一顆珠，珍惜如鎕銻。誰料造物者，不可測以蠡。伯兮既長逝，存者惟叔兮。一朝亦謝世，繐帳風淒淒。止餘孤生桐，桐小枝猶低。既以爲楹桷，又以爲榱題。支持此大廈，未免愁顛躋。而況議禮者，紛紜如螗蝭。長幼固有序，冢介胡能齊。介子幸有後〔一四〕，足以供葅虀。冢子轉無後，何以銘鐘鑴。節母起斂衽，正論覺吾〔一五〕迷。服制苟不定，進退同藩羝。願於所生厚，以杜爭端倪。而於所後降，庶不來訶詆。一自斯言出，慴伏耄與齯。義既正於鵠，理更明如犀。羣疑自此決，不必煩靈蠵。君看桃李花，其下恆成蹊。故知節母後，宜受福與禔。況此不凡子，英氣淩虹霓。至孝尤難及，非止茅容雞。側聞侍疾時，股肉手自刲。潛德有如此，後福良可徯。孫枝更秀發，繞砌生蘭荑。會見一門內，聯步青雲梯。雙峯起突兀，一水流東西。我來拜節母，但聽慈烏啼。長謌紀顛末，苦語〔一六〕同寒蜺。備員忝史館，燈火分青藜。倘編列女傳，何敢忘貞萋。

【校記】

〔一〕《日鈔》此題爲卷八第十五篇。

〔二〕『石』下，《日鈔》多『鎮』字。

〔三〕議者謂，《日鈔》作『羣議藉藉』。

〔四〕『潞』上，《日鈔》多『蓋』字。

〔五〕『長』上，《日鈔》多『議者謂』。

〔六〕乎，《日鈔》作『耶』。
〔七〕乎，《日鈔》作『耶』。
〔八〕定，《日鈔》作『辨』。
〔九〕『是』上，《日鈔》多『嗚呼』。
〔一〇〕且明，《日鈔》無。
〔一一〕采，《日鈔》作『彩』。
〔一二〕泣相謂，《日鈔》作『握婦手』。
〔一三〕敬，《日鈔》作『泣』。
〔一四〕後，《日鈔》作『嗣』。
〔一五〕吾，《日鈔》作『我』。
〔一六〕苦語，《日鈔》作『啾唧』。

除夕口占〔一〕

自抛簪笏奉潘輿，又見春風到敝廬。牲醴不豐因歲儉，光陰最好是家居。休嫌琴劍仍無定，且喜簞瓢尚有餘。此夕樽前聊盡興，烽烟莫問近何如。

【校記】

〔一〕《日鈔》此題爲卷八第十六篇。

甲丙編　春在堂詩編卷四

甲寅元旦試筆〔一〕

隔年燈火曉猶存，起飲屠蘇酒一尊〔二〕。庭院清閑删俗例，冠裳檢點媿君恩。詩成試倩兒拈筆，客到聊呼僕應門。莫道晨寒添料峭，尚留餘暖在䊀盆。

【校記】

〔一〕《日鈔》此題爲卷八第十七篇。

〔二〕尊，《日鈔》作『罇』。

平泉舅氏及雲笈均和余除夕之作，因次前韻，又成二律〔一〕

年來歲月半舟輿，且向東湖暫結廬。敢謂在山成遠志，偶〔二〕因奉母得閑居。冷官況味憐貂敝，貧士生涯賸蠹餘。尚有淩雲詞賦在，莫將落拓笑相如。

一年景物此權輿，回憶承明舊直廬。闕下清班叨侍從，雲中仙仗護宸居。諸公俯仰昇平日，羣盜縱横轉戰餘。坐對辛盤聊盡醉，書生報國待奚如。

【校記】

〔一〕《日鈔》此題爲卷八第十八篇。及、余，《日鈔》無。『笈』下，《日鈔》多『親家』。均，《日鈔》作『見』。之作，《日鈔》作『詩』。

〔二〕偶，《日鈔》作『原』。

穀日招同諸親友宴集，疊元旦韻〔一〕

柏酒桃湯俗例存，間招親故共開尊〔二〕。時方多事能同醉，天與吾曹算有恩。快雪初晴宜雅集，舊游如夢憶都門。傾銀注玉徒豪舉，未及田家老瓦盆。

【校記】

〔一〕《日鈔》此題爲卷八第二十一篇。『疊』上，《日鈔》多『三』字。

〔二〕尊，《日鈔》作『罇』。

先祖南莊府君中乾隆甲寅副榜，迄今六十年矣。偶檢甲寅齒錄，敬誌一律，再疊元旦韻〔一〕

題名小錄檢猶存，相對儼如古鼎尊〔二〕。書卷叢殘三代物，科名絡繹四朝恩。浪傳仙籍通蓬島，依舊〔三〕儒宮守華門。此日家居人事少，何勞〔四〕斗麪綠珠盆。

【校記】

〔一〕《日鈔》此題爲卷八第二十三篇。『中』至『榜』，《日鈔》作『副乾隆甲寅賢書』。六十年，《日鈔》作『花甲一周』。再，《日鈔》作『五』。

〔二〕尊，《日鈔》作『罇』。

〔三〕依舊，《日鈔》作『自喜』。

〔四〕何勞，《日鈔》作『笑他』。

雲笈將赴江西，賦四律留別諸親友，卽次原韻贈之〔一〕

潞河去歲整歸裝，每到涼宵共舉觴。去歲與君同舟南下。故里荒蕪憐我寄，好官滋味羨君嘗。向來家世鳴琴慣，君大父作令江右。此後光陰聽鼓忙。尚有書生餘習在，徧徵詩句付行囊。

頻年戎馬擾江村，見說嚴城晝掩門。去夏，江西省城被圍三月。弧矢豈非吾輩事，袴襦正賴長官恩。軍符絡繹看傳箭，里社懽呼聽扣盆。倘有桐鄉餘愛在，春來正共薦羔豚。君祖在江西有惠政，故云〔二〕。

蒲帆挂向永和隄，兩岸流鶯恰恰啼。三月春風隨宦轍，五更寒月聽征鼙。飄然鳧舄惟攜鶴，君眷屬未偕往。莞爾牛刀且割雞。他日清聲能繼祖，甘棠種徧大江西。

待將出處卜靈氛，愧我荷衣製又焚。偶爾在山仍小草，縱然出岫亦閑雲。五湖虛願何時遂，百里循聲到處聞。兼謂〔三〕壬甫家兄。只惜服官中外異，未能鷗鷺訂同羣。

【校記】

〔一〕《日鈔》此題爲卷八第二十七篇。『笈』下，《日鈔》多『親家』。原，《日鈔》無。

〔二〕『倘有』至『羔豚』，《日鈔》作『此去但求烽火息，郊原父老盡操豚』。小注『君祖』至『故云』，《日鈔》無。

〔三〕『謂』下，《日鈔》多『許季傳親家并』。

平泉舅氏選授上虞學博，賦詩留別，次韻二首〔一〕

一紙除書在臘前，耆儒深荷九重憐。行窩安樂迎康節，福地嫏嬛住茂先。帶水溯洄鄉樹近，瓣香供奉士林虔。勸公休悵彈冠晚，看取精神滿寸田。

萬事如雲過眼前，即用舅氏詩意〔二〕。肯將塗抹博人憐。靈椿莫道株將老，都蔗還期味勝先。軍府文書旁午急〔三〕，儒官俎豆上丁虔。稚川石室曹娥水，便是先生彭澤田。舅氏以議敘知縣改就廣文，故云。

【校記】

〔一〕《日鈔》此題爲卷八第三十篇。

〔二〕小注『即』至『意』，《日鈔》作『「萬事不殊雲過眼」乃舅氏丁未出都詩也』。

〔三〕『急』下，《日鈔》多小注『時新安告警』。

海昌陳浣江惟亨行年八十，賦重游泮宮詩徵和，即次韻奉寄〔一〕

下澤逍遥馬少游，而今已作魏羅侯。任看後輩雷燒尾，終讓先生雪滿頭。篋内青衫存故物，花前白髮領時流。耆英會上一尊〔二〕酒，更有何人共唱〔三〕酬。

【校記】

〔一〕《日鈔》此題爲卷八第三十一篇。『江』下，《日鈔》多『先生』。『賦』至『和』，《日鈔》作『重游泮宮，賦詩徵和』。

〔二〕尊，《日鈔》作『樽』。

〔三〕唱，《日鈔》作『獻』。

清明日回德清掃墓，偶成〔一〕

烏巾山下舊柴荆，喜有承平一片聲。父老醵錢迎綠社，吾鄉清明前後賽社，有紅社、綠社之分。兒童散學過紅明。吾鄉以清明次日爲紅明日，又次日爲白明日。連朝榆柳分新火，幾處松楸認故塋。只惜焚黄猶未得，虚傳兩度拜恩榮。予兩次請封，而敕命未至。

【校記】

〔一〕《日鈔》此題爲卷八第三十二篇。「成」下，《日鈔》多「一律」。

半月泉〔一〕

半月〔二〕泉，在德清〔三〕北門外慈相寺之東，以形似得名〔四〕。東坡有詩曰〔五〕：「請得一日假，來游半月泉。何人施巨手，劈破水中天。」今刻石泉上。舊有屋數椽，歲久傾圮。慈相寺僧上雲謀築樓三楹，以爲邑中士大夫游觀之所。又，東萊書院久廢，有司致祭，無以陳俎豆。樓既成，卽奉東萊栗主於其中，亦善舉也。故爲詩張之〔六〕。

蟾寒兔冷吳剛愁，手持玉斧窮雕鎪。劈破半月風颼颼，化爲一水清瀏瀏。東坡先生官湖州，請一日假來此游。欣然題詩在上頭，而今精舍成荒丘。惟此半月仍如鈎，老僧好事工新鳩。一樓高築山之幽，名蹟長使東坡留。祀典幷爲東萊籌，嗚呼所慮何其周。僧能若此吾儕羞，廣寒宫闕雲中浮。萬百〔七〕千户年年修，神斤鬼斧無時休。願與月中仙人謀，移一二户來山陬。眼前突兀成此樓，然後招集諸吟〔八〕儔。攜酒一榼茶一甌，狂吟遠與髯翁酬。

【校記】

〔一〕《日鈔》此題爲卷八第三十三篇。

〔二〕半月，《日鈔》無。

〔三〕德清,《日鈔》作『邑』。

〔四〕得名,《日鈔》作『半月故名』。

〔五〕曰,《日鈔》作『云』。

〔六〕『故爲』句,《日鈔》無。

〔七〕百,《日鈔》作『八』。

〔八〕吟,《日鈔》作『朋』。

寶慶寺〔一〕

德清西門外有寶慶寺〔二〕,亦古刹也。寺前松徑里許,旁有石,可坐十許人,奇古可喜。相傳建文帝曾憩此,故名蟠龍石寺。中有僧像,方〔三〕頤廣顙,云卽建文帝也。因以詩識之〔四〕。

命舟出西門,舟窮繼以屐。但喜山寺深,不嫌村路僻。松陰一徑青,雲氣千巖白。望蠡已無亭,舊有望蠡亭,以望見蠡山,故名。今圮。蟠龍猶有石。相傳建文君,曾此留遺迹。至今老佛像,猶在梵王宅。巍然〔五〕天人姿,修髯可半尺。祝髮頭不冠,趺坐足不舄。我思明惠宗,守成亦令辟。削藩議未成,靖難師已迫。可憐一炬火,坐看六宮赤。悤悤鬼門啓,草草神器擲。度牒奉先皇,袈裟換宮掖。君臣雖偕行,姓名已潛易。但覺〔六〕僧臘高,都忘年號革。間關蜀道行,辛苦滇南適〔七〕。誰知〔八〕此一丘,亦來分半席〔九〕。我今〔一〇〕瞻遺像,歷年逾數百。殘碑尚可捫,斗〔一一〕室不嫌窄。泠泠鐘磬清,落落塵氛隔。寄語好事者，應題大喜額。大喜〔一二〕乃〔一三〕建文帝〔一四〕庵名。

【校記】

〔一〕《日鈔》此題爲卷八第三十四篇。

〔二〕『德清』至『寺』，《日鈔》作『在邑西門外』。

〔三〕方，《日鈔》作『豊』。

〔四〕以詩識之，《日鈔》作『得五古一章以誌游迹』。

〔五〕然，《日鈔》作『巍』。

〔六〕覺，《日鈔》作『知』。

〔七〕『間關』至『適』，《日鈔》在『但知』一聯前。

〔八〕誰知，《日鈔》作『何時』。

〔九〕『席』下，《日鈔》多『雖非白龍庵，頗足快晨夕』。

〔一〇〕今，《日鈔》作『來』。

〔一一〕斗，《日鈔》作『丈』。

〔一二〕小注『大喜』之前，《日鈔》多『白龍及』。

〔一三〕乃，《日鈔》作『均』。

〔一四〕帝，《日鈔》無。

蟠龍石〔一〕

兩龍夭矯戲宮柱，一龍飛上九天〔二〕舞。一龍不勝墮泥土，何時蜿蜒來此山，山中之石遂〔三〕千古。我思劫運當年遭，骨肉竟爾干戈操。雨中羊毛打更溼，城上燕子飛逾高。燕子飛來龍遁去，莽莽風雲竟何處。金陵形勢空復雄，不是龍蟠是虎踞。何如此山清且幽，道旁片石龍來游。白龍之庵一炬燼，白龍亦建文帝庵名〔四〕。龍兮龍兮何不長此留？雲冥冥，風謖謖，怒捲松濤滿山谷。龍雖失水尚有神，長使蚊雷靜三伏。相傳石旁數十武內夏日無蚊〔五〕。我來問石石不知，但驚此石何離奇。至今父老石邊坐，猶話龍衣拂地時。

【校記】

〔一〕《日鈔》此題爲卷八第三十五篇。『石』下，《日鈔》多小注『相傳石旁數十武内夏日無蚊』。

〔二〕天，《日鈔》作『霄』。

〔三〕遂，《日鈔》作『亦』。

〔四〕小注『白龍』至『名』，《日鈔》無。

〔五〕小注『相傳』至『無蚊』，《日鈔》無。

寄呈座主惲薇叔廉訪光宸〔一〕

滕閣秋風淨洗兵，喜聽鶴唳盡銷聲〔二〕。恩流召伯甘棠舍，功在條侯細柳營。鮭鯱冠高人鐵面，蜒蚰塹固地金城。遙知聖主東南顧，只有章江水最清。

回思烽火逼洪都，手畫灰盤膽氣麤。天上狼弧誅窫窳，地中鼠穴塞鼪鼯。背嵬有隊軍容肅，肺石無冤衆志孚。會見封疆膺特簡，豈惟治律賴臯蘇。

不才何敢擬彭宣，得隸門牆已十年。末議未堪參玉帳，後塵竟許步花磚。時平鷺堠停傳檄，道遠龍門阻執鞭。飛到郇公雲五朵，如聞絲竹絳帷邊。

自從奉母出長安，小住鄉關半載寬。書卷無多先世物，門庭如舊秀才官。乘槎已悵蓬山遠，吹律難回黍谷寒。慙愧辦裝猶未得，虛煩長者問彈冠。

【校記】

〔一〕《日鈔》此題爲卷八第三十九篇。「光宸」，《日鈔》無。

〔二〕「聲」下，《日鈔》多小注「去歲江西省城被圍，至七月始解」。

佛日、龍居紀游各一首〔一〕

暮春天氣佳，扁舟游佛日。水窮山逾深，村僻路更仄。蒼髯百尺高，玉槊千株密。泉從烏下流，雲自袖中出。有亭翼然起，招客於此息〔二〕。四面羅巑岏，一泓湛明瑟。疊石成危橋，因山開淨域。高登楞嚴臺，小坐維摩室。雀舌茶初焙，貓頭筍乍茁。且共飽伊蒲，無須參米汁。飯罷坐門前，披襟更岸幘。投石破清泠，攝衣走峃崱。黄鶴不復歸，山下舊有黄鶴樓。白日俄已昃。遙指龍居山，游事固未畢。

既辭佛日寺，爰至龍居山。入山未及半，一亭當其間。松徑走曲曲，竹筧流潺潺。不嫌石犖确，但喜山迴環。雲中兩鴟吻，林表千螺鬟。崎嶇逐樵跡，剝啄敲禪關。新葉已可瓻，繁花猶未删。坐久佛無語，興盡我亦還。笑叱田中犢，驚吠花間猘。山花採躑躅，山鳥聽緜蠻。何意浮生内，有此半日閑。但惜游未足，安知時方艱。入林志已決，買山資猶慳。題詩枯木堂，猿鶴無〔三〕相訕。

【校記】

〔一〕《日鈔》此題分别作『佛日』、『龍居』，爲卷八第三十六、三十七篇。

〔二〕於此息，《日鈔》作『此間憩』。

〔三〕無，《日鈔》作『毋』。

戲詠西瓜燈〔一〕

一場瓜戰夜初停，幻出團團滿月形。聖火養成千歲綠，仙丹煉就十分青。擎來何減琉璃盌，照去偏宜翡翠屏。不是金刀能割膜，癡皮那得化空靈。

剝盡層層液與膚，此中亦自費工〔二〕夫。光明豈〔三〕滅燃臍董，空洞真成剖腹胡。笑爾燭奴無位置，比他雲母略模糊。世間何物堪相擬，只有回回青亞姑。

宵深移到讀書堂，伴我青燈味更長。但使腹中無磊塊，自然頂上有圓光。莫嫌啖啖膏將滅，且喜熒熒火亦涼。不解朱門歌舞地，高燒紅燭照紅妝。

但覺光華竟夕增，居然清似一輪冰。也同天上青藜火，不比人間黑漆燈。我輩生涯原淡淡，箇中消息自騰騰。玉堂不少金蓮炬，讓與西清舊友朋。

【校記】

〔一〕《日鈔》此題爲卷八第四十篇。戲，《日鈔》無。

〔二〕工，《日鈔》作『功』。

〔三〕豈，《日鈔》作『何』。

仲冬八日，入都銷假，偶成四律述懷〔一〕

風雪正漫天，全家送上船。未能供菽水，何敢戀林泉。門户憐兒小，晨昏仗婦賢。此行殊惘惘，慙愧祖生鞭。

一載鄉山住，依然四壁空。伶仃同命鳥，辛苦寄居蟲。報國原無具，謀生亦未工。誰云游宦樂，吾輩是飄蓬。

況值艱虞日，年來事事非。一官翻是累，八口竟何依。江左烽烟逼，閩中信息稀。時久不接壬甫兄信。臨歧數行淚，灑上老萊衣。

行止猶無定，歸田計更賒。白頭親望遠，赤手婦持家。世事那能料，吾生長自嗟。何時一尊〔二〕酒，聚首又天涯〔三〕。

【校記】

〔一〕《日鈔》此題爲卷九第一篇。

〔二〕尊，《日鈔》作『樽』。

〔三〕天涯，《日鈔》作『京華』。

嘉平十八日抵都門作〔一〕

去年南下奉潘輿，小住鄉山一載餘。清夜猶然媿烏鳥，聖朝未敢戀鱸魚。飽嘗世味豪情減，久別京華舊雨疎。遥望觚棱天咫尺，晨光未辨早登車。

年來鈴索隔西清，問訊東華舊弟兄。吾輩蝨官何所用，幾時蛾賊得全平？媿無才識難修史，縱有文章敢論兵。惟願南天烽火息，好將詞賦獻承明。

【校記】

〔一〕《日鈔》此題爲卷九第三篇。抵都門，《日鈔》作『入都』。

予里居時即聞房師孫蘭檢侍郎殉難金陵，到京後詢悉其詳，盡然流涕，敬輓四律〔一〕

都門小集餞行旌，師去年夏以兵部侍郎視學皖江，予與諸同年餞之城外。太息江淮〔二〕正阻兵。千里蟲沙迎使節，五更鶴唳警危城。風塵莽莽文星暗，江水茫茫礟火明。半載恬然心不動，男兒南入豈求生。師與余書云：『衽席之上，時聞礟聲，而心自恬然。』

烏鳥情深不自知，毅然一疏抗丹墀。堂前甘旨謀歸養〔三〕，江上旌旗詔督師。時有旨，命師督辦防堵，而師適因親〔四〕病，疏請歸省，遂忤上意，鐫秩，而師已殉〔五〕節矣。親舍白雲虛有夢，戰場碧葬竟無屍。皖公山下遺民在，猶見先生罵賊時。

春風桃李滿門牆，獨許彭宣到後堂。詩格微嫌近郊島，師誦余詩曰：「惜山林氣太重。」文章謬許似齊梁。師極〔六〕賞余〔七〕四六文。科名敢望傳師鉢，翰墨聊堪侑壽觴。師去年於危城中寓書，索予文爲堂上〔八〕壽。試取遺書重展讀，零星都在篋中藏〔九〕。

爲憐歸客似飄蓬，費盡經營半載〔一〇〕中。羽檄倉皇虛講席，手書稠疊付郵筒。師知余〔一一〕乞假歸，即爲言於皖省當事，延主徽郡紫陽書院，雖爲兵事所阻，不果赴，然爲予計〔一二〕則甚周矣。旄頭妖氣連江表，箕尾忠魂返太空。賸有不才門下士，瓣香長自奉南豐。

【校記】

〔一〕《日鈔》此題爲卷九第四篇。

〔二〕淮，《日鈔》作「南」。

〔三〕謀歸養，《日鈔》作「求歸省」。

〔四〕親，《日鈔》作「鼎庵太夫子」。

〔五〕殉，《日鈔》作「盡」。

〔六〕極，《日鈔》作「深」。

〔七〕余，《日鈔》作「予」。

〔八〕堂上，《日鈔》作「太夫子」。

〔九〕「藏」下，《日鈔》多小注「予去年得師三書」。

〔一〇〕 載，《日鈔》作『歲』。

〔一一〕 余，《日鈔》作『予』。

〔一二〕 予計，《日鈔》作『樾謀』。

乙卯二月十五日初入國史館〔一〕

一入承明歲月加，又來史館駐朝車。坐〔二〕中前輩尊於佛，架上官書亂似麻。聖世何須有南董，直廬且喜傍東華。小臣願紀昇平事，歸向田間父老誇。

【校記】

〔一〕 《日鈔》此題爲卷九第六篇。乙卯，《日鈔》無。

〔二〕 坐，《日鈔》作『座』。

與王補帆同年凱泰南下窪子散步〔一〕

酒座歌場處處豪，偏將野興寄林皋。亂墳多鬼人稀到，古寺無僧犬獨嘷。自覺閑身宜此地，天教冷趣屬吾曹。明朝吏部門前去，又染緇塵到敝袍。京察人員，例于吏部唱名，而翰詹衙門實無到者。是日院吏來告，故戲及之。

【校記】

〔一〕《日鈔》此題爲卷九第五篇。凱泰，《日鈔》作『敦敏』。

四月初二日，内子率兒女輩到京，喜賦〔一〕

滿地干戈行路難，輕車安穩度〔二〕桑乾。回思往事都如夢，且守清貧莫當官。室内塵埃〔三〕聊布席，盤中粗糲強加餐。全家願似梁間燕，隨意營巢到處〔四〕安。

【校記】

〔一〕《日鈔》此題爲卷九第七篇。

〔二〕度，《日鈔》作『渡』。

〔三〕埃，《日鈔》作『灰』。

〔四〕到處，《日鈔》作『處處』。

六月八日，偕孫琴西衣言、朱晴洲文江、邵汴生亨豫、錢湘吟鋑、王補帆凱泰、楊振甫慶麟、何受山福咸諸同年至龍樹院作竟日之游，紀之以詩〔一〕

九衢車馬地，所難此清曠。每逢明瑟處，便覺心神暢。吾輩不羈人，疏慵天所放。閑〔二〕官幸無事，勝友時見訪。同游古招提，芒鞋各一兩。是時天新晴，蹄涔水猶漲。迂迴取路行，聯翩乘興往。入門僧不迎，老槐屹相向。倚欄一平視，蕭然出塵網〔三〕。萬頃足蘆葦，一城匝屏障。遠寺紅入畫，平疇綠成浪〔四〕。諸子發高興，尊酒佐跌宕。僧廬無主賓，行廚有供張。語妙襍詼諧，交狎忘揖讓。揮扇可代麈，脱衣各置桁。或丁丁然棋，或烏烏然唱。相期竟日游，惟酒亦無量。東坡赤壁下，逸少蘭亭上。須知今日樂，便足古人抗。飲罷半醉醒，歡極齊得喪。誰乘使者車，請更與祖帳。

【校記】

〔一〕《日鈔》此題爲卷九第八篇。凱泰，《日鈔》作『敦敏』。

〔二〕閑，原作『間』，據《校勘記》改。

〔三〕網，原作『綱』，據《校勘記》改。

〔四〕『浪』下，《日鈔》多『雨餘西山清，雲近北闕壯』一聯。

岳忠武名印歌，爲楊漱芸丈炳春賦〔一〕

鄂王有遺印，流傳在吳市。翁過吳門偶得此，大名照耀日月寒，正氣鬱盤魑魅死。我思宋南渡，半壁愁難支。惟王起卒伍〔二〕，所向咸披靡。郾城一戰兀朮走，中原父老迎王師。兩河豪傑盡響應，大書岳字縣〔三〕之旗。此時此印亦生色，草檄飛書走南北。想見山東河北間，兩字傳來人盡識。惜乎和議朝中成，金牌十二俄收兵。只消三字莫須有，頓教萬里隳長城。要其忠勇足千古，物以人傳媿〔四〕璜琥。笑他高廟玉孩兒，得失區區何足數。翁從吳市攜來燕，藏之篋笥光燭天。因我好古出相示，殷勤索我詩一篇。嗚呼！英武如王今古最，建炎中興功莫大。方今盜賊滿江湖，安得其人寄閫外。願將此印鈐軍符，重向東南破楊太。

【校記】

〔一〕《日鈔》此題爲卷九第九篇。丈，《日鈔》無。「春」下，《日鈔》多「年丈」。

〔二〕「伍」下，《日鈔》多「忠孝其天資。堂堂岳家軍」。

〔三〕縣，《日鈔》作「懸」。

〔四〕媿，《日鈔》作「亦」。

平泉舅氏寄示《自嘲》一首，因次韻奉酬，亦以自嘲〔一〕

一官忝玉堂，屢踏東華土。移家日下居，城南天尺五。羣謂列清班，容易紓華組。誰知毛生錐，依舊囊中處。方今聖人世，玉燭調四序。如何兩階前，猶未舞干羽。諸君駕輶軒，方將祭纛祖。乃聞疆吏言，東南無定宇。暫停賓興筵，軍門聽鼙鼓。時因軍興停鄉試者七省。吾黨二三子，困守伯通廡。報國僅文章，未足資禦侮。官冷我亦〔二〕冷，蕭然如太古。僮僕有怨言，其言藏腹肚〔三〕。曰自從爾來，冬寒夏暑雨。衣有卅年裘，食無四升簠。不知竟何得〔四〕，無乃徒自苦。主人微聞之，一笑而不語。不見吳楚間，烽火照洲渚。生民罹此虐，流離那可數。黄河天上來，勢欲傾底柱。側聞中州地，滾滾魚龍舞。吾耕既無田，吾隱又無墅。四方既靡騁，歸歟計又阻。避世金馬門，是亦得吾所。囊中有俸錢，一可當什伍。時行當十當五大〔五〕錢。官米新且潔，猶足人一餔。春季俸米從採辦處支領〔六〕，甚佳。舊雨時往來，相對無齟齬。興到吟一詩，亦足寫情緒。何必泣牛衣，沾沾學兒女。

【校記】

〔一〕《日鈔》此題爲卷九第十篇。

〔二〕亦，《日鈔》作「更」。

〔三〕「僮僕」至「腹肚」，《日鈔》作「終日手一編，僮僕誹以肚」。

〔四〕「不知」句，《日鈔》作「節衣而縮食」。

〔五〕大，《日鈔》無。

〔六〕支領，《日鈔》作「領出」。

八月初二日，蒙恩簡放河南學政，恭紀〔一〕

金殿揮毫墨尚新，四月十三日，保和殿考差。又看恩命出楓宸。頒來藻節從天上，駕得軺車向洛濱。自是采〔二〕風宜太史，敢云入境卽王人。小臣舊是村夫子，肯負書生面目真。

【校記】

〔一〕《日鈔》此題爲卷九第十一篇。

〔二〕采，《日鈔》作「採」。

九月二十四日出都赴豫口占〔一〕

去歲風霜賦北征，今年乘傳又南行。一樽仍喜家人共，千里頻煩候吏迎。烽燧平安官堠近，琴書瀟灑使車輕。男兒駟馬尋常事，每把題橋笑長卿。

【校記】

〔一〕《日鈔》此題爲卷九第十二篇。

滹沱河懷古〔一〕

滹沱河冰薄於紙，白水真人飛渡此。今日猶傳危渡名，當年早卜中興始。嗚呼！項羽倉皇走大澤，不能安坐烏江舟。苻堅投鞭笑天塹，不能遂作江東游。惟有真王所至神爲謀，往往奇跡人間留。錢唐之潮可使三日而不至，旃然之水可使千年而不流〔二〕。願將此意廣作叔皮王命論，掃盡潢池擾擾千蚍蜉〔三〕。

【校記】

〔一〕《日鈔》此題爲卷九第十三篇。

〔二〕『流』下，《日鈔》多『漢家火德正全盛，區區一水安足愁。何待彊華奉符至，始信天意興炎劉。茫茫滹沱河，使者偶駕輶軒過』一段。

〔三〕『掃盡』句,《日鈔》作『長使潢池赤子聽我歌』。

邯鄲呂翁祠〔一〕

浮雲過眼了無痕,得失區區未足論。我亦偶然來入夢,忽乘薄笨忽輶軒。

一甑黄粱熟又炊,神仙莫笑世人〔二〕癡。人生何必都無夢,只要先知有醒時。

【校記】

〔一〕《日鈔》此題爲卷九第十四篇。

〔二〕人,《日鈔》作『情』。

丙辰二月初三日出棚考試,大風渡黄河作〔一〕

黄河無風浪千尺,况乃有風風又逆。風浪聲中鼓吹高,使者河邊祭河伯。河伯其聽使者歌,人間何處無〔二〕風波。但令胷中無芥蔕,那愁脚底有黿鼉。臨河卻爲蒼生慮,從古河防無善計。百萬金錢付水濱,不飽魚龍飽官吏。頻歲黄河〔三〕向北行,狂瀾幾徧山東地。轉瞬桃花春漲生,或疏或築無人議。此間羣議〔四〕更悠悠,大河北徙吾無憂。豈知河性固難測〔五〕,似宜未雨先綢繆。書生欲言苦非職，蒿目空〔六〕爲生民愁。焚香敬向河干祝，惟爾有神雄四瀆。但願安瀾慶九秋，莫教怒浪生三伏。河伯有知應軒渠，笑我此意徒區區。廟堂自有河渠書，幸無竊竊憂其魚。

【校記】

〔一〕《日鈔》此題爲卷九第十五篇。丙辰，《日鈔》無。

〔二〕無，《日鈔》作『非』。

〔三〕河，《日鈔》作『流』。

〔四〕羣議，《日鈔》作『衆論』。

〔五〕『測』下，《日鈔》多『其中水與沙同流。萬一大溜忽然改』。

〔六〕空，《日鈔》作『徒』。

陳橋驛〔一〕

天將神器付香孩，兵次陳橋帝業開。一襲黄袍麾下進，數行丹詔袖中來。出師倉卒〔二〕原無寇，受禪從容大有才〔三〕。讓表錫文多事甚，始知魏晉太遲回。

【校記】

〔一〕《日鈔》此題爲卷九第十六篇。

〔二〕倉卒，《日鈔》作『草草』。

〔三〕從容大有才，《日鈔》作『悤悤未有臺』。

余校士終日，危坐堂皇，偶成五言一首〔一〕

使者承簡命，秉節來中州。大懼不稱職，以爲朝廷羞。念此童子試，貴在真才求。士人既讀書，必先泮水游。於此苟不慎，魚目充琳球。文風固必飭，弊竇尤宜搜。如何作僞者，悉數而未休。羊質或冒虎，鵲巢或居鳩。蹷與蛩相負，鼠與貓同謀。使者坐堂皇，耳目仍未周。敢云弊盡絶，鬼蜮無能售。亦姑盡吾心，勿使渚薰蕕〔二〕。吾耳所及聞，或者無鵂鶹。吾目所及見，或者無蚍蜉。不然土木耳，毋乃徒悠悠。搴帷時一望，朔風吹颼飀。諸生田間來，大半寒無裘。更有八十翁，霜雪盈其頭。風檐執卷寫，落筆幾成牛。所願止一衿，未卜何時酬。使者獨何幸，年少登瀛洲。皋比而絳帳，門外擁八騶。敢不盡其〔三〕職，以副君恩優。書此置坐〔四〕右，聊當箴銘留。

【校記】

〔一〕《日鈔》此題爲卷九第十七篇。言，《日鈔》作『古』。

〔二〕渚薰蕕，《日鈔》作『薰而蕕』。

〔三〕其，《日鈔》作『吾』。

〔四〕坐，《日鈔》作『座』。

校閲步箭作〔一〕

使者本詞臣，素未習弓矢。如何坐堂皇，以此試多士。豈知桑與蓬，事本屬男子。使者雖不射，亦頗〔二〕知射理。志正而體直，道在求之〔三〕已。徒誇弓六鈞，止一健兒耳。登堂肅衣冠，呼名慎跪起。心平手自調，然後奏爾技。不中固足羞，中亦勿遽喜。須知秉筆者，更有鵠在紙。余校士〔四〕時，凡〔五〕所中之箭，偏正高下均分別存記，以定去取。

【校記】

〔一〕《日鈔》此題爲卷九第十九篇。作，《日鈔》作『偶成五古一章』。

〔二〕亦頗，《日鈔》互乙。

〔三〕之，《日鈔》作『諸』。

〔四〕士，《日鈔》作『試』。

〔五〕凡，《日鈔》無。

湯陰謁岳忠武廟〔一〕

十年閫外枕雕戈，奈此秦頭壓日何。南渡君臣生氣少，東窗夫婦殺機多。功高豈意翻成罪，戰勝無端更議和。不待籲天誣早辯，精忠二〔二〕字總難磨。

【校記】

〔一〕《日鈔》此題爲卷九第十八篇。『武』下，《日鈔》多『王』字。

〔二〕二，《日鈔》作『兩』。

蘇門山紀游〔一〕

行部古共國，遂遊蘇門山。山光既明瑟，泉韻尤潺湲。於此一俯仰，洗我塵中顔。孫登有嘯臺，高出浮雲間。太行與王屋，舉手疑可攀。惜乎塵冥冥，掩盡千螺鬟。是日適大風〔二〕。嘯聲不可聞，但見斜陽殷。下山殊自媿，緣比嵇康慳。

子在川上處，載籍固無考。乃登茲山巔，鴟吻聳雲表。其上宮墻高，其下清流繞。雖屬想當然，附會良亦巧。山上有文廟，門外建坊，題曰『子在川上』〔三〕。原泉來混混，有本不嫌小。仲尼歎水哉，卽水可見道。安知非此地，悠然契懷抱。我來拜遺像，冕旒而垂藻。〔四〕蘇門理學藪，講堂餘蔓草。伊洛徒茫茫，淵源〔五〕問誰紹。

蘇門最勝處，無如珍珠泉。泉從山下出，顆顆珍珠圓。誰能探泉脈，疑有驪龍眠。水清可見底，石罅鳴濺濺。憑欄此小坐，靜對水底天。念自來河朔，校士逾數千。得毋迷五色，淩亂丹與鉛。掬水洗吾眼，愛此清且漣。庶幾校士時，雙瞳常瑩然。

少小走風塵，頗具烟霞癖。每逢佳山水，往往蠟游屐。布韈與青鞋，焉往而不適。今乘使者車，偶來駐棨戟。鳴騶泉石間，毋乃成俗客。顧念風景佳，北方罕儔匹。竹影滿園清，松陰半窗碧。何怪東坡老，於此願卜宅。我生亦如寄，雪泥無定迹。借問安樂窩，可許爲我闢。山上有邵康節〔六〕安樂窩。

【校記】

〔一〕《日鈔》此題爲卷九第二十篇。

〔二〕小注『適大』，《日鈔》作『兩登嘯臺，惜因風大，遠望，不甚了了』。

〔三〕小注『坊』至『川上』，《日鈔》作『子在川上坊』。

〔四〕『藻』下，《日鈔》多『徒興風詠情，未悟鳶魚妙』。

〔五〕淵源，《日鈔》互乙。

〔六〕邵康節，《日鈔》作『康節先生』。

先君子曾應康蘭皋中丞之招，客游懷慶府之緱山村，集中《覃懷游草》兩卷乃其時所作也，迄今二十二年。小子樾持節經臨，感懷風木，乃歎王僧孺引騶清道，悲不自勝，良有由也。因口占四十字〔一〕

手定覃懷草，先人自紀游。三年曾此住，兩卷至今留。舊德憑誰問，浮榮未足酬。經臨無限意，太息爲停騶。

【校記】

〔一〕《日鈔》此題爲卷九第二十一篇。

修武縣武童蘇振邦，縣、府試皆第一，院試時中馬箭三、步箭四，因亦置第一。以詩紀之〔一〕

庭前弧矢士爭彎，愛爾登堂技最嫻。且博一衿游泮水，儼同三箭定天山。臂強能挽銀牙弩，齒少猶陪玉筍班。萬里封侯如有分，休忘此日奪標還。

【校記】

〔一〕《日鈔》此題爲卷九第二十二篇。

崤山〔一〕

驛路過崤陵，危巖幾度登。馬蹄雲破碎，鳥道石崚嶒。徑窄痕如鑿，山深氣似蒸。輶軒猶畏險，憶否昔擔簦。

【校記】

〔一〕《日鈔》此題爲卷九第二十三篇。

虎牢〔一〕

巖邑曾傳鄭虎牢，驅車過此亦堪豪。雨晴白日雲猶黑，風小黄河浪自高。一線奔流來底柱，千盤隘道出成皋。山川形勝今猶昔，慙媿書生擁節旄。

【校記】

〔一〕《日鈔》此題爲卷九第二十四篇。

縴夫行〔一〕

河陝間山路崎嶇，輿行必以縴夫挽之，與行舟無異。余昔年往來新安江，舟行灘石間〔二〕，邪許相聞，曾作《縴夫行》紀之。乃肩輿登山，亦復如此，因〔三〕再紀以詩，用識行路之難云。

頑青鈍碧起迎面，高可千盤寬一線。輿丁欲上愁遷延，乃仿船家例用縴。西至函谷東成皋，鄭之虎牢秦之崤。古來天險此爲最，我行往返何其勞。千搖萬兀人無數，挽我千山萬山路。山上人家半穴居，山中車馬皆縣〔四〕度。昔者吾游新安江，江水日夜流淙淙。百丈挽舟舟不上，森然怪石船頭撞。何意輶軒經此地，竟與乘舟了無異。世間行役總勞人，未覺榮華異顛顇。爲吾〔五〕傳語語縴夫，勿言爾力今朝痡。行盡馬鞍七十二，夷庚從此無危途。自洛陽至陝州，俗言有馬鞍七十二，蓋山形高下如馬鞍也。

【校記】

〔一〕《日鈔》此題爲卷九第二十五篇。

〔二〕間,《日鈔》無。

〔三〕因,《日鈔》無。

〔四〕縣,《日鈔》作「懸」。

〔五〕吾,《日鈔》作「我」。

輓周雲笈七十韻〔一〕

雲笈需次江右,尚未補官,去年冬〔二〕署安義縣事。城小兵單,寇氛密邇,請兵請餉皆不應〔三〕。至今年正月十九日,賊犯縣城,雲笈率練勇數十人出城迎敵,手刃三賊,身受數創,衆寡不敵,旋被戕害。嗚呼,可哀也已!雲笈名承謙,後更名祖誥,仁和人。庚子舉人〔四〕。素性慷慨,以忠義自負。與余交最深,又重以姻婭之戚,二十年來,鄉里釣游、長安文酒,未嘗不與君共也。四月間,余校士洛陽,適聞此信,中夜傍徨,達旦不寐,卽欲以詩輓之,愴然不能握管。夏間避暑省垣,遂成五言七十韻。回憶雲笈赴江右時,賦詩留別,余次〔五〕韻和之。曾幾何時,又有此作,每憶昔游,不自知涕淚之横集也〔六〕。

平昔談忠義,惟君最激昂。艱難寄民社,慷慨死戎行。毒霧連吳楚,烽烟逼豫章。一行初捧檄,百里正籌防。城小謀增壘，田蕪議積糧。官猶如傳舍，寇已在垣墻。自謂心俱赤，人看鬢漸蒼。君到任後，籌防盡悴〔七〕，鬚髮皆白。蠟丸詞宛轉，羽檄警倉皇。弩鏃飛青石，軍符走赤囊。居民爭罷市，幕客半成裝。伍子昭關出，臺卿複壁藏。而君期必死，到此意如常。張目麾孱卒，銜鬚赴戰場。靴中刀伏突，腰下劍干將。陣合雲俱黑，軍孤氣轉揚。賊顱迎刃胣〔八〕，戰血濺衣涼。力竭仍摩壘，圍深更裹〔九〕創。蚍蜉誰赴援，猿鶴竟偕亡。先軫元還在，真卿體未僵。忠骸盛馬革，淨土借鵝王。賊入城後，遺民殘卒移君骸骨至塔下寺。手爪堅猶握，鬚髯怒尚張。健兒齊瀝酒，父老競焚香。旅櫬歸先兆〔一〇〕，靈風動故鄉。麻衣憐幼子，白髮泣高堂。七品官如舊，千金債未償。晨昏惟婦奉，門户獨兄當。有女啼偏苦，無言意自傷。九原從死父，一慟斷柔腸。君弟〔一一〕三女已聘爲大兒婦〔一二〕，聞君訃，悲甚而卒〔一三〕，四月十七日事。忠孝都無憾，存亡兩有光。憐余感疇昔，未免涕沱滂。姻婭相依始，承平樂事長。里門同角逐，埒水共倘佯。君婦乃平泉舅氏長女，與室人兄弟也。交密形骸略，談高意興狂。大文徵典册，小字寫巾箱。身世常交勖，詩文每互商。長安游竝轡，逆旅臥聯牀。謀及虀鹽事，鈔來疥癬方。君患癬幾〔一四〕十年。古甋誇得晉〔一五〕，僻句戲搜唐。險韻追韓孟，清言襍老莊。笙歌喧酒坐〔一六〕，風雨靜禪房。迨我全家返，邀君一葦航。長途多跋涉，羣盜況披猖。鄉樹連天遠，軍烽入夜望。聯艢共南下，冒險走東昌。彭口風澎湃，微山水渺茫。提攜憐涸轍，安穩喜歸艎。飛鳥回巢暫，行雲出岫忙。故山無遠志，先世有甘棠。君祖曾作令〔一七〕江西〔一八〕。行篋詩千首，君赴江西〔一九〕時，以詩贈行者甚眾，屬余彙而書之。離筵酒一觴。清游雖佛日，臨行前與君同游佛日寺〔二〇〕。客路〔二一〕已錢塘。滕閣尋秋色，豐城訪劍鋩。郵筒問眠食，治譜話循良。見説兵猶頓，傳聞歲尚穰。牛刀曾小試，君代理豐城月餘〔二二〕。鳧舄待高翔。余亦還都下，年來又大梁。素書蒙問訊，玉尺媿評量。君聞余視學中州，馳書相賀，乃去年十二月書，君已至安義任。噩耗來江右，軺車正洛邙。一緘開鄭重，五夜起傍徨。青史千秋事，丹心百鍊剛。成神宜蔣尉，爲鬼亦睢陽。疆吏應陳請，廷評例表彰。身登忠義傳，家襲羽林郎。大義真無忝，私情自不忘。名雖留竹素，夢竟醒蕉隍。位未將才副，文偏與命妨。衣冠存碧葬，事業付黃粱。驥足何曾展，髦頭尚有芒。狂瀾誰砥柱，勁草自冰霜。入世悲知己，憂時弔國殤。人琴無限意，不僅爲潘楊。

【校記】

〔一〕《日鈔》此題爲卷九第二十六篇。七十韻，《日鈔》作『親家殉難江右』。

〔二〕『冬』下，《日鈔》多『檄』。

〔三〕皆不應，《日鈔》作『上游亦未及兼顧』。

〔四〕舉人，《日鈔》作『孝廉』。

〔五〕次，《日鈔》作『再疊』。

〔六〕『不自知』句，《日鈔》作『不禁淚涔涔下也』。

〔七〕悴，《日鈔》作『瘁』。

〔八〕胣，《日鈔》作『脆』。

〔九〕裹，原作『裏』，據《日鈔》改。

〔一〇〕兆，《日鈔》作『域』。

〔一一〕弟，《日鈔》作『第』。

〔一二〕『婦』下，《日鈔》多『性端靜，寡言笑』。

〔一三〕　悲甚而卒，《日鈔》作『痛甚，靈前一慟，氣絶而卒，面色如生』。
〔一四〕　『癖』下，《日鈔》多『甚劇』。『幾』下，《日鈔》多『及』。
〔一五〕　『古甎』句，《日鈔》作『斷碑誇得漢』。
〔一六〕　坐，《日鈔》作『座』。
〔一七〕　作令，《日鈔》作『宦遊』。
〔一八〕　西，《日鈔》作『右』。
〔一九〕　西，《日鈔》作『右』。
〔二〇〕　寺，《日鈔》作『山』。
〔二一〕　客路，《日鈔》作『遠夢』。
〔二二〕　『餘』下，《日鈔》多『頗有政聲』。

戲詠茉莉花籃〔一〕

誰將金翦翦花叢，愛此筠籃製最工。采〔二〕縷穿成珠絡索，冰壺盛得雪玲瓏。幾層素蕊垂垂小，一味幽香曲曲通。紙帳楳〔三〕花添韻事，今宵清入夢魂中。

【校記】

〔一〕　《日鈔》此題爲卷九第二十七篇。
〔二〕　采，《日鈔》作『彩』。

〔三〕　楳，《日鈔》作『梅』。

貓〔一〕

花陰晝靜儘酣眠，時復低聲喚膝前。提抱慣從嬌女手，摩挲深得主人憐。一身白雪經宵暖，兩顆明珠過午圓。癡坐苔階〔二〕呼不覺，看佗胡蝶舞蹁躚。

【校記】

〔一〕《日鈔》此題爲卷九第二十八篇。

〔二〕階，《日鈔》作『堦』。

狗〔一〕

狺狺如豹亦堪豪，臥守閑庭敢憚勞。搖尾宛能通主意，論功殊覺勝奴曹。但求食粟恩無媿，莫笑看人眼不高。可奈青蠅飛似雨，花前〔二〕小坐自爬搔。

【校記】

〔一〕《日鈔》此題爲卷九第二十九篇。

〔二〕前，《日鈔》作『陰』。

周容齋先生爾墉工書善談，因耳重聽，談輒以筆。每過余談，必以管城子、楮先生將命焉。因以詩贈之〔一〕

昔聞米襄陽，筆硯不釋手。坡公海外歸，盛名動山斗。米時知睢州，遣使迎馬首。坡亦欣然來，兩賢共尊〔二〕酒。賓主各一几，筆硯無不有。列紙數十番，高可齊户牖。談諧興既酣，觴詠時更久。二公俱命筆，紙上雲烟走。無何紙亦盡，各付奚奴負。相易而持歸，詫歎謂非偶。蘇米書中豪，名壓唐顔柳。偶然此游戲，勝事遂不朽。文采與風流，照耀千載後。先生今東坡，雲夢胷八九。時時從我談，能以筆爲口。大書舞龍蛇，小〔三〕字摹蝌蚪。我亦手握管，相對顔忸怩。秋蚓與春蛇，落紙字字醜。客是蘇子瞻，只惜主人否。

【校記】

〔一〕《日鈔》此題爲卷九第三十篇。

〔二〕尊，《日鈔》作『樽』。

〔三〕小，《日鈔》作『細』。

内子因余校士甚勞，勸勿作詩。余雖感其意，而不能盡從其戒，戲書數語貽之〔一〕

天生劉伶酒爲名，婦勸勿飲伶弗聽。天生吾乃不飲酒，問婦如何婦曰否。君雖不飲苦吟詩，吟詩太苦傷心脾。勸君并詩亦勿作，胷中浩浩又落落。吾謂卿言雖復佳，無詩何以寫吾懷。吾姑吟詩不求好，隨筆而書隨意造。不雕不琢全吾天，問婦如何婦曰然。

【校記】

〔一〕《日鈔》此題爲卷九第三十一篇。

朱亥故里即朱仙鎮〔一〕

晉鄙雖宿將，畏秦避其鋒。一軍次蕩陰，莫救邯鄲攻。信陵盜符至，猶恐衆未從。奮椎奪其軍，朱亥真英雄。遂使信陵君，名震崤函東。悠悠晉鄙輩，何足謀成功。驅車夷門下，敬問七十翁。如今風塵内，可有人如公？

【校記】

〔一〕《日鈔》此題爲卷九第三十二篇。

沮、溺耦耕處在葉縣〔一〕

周衰天地閉，賢人〔二〕隱於耕。尼父與之遇，惓惓懷深情。苟肯從吾游，莫非三代英。不然沮與溺，混迹蚩蚩氓。問津且不告，豈復言其名。何以魯論語，紀〔三〕載殊分明。乃知聖與賢，汲引出至誠〔四〕。諮訪其姓氏，考論其生平。遂令千載下，猶留二子瑩。既歎斯人高，復感吾道宏。使者驅車過，田疇何縱横。豈無隱君子，出而憂蒼生。

【校記】

〔一〕《日鈔》此題爲卷九第三十三篇。

〔二〕人，《日鈔》作『者』。

〔三〕紀，《日鈔》作『記』。

〔四〕『乃知』至『至誠』，《日鈔》作『聖賢汲引意，即此知其誠』。

昆陽懷古〔一〕

漢兵困守昆陽城，昆陽城外百萬兵。長人十丈巨無霸，虎豹犀象來縱横。一夜風雷飛屋瓦，白水真人到城下。不知募兵兵幾何，但覺軍聲動原野。人獸辟〔二〕易無敢當，伏屍流血澅水赭。何須符命奏彊華，早已威名〔三〕震銅馬。嗚呼！有晉之元帝，有宋之高宗。歷數古來中興主，幾人能與蕭王同。我行經昆陽，慷慨懷英風。光武以數千人破莽百萬衆，昭烈連營七百餘里無成功。興亡一半由天意，一半亦貴人謀工，我思光武真英雄。

【校記】

〔一〕《日鈔》此題爲卷九第三十四篇。

〔二〕辟，《日鈔》作『避』。

〔三〕名，《日鈔》作『命』。

新野學文生徐鶴年已告給衣頂，而歲試考列弟一。予因其文理尚優，且年例未符，仍準應試，以詩紀之〔一〕

老大徒留鐵硯銘，已拌〔二〕乾死桉〔三〕頭螢。誰知旗鼓一夔俊，又冠香花千佛經。豈僅寒氈留〔四〕故物，還〔五〕期庖刃發新硎。春風大有噓枯意，莫到秋來柳便零。

【校記】

〔一〕《日鈔》此題爲卷九第三十五篇。弟，《日鈔》作『第』。『以』上，《日鈔》多『偶』字。

〔二〕拌，《日鈔》作『拚』。

〔三〕桉，《日鈔》作『案』。

〔四〕留，《日鈔》作『存』。

〔五〕還，《日鈔》作『尚』。

許州試院，乃蕭謙谷先生元吉官此時所建，予校士至此，見其規制崇閎，功程堅致，徘徊庭樹，不勝甘棠猶思之意，因賦五言詩一章〔一〕

校士至許昌，有懷昔賢牧。昔賢牧爲誰，蕭君字謙谷。試院舊湫隘，規模亦褊促。蕭君顧而嗟，欿然意未足。城之東南隅，有地吉可卜〔二〕。舍舊而謀新，半年勞畚挶。堂廡既崇閎，屋廬更連屬。列舍東西寬，重門内外肅。使者之所居，閑庭蒔花木。賓幕之所休，明窗悦心目。官吏此趨公，不復憂寒燠。士子此構〔三〕思，不復溷塵濁。至今二十年，庭樹猶餘緑。賢者蕭使君，多士蒙其福。況君多善政，非此一事獨。千仞築宫墻，百里開鄉塾。君〔四〕修文廟宫墻及戟門、大門，又置社學四十餘處，均見《州志》。求之古人中，文翁之治蜀。自從軍興來，文場換戎幄。屋養健兒馬，門樹大將纛。側聞較射地，已爲火藥局。美哉奂與輪，未免憂傾覆。古人一日居，猶必葺墻屋。如何賢牧功，零落無人續。使者坐堂皇，慨然寄遠矚。起撫庭前樹，風來聲謖謖。甘棠猶思之，夫何媿尸祝。我爲賢牧歌，歌盡紙一幅。既表昔人賢，亦爲後人告。

【校記】

〔一〕《日鈔》此題爲卷九第三十六篇。官，《日鈔》作『牧』。致，《日鈔》作『緻』。言詩，《日鈔》作『古』。

〔二〕『卜』下，《日鈔》多『乃捐鶴俸清，要使鳩工速』。

〔三〕 構，《日鈔》作『搆』。
〔四〕 『君』下，《日鈔》多『新』字。

許州武童劉占元能左右射，左右各發五矢，各中四矢，因取置弟一，而紀以詩〔一〕

左右皆能射，端推巧力全。挽強猿臂健〔二〕，破的蝨心圓。楊葉穿應可，芹香采〔三〕獨先。天山三箭足，盼〔四〕爾勒燕然。

【校記】
〔一〕 《日鈔》此題爲卷九第三十七篇。弟，《日鈔》作『第』。
〔二〕 健，《日鈔》作『捷』。
〔三〕 采，《日鈔》作『採』。
〔四〕 盼，原作『盻』，據《校勘記》改。

題劉松嵐觀察大觀《弔武虛谷先生墓詩》手卷〔一〕

武〔二〕虛谷先生諱億，河南偃師人。以〔三〕進士出宰山東博山縣，多惠政。時相國和珅遣番役至山東，有所詗察，役暴横，莫敢誰何。先生執而杖之，坐是罷官歸。益研究經義，所箸〔四〕書十數種。及〔五〕和相敗，有詔起先生於家，而先生已〔六〕卒。劉松嵐觀察過先生墓，弔以詩，今墨蹟藏其家。先生孫名來者乞余題詩於後，因爲歌曰〔七〕：

先生卓犖人中豪，爲民作爹身忘勞。虎而冠者來咆哮，擇肉而食誰所教。縛而杖之無由逃，羣羊畏虎聲嘈嘈。人生窮達隨所遭，安能俯仰如桔槔？拂衣歸去嵩山高，經疾史恙窮秋毫。一旦晛冰山消，璽書俄受形廷褒。公已先赴巫陽招，徒留抔土埋蓬蒿。有客過此歌且謠，其聲慨慷心鬱陶。爲風爲雨爲怒濤，筆力斫斷生鼉蛟。翩然鳳翥鸞翔翱，我披此幅風蕭騷。願君寶此如瓊瑤，長使祖德千秋昭。

【校記】

〔一〕《日鈔》此題爲卷十第二篇。觀察，《日鈔》作『先生』。

〔二〕武，《日鈔》無。

〔三〕『以』下，《日鈔》多『名』字。

〔四〕箸，《日鈔》作『著』。

〔五〕及，《日鈔》作『會』。

〔六〕已，《日鈔》無。

〔七〕因爲歌曰，《日鈔》無。

明巡按御史揭帖歌〔一〕

明直隸巡按御史徐吉揭帖，蓋爲吳民梃〔二〕擊緹騎一案而上也。帖中共十三人，除世所共知顔佩韋等五人外，尚有吳時信、劉應文、丁奎三人皆預梃擊之事。又有戴鏞、楊芳、季卯孫、許爾成、鄒應楨等，乃因赴浙緹騎驛騷於胥門外，衆怒，焚其舟，事出同日，遂并爲一桉〔三〕者也。顔佩韋等駢誅，今所傳五人墓是。丁奎、季卯孫、許爾成皆杖徙，楊芳、鄒應楨皆杖，戴鏞死於獄。之數人者〔四〕，雖市井梟散之徒，而激於義憤，以有此舉〔五〕，尚不失爲三代直道之遺。徐公治此獄，意主消弭，保全實多。此帖本當時公牘，鈐有巡按御史印章，傳二百餘年，紙尚完好。周容齋先生〔六〕得而藏〔七〕之，索詩於余，因賦此。

校尉來，猛如虎。駕帖來，逮吏部。姑蘇城中十萬户，十萬户人齊焚香，願爲吏部求都堂〔八〕。青青子衿，萬口一言。願都堂草疏，雪吏部寃。都堂頳有泚，校尉怒而起。是何鼠子，敢抗魏公旨〔九〕？　皇帝聖旨，乃出魏璫，一夫大叫登公堂。是非詔使，擊之無傷，萬梃齊下誰能當。爲之首者，顔馬周沈楊。此外若劉若丁若吳〔一〇〕，環起如堵墻。羣虎失勢化爲羊，或死或匿，或走且僵〔一一〕。峨峨巨艑自北來，泊胥門外轟如雷。市上之屠僧，戴鏞。驛中之輿臺〔一二〕，楊芳。一時同受池魚災。入城呼者季與許，奮臂一麾衆皆聚。艤舟而待鄒應楨，千人萬人爭此一枝艫。火其舟，校尉愁。浙中游，今且休〔一三〕。　事聞於朝，謂吳中亂。廠臣眈眈，欲發大難。火急文書下撫按，按臣心苦爲周旋。

獨坐西臺斷此案，巧借詔旨示矜全，未使株連擾里閈。重者竿首輕者笞，若者鬼薪若城旦〔一四〕。天啓六年六月，御史徐吉，據事直陳，至今揭帖猶如新。我過五人墓，墓碑高嶙峋。誰知五人外，乃復有八人。當時義舉出市井，使非此帖幾泯泯，願翁保此如貞珉。駕帖僞，揭帖真〔一五〕。

【校記】

〔一〕《日鈔》此題爲卷十第三篇。御史，《日鈔》無。

〔二〕梃，原作「挺」，據《校勘記》改，下同。

〔三〕桉，《日鈔》作「案」。

〔四〕者，《日鈔》無。

〔五〕以有此舉，《日鈔》作「則」字。

〔六〕「生」下，《日鈔》多小注「爾墉」。

〔七〕而藏，《日鈔》無。

〔八〕「堂」下，《日鈔》多小注「一解」。

〔九〕「旨」下，《日鈔》多小注「二解」。

〔一〇〕若劉若丁若吴，《日鈔》作「若吴若劉若丁」。

〔一一〕「僵」下，《日鈔》多小注「三解」。

〔一二〕臺，《日鈔》作「儓」。

〔一三〕「休」下，《日鈔》多小注「四解」。

〔一四〕「旦」下，《日鈔》多小注「五解」。

〔一五〕「真」下，《日鈔》多小注「六解」。

丁辛編　春在堂詩編卷五

丁巳春，大梁公讌，卽席有贈

璽書萬里下金城，爲念東南未罷兵。此輩幺麽原小醜，我朝絳〔一〕灌卽書生。風前纛影朝臨陣，雪裏刀光夜斫營。聽話從前鏖戰事，江淮草木早知名。

虎節新從塞外旋，遊蹤遠過漢張騫。人行戈壁渾如海，春到伊犁别有天。城大園林能占地，土甘瓜果不論錢。相期盡掃鯨鯢後，更闢新疆萬頃田。

旗鼓中原再建牙，𢠵𢠵歲酒出京華。三軍聚拜邊菩薩，一戰生擒陳夜叉。裘帶風流人盡看，弓刀嚴肅士無譁。將軍何幸從天下，自此蒼生望更奢。

不才幸得接餘光，良夜叨陪酒一觴。此日軍容嚴細柳，昔年詞采豔長楊。人間韜略傳金版，天上圖書共玉堂。歌詠昇平吾輩事，待公長劍掃貪狼。

【校記】

〔一〕絳，原作『絳』，據《校勘記》改。

樾於去年十一月疏請以鄭公孫僑從祀文廟，并以孟皮配享崇聖祠。詔下部議，從之。茲因檄行所屬府州，并係以詩〔一〕

驅車過溱洧，有懷東里賢。惟鄭介兩大，玉帛難周旋。治外先治内，要使根本堅。寬猛適相濟，火烈何傷焉？孔子昔至鄭，事之如兄虔。流涕哀其死，遺愛今猶傳。固與蘧大夫，聖意同拳拳。竝許爲君子，其道夫何偏〔二〕？今觀東西廡，春秋陳豆籩。有蘧無公孫，祀典猶未全。使者敬入告，廷議僉曰然。詔增從祀位，位在林放前。東廡瑗居首，西廡僑爲先。俎豆從此定，萬古無能遷。

崇祀齊國公，始自嘉靖時。宋祥符二年，封叔梁紇爲齊國公，明嘉靖十年，立啓聖祠祀之。我朝監前代，乃立崇聖祠。褒封其五世，一例陳尊彝。獨念我孔子，有兄曰孟皮。孟皮未配享，於禮猶有遺。先人客覃懷，手定兩卷詩。實始發此議，洵足千秋垂。先大夫鐗花府君《印雪軒詩集》有《覃懷游草》兩卷，皆客懷慶時作。中有《詠古》四章，其弟〔三〕二首爲孟皮未與配享而發也。樾此奏，蓋敬成先志云。於今二十年，荏苒星霜移。不才秉使節，問俗來嵩伊。敬本先臣〔四〕意，稽首陳丹墀。詔下所司議，議者無參差。自此春秋祭，俎豆及伯尼。既符萬世公，亦慰一己私。遺編重展讀，風木增淒其。

【校記】

〔一〕《日鈔》此題作『咸豐六年十一月，樾疏請以鄭公孫僑從祀文廟，并以孟皮配享崇聖祠，詔下部議，從之，敬紀以詩二章』，爲卷十第四篇。

〔二〕『其道』句，《日鈔》作『誰云道尚偏』。

〔三〕弟，《日鈔》作『第』。

〔四〕臣，《日鈔》作『人』。

淮寧童子張家釗年八歲，文雖無足觀而能成篇，因年太幼，故未録取，記之以詩〔一〕

古有張童子，而今復見之。呼名胥吏笑，執卷祖孫隨。其祖張斐然，年五十九，亦應試。律已〔二〕通虛字，書纔讀幼儀。雲程留有待，莫憾采〔三〕芹遲。

【校記】

〔一〕《日鈔》此題爲卷十第六篇。

〔二〕已，《日鈔》作『頗』。

〔三〕采，《日鈔》作『採』。

西華縣文童蕭麟德，年十四，府、縣試皆弟一。予試之，文、詩、字均可觀，因亦置弟一，以勵髦士〔一〕

如此年華舞勺纔，居然下筆〔二〕少塵埃。連穿楊葉真無敵，未賦楳〔三〕花已是魁。賓館傳看欣得士，封章偶及爲憐才。予奏報考試情形〔四〕，附及此事。蓬萊更有三山在，能否都登絶頂來。

【校記】

〔一〕《日鈔》此題爲卷十第七篇。兩『弟』字，《日鈔》均作『第』。

〔二〕下筆，《日鈔》互乙。

〔三〕楳，《日鈔》作『梅』。

〔四〕『形』下，《日鈔》多『摺子』。

謁太昊伏羲氏陵〔一〕

太昊當年此建都，遺墟榛莽未全蕪。史公不立三皇紀，邵子偏傳八卦圖。但覺神明終古在，休疑封樹後人誣。使臣敬向陵前拜，分〔二〕得靈蓍一束枯。時蓍草尚未生，因于郡守處乞得枯者百莖。

【校記】

〔一〕《日鈔》此題爲卷十第八篇。

〔二〕分，《日鈔》作『乞』。

澠池懷古〔一〕

趙爲秦鼓筝，秦爲趙擊缶，爲趙擊缶秦所醜。大呼太史來，歲月紀某某。一時意氣遂千秋，今日豐碑留道右。嗚呼，一士之得失，兩國之雌雄。魯有一曹沬，手劍遂足要桓公。漢有一樊噲，卮酒遂足驚重瞳〔二〕。可憐宋襄公，盟楚乃見執。可憐楚懷王，入秦終不出。當時左右豈無人，碌碌不堪資緩急。我行渡澠水，感此聊停車。司馬犬子解作封禪書，智勇安得如相如？

【校記】

〔一〕《日鈔》此題爲卷十第九篇。

〔二〕瞳，《日鈔》作『睡』。

我行河陝間一首紀所見〔一〕

我行河陝間，山山半是土。一徑纔通車，兩旁若環堵。何年煩巨靈，於此施鑿斧。我意三代前，建國此無數。胙土而分茅，傳之歷年所。如鳥愛其巢，綢繆到牖户。爰乃因地勢，而以人力補。欲求匕鬯安，不辭畚挶苦。易稱古王公，設險守其宇。此即所設險，藉以禦外侮。春秋書築郿，傳者強訓詁。區分邑與都，於義實無取。書築蓋非城，因地爲險阻。自從車戰廢，戎馬遂莫禦。古人設險處，因而廢不舉。徒令穴居民，借以蔽風雨。書生喜鑿空，頗亦非莽鹵。爲高因丘陵，此語傳自古。

【校記】

〔一〕《日鈔》此題爲卷十第十篇。

謁關壯繆墓〔一〕

祁連高築勢崚嶒，靈爽千秋此式憑。朽骨應憐魏疑冢，忠魂猶傍漢原陵。墓碑直與尼山埒，墓稱『關〔二〕林』，與孔林同。祀典頻邀聖代增。留得佳城壯河嶽，永教四海震威棱。

【校記】

〔一〕《日鈔》此題爲卷十第十一篇。『壯繆墓』，《日鈔》作『林敬賦』。

〔二〕關，《日鈔》無。

予視學中州，偶因人言而罷，漫賦四章〔一〕

雲烟過眼了無痕，歸臥鄉山好杜門。萬事是非憑吏議〔二〕，一官去就總君恩。須知浮世原如夢，莫怪流言太不根〔三〕。軒冕山林皆是寄，雪泥陳迹更休論。

使臣兩載此停車，奉職何容計毁譽。竟使流傳成市虎，或因明察到淵魚〔四〕。性剛自覺逢時拙，識短難辭慮患疏。聖主如天無不照，莫將咄咄向空書。

頻年雞肋戀微名，猿鶴應疑負舊盟。白簡忽催人解組〔五〕，青山早勸我歸耕。版輿安穩迎慈母，治譜循良讓阿兄。更喜山妻詩句好，朝冠卸後一身輕。内子句。

歸期未定且徘徊，草草移居又一回。時移居私寓。奴輩好隨新主去，兒曹仍挾故書來。短檠三尺貧猶在，敝帚千金願已灰。從此江湖安我拙，休將舊籍問蓬萊。

【校記】

〔一〕《日鈔》此題爲卷十第十二篇。

〔二〕『議』下，《日鈔》多小注『時奉旨交中丞查辦』。

〔三〕『根』下，《日鈔》多小注『所參各款，無一屬實』。

〔四〕『魚』下，《日鈔》多小注『予每考一棚，輒查出槍冒一二起，從嚴懲辦。取怨於人，蓋因此』。

〔五〕解組，《日鈔》作『致仕』。

放言〔一〕

東坡在元祐，文章天下雄。發策試館職，乃受盈廷攻。以爲大不敬，譏諷及祖宗。宣仁雖不問，羣論猶洶洶。竟以此請外，不復留朝中。後來葛文康，名勝仲。發策同此意。其時政和間，文字多禁忌。言者竟無人，晏然保名位。乃知人多言，亦是命所致。磨蝎坐命宮，欲避無所避。然而葛與蘇，千秋孰軒輊。葛事見岳珂《桯史》。

【校記】

〔一〕《日鈔》此題爲卷十第十三篇。

蘭坡方伯瑛棨屬題宋刻蘇帖〔一〕

蘭坡以宋刻蘇帖三卷示余，云得之都門市上〔二〕，乃宋乾道五年汪聖錫應辰〔三〕刻於成都西樓下者，原刻三十卷。然陳眉公刻《晚香樓蘇帖》，已云成都汪刻不可復見，則散失久矣。此帖〔四〕雖止十之一，然的係宋刻，可寶也。因題數語而歸之〔五〕。

東坡先生文章雄，書法亦爲千秋宗。黨錮愈甚名愈崇，寸縑尺紙鼎與鐘。端明學士官蜀中，妙選美石精磨礲。末附跋語黄涪翁，卅卷光照川西東。西樓遺址俄蒿蓬，眉公搜訪嗟無從。殘鱗賸甲偶一逢，得之何異圭璧〔六〕琮。蘭坡方伯今坡公，羅列環燕評纖穠。獨於此帖情所鍾，偶出示我吳下蒙。我讀公文慕其風，中年憂患頗與同。雪泥春夢俱悤悤，惟媿夙欠臨池功。鸜哥吉了難爲工，虚將書髓摹文忠。

【校記】

〔一〕《日鈔》此題爲卷十第十四篇。

〔二〕『蘭坡』至『市上』，《日鈔》作『帖止三卷』。

〔三〕應辰，《日鈔》爲小字注文。

〔四〕此帖，《日鈔》作『蘭坡得此於都門市上』。

〔五〕『因題』句，《日鈔》無。

〔六〕璧，《詩編》誤作『壁』，據《日鈔》改。

蘭坡又以錢武肅王鐵券搨本見示，自元明來題跋者數十家，亦可觀也。爲賦四律〔一〕

五代干戈際，惟王智勇全。奇兵屯八百，神弩挽三千。歐史殊難據，蘇碑自足傳。至今留鐵券，題詠徧名賢。

偶因披此册，軼〔二〕事憶當初。威懾羅平鳥，恩寬使宅魚。壁間留雅詠，陌上駐香車。草莽英雄輩，風流總不如。

何況名流筆，元明至我朝。幾人徵野史，題跋自危太樸以下二十餘人，其中尚有無可考者。一卷出僧寮。舊爲六舟和尚所藏，亦吾浙詩僧也。金石有時泐，券文半漫漶不可識。雲烟未許銷。龍飛兼鳳舞，奇氣尚干霄。

我本家吳越，彌懷舊澤長。湖山自歌舞，祠墓已滄桑。欲問旗〔三〕常業，空留〔四〕翰墨香。願教書萬本，歸去壓輕裝。

【校記】

〔一〕《日鈔》此題爲卷十第十五篇。

〔二〕軼，《日鈔》作『遺』。

〔三〕旗，《日鈔》作『旂』。

〔四〕 留，《日鈔》作『餘』。

海昌查辛香冬榮，亦知名士也，流落梁園，窮而老矣。以長歌見贈，走筆和之〔一〕

先生奇氣淩千秋，一瓢一笠人間游。頭童齒豁未得志，笑談往往輕王侯。海内風騷久歇絶，吾道寥落誰爲謀。莽莽軍符走赤羽，森森戎幕張青油。誰念天涯有王粲，蕭條雙鬢猶登樓。蓬蒿太肥蘭太瘦，此憾未免東皇留。君詩有云『安排未免東皇欠，肥到蓬蒿瘦到蘭』，卽用其意。眼前窮達姑勿論，聽人呼馬兼呼牛。且喜入閨有良友，君室人能詩。沽酒笑脱千金裘。不才亦作梁園客，敢謂冰壺曾濯魄。悠悠〔二〕薄宦十年空，忽忽〔三〕歸心千里迫。旌節輶軒皆夢耳，得失聽之何足惜。人世羣游傀儡場，吾儕天付冰霜骨。擬買良田可一畦，更闢小齋寬十笏。箸〔四〕書數卷藏名山，雖有三公吾不易。蹉跎虛願竟何年，傾吐狂言先此夕。璞中有玉各自珍，無令他人識披褐。

【校記】

〔一〕 《日鈔》此題爲卷十第十六篇。流落梁園，《日鈔》無。走筆和之，《日鈔》作『燈下走筆，次韻答之』。

〔二〕 悠悠，《日鈔》作『浮雲』。

〔三〕 忽忽，《日鈔》作『明月』。

〔四〕 箸，《日鈔》作『著』。

戊午春，予自大梁旋里，行有日矣，賦四律述懷〔一〕

梁園半載滯歸期，又到鳴鳩乳燕時。薄宦歸家原草草，逐臣去國故遲遲。向來琴劍仍隨我，未定雲烟且聽之。天付優游閑歲月，老農老圃盡堪師。

回憶軺車下日邊，梁園〔二〕小住又三年。未磨圭角難諧俗，獨抱冰心可對天。初念已如矛盾反，浮生更比轆轤圓。惟應不負登臨興，大好龍門與百泉。行部所至，北登蘇門，南游伊闕，皆中州勝地也。

南天烽火未銷除，自笑迂疏百不如。議禮偶增新俎豆，前年冬，疏請以子產從祀文廟〔三〕，孟皮配享崇聖祠，皆如所請〔四〕。談經難闡古圖書。去年秋，呈進《易原圖》三卷，奉旨發還。敢期箸〔五〕述藏山富，已媿文章報國虛。努力玉堂諸舊侶，幾人頗牧幾嚴徐。

一笑東華夢已闌，扁舟歸去五湖寬。琴書檢點仍無幾，骨肉都盧亦足歡。擬約鄰翁同秉耒，更教兒輩試彈冠。平生自媿如鳩拙，隨意營巢到處安。

【校記】

〔一〕《日鈔》此題作『予自乙卯秋奉使梁園，於今三載矣，南旋有日，不能無詞，口占四律』，爲卷十第十八篇。

〔二〕梁園，《日鈔》作『夷門』。

〔三〕文廟，《日鈔》作『兩廡』。

〔四〕皆如所請，《日鈔》作『詔下部議，從之』。

〔五〕 箸，《日鈔》作「著」。

留别周容齋先生〔一〕

自來梁苑識蒼顔，信有神仙住世間。絶代書名李北海，先生書法冠一時〔二〕。中年豪興謝東山。黄罏跌宕交游廣，緑野尊榮歲月閑。濃福清才都占盡，始知造物未曾慳。

偶然示疾等維摩，數月優游勝事多。九十春光閒領略〔三〕，兩三舊雨屢經過。清談仍藉毛中令，小坐偏宜木養和。自覺天君原不病，漫將丹訣問如何。

論交何敢附忘年，自喜琴尊〔四〕有夙緣。猶憶高軒來絡繹，爲憐拙宦費周旋。流丸已動誰能止，破甑難完尚冀全。此意蹉跎無可報，祝公上壽邁彭籛。

卽今南下賦歸歟，萍梗江湖聽所如。故里尚愁無立壁，名山敢望有傳書。擬偕妻子同耕作，便與漁樵共卜居。留得先生縑素在，銀鈎鐵畫照蓬廬。時攜先生書數幅歸。

【校記】

〔一〕《日鈔》此題爲卷十第十七篇。「留」上，《日鈔》多「將去大梁」。「生」下，《日鈔》多小字「爾墉」。

〔二〕冠一時，《日鈔》作「爲一時冠」。

〔三〕領略，《日鈔》作「檢點」。

〔四〕尊，《日鈔》作「樽」。

予發大梁，顧湘坡前輩嘉蘅追送於城外，并以詩贈，次韻奉酬〔一〕

豈果菖蒲嗜好偏，亦非香火有前緣。不才曾忝輶軒使，省識南陽太守賢。君曾奉特旨奪情，三守南陽，爲中州防禦門户甚力。俄被劾去官。予校士至宛，士民具呈訟君冤者數十人。欲言非職，愛莫能助，至今媿之。

肯向悠悠覓賞音，黄堂三度拜恩深。宛南風景今何似，爪印還宜更一尋。君去官後，宛南盜賊蠭起矣。

毁譽何嘗〔二〕有定評，聞雷倉卒〔三〕頗無驚。與君同入彈棋局，莫怪中間太不平。

【校記】

〔一〕《日鈔》此題爲卷十第二十篇，較《詩編》多一絶，詳見『詩文輯錄』。發大梁，《日鈔》作『自大梁返里』。奉酬，《日鈔》作『寄謝』。

〔二〕嘗，《日鈔》作『曾』。

〔三〕卒，《日鈔》作『猝』。

中山店題壁〔一〕

輕寒輕暖稱綈袍，安穩籃輿未覺勞。白飯青芻煩地主，所過州縣，仍有適館授餐者，深媿之。天吳紫鳳戲兒曹。自抛使節身多暇，欲試吟鞭膽未豪。時新買一騎〔二〕。偶作小詩紀行役，燈前又〔三〕擬醉村醪。

【校記】

〔一〕《日鈔》此題爲卷十第十九篇。

〔二〕『騎』下，《日鈔》多小注『因余素不習鞍馬，仍付奴輩騎之』。

〔三〕燈、又，《日鈔》作『樽』、『還』。

舟過維揚，兵火之後，彌望皆碎瓦頽垣、荒榛蔓草而已，書此誌慨〔一〕

綠楊城郭鬱葱葱，亂後重來迥不同。官道但餘春草碧，佛祠惟賸劫灰紅。燒殘村落尨聲絶，荒盡樓臺燕壘空。二十四橋都寂寞，玉簫無復月明中。

【校記】

〔一〕《日鈔》此題爲卷十第二十一篇。

壬子入都，曾作金山之游，至今七載矣。金山寺已燬於賊，同游諸君亦半零落，雲笈殉難江西，及門李簡庭叔姪先後謝世。追念昔游，慨然成詠〔一〕

七年前向大江過，坐對雲烟共嘯歌。舊雨已成生死隔，名山亦自廢興多。精廬剗落餘榛莽，古樹摧殘賸薜蘿。欲卸蒲帆京口泊〔二〕，驚看戰壘尚嵯峨。鎮江城外，賊壘猶存。

【校記】

〔一〕《日鈔》此題爲卷十第二十二篇。西，《日鈔》作『右』。

〔二〕泊，《日鈔》作『住』。

余自大梁歸，因故里無家，寄居吳市。率成一律，寄日下諸故人

故里嶄無一畝宫，浮家依舊似飛蓬。浪傳梅福成仙尉，竊比梁鴻作寓公。食字生涯還是蠹，寄居蹤跡竟如蟲。雲霄舊友休相問，已作江東老阿蒙。

趙靜山撫部德轍過訪草堂，賦贈

秋來寂寞掩柴荆，忽聽騶呼里巷驚。從者到門愁雨立，先生在坐覺風清。草堂促膝無賓主，茗椀談心有性情。早使吳儂傳盛事，信陵車騎訪侯生。

游獅子林作歌

佛伸手化五獅子，偶然游戲到吳市。五百年來僵不起，至今嶄然成石矣。我來攝衣登其巔，奇奇

怪怪言難傳。五覆五反看不足，九上九下游未全。地既彎環學盤谷，水亦曲折成斜川。可笑吾儕竟如蟻，乃於九曲珠中穿。書生立論怕隨俗，偏向美中求不足。雖然山勢喜空靈，未免游蹤愁偪促。蛇行匍匐伍出關，魚貫攀援鄧入蜀。昌黎有言：我能詰屈自世間，何肯低頭入山腹。石兄聞而笑，君言何嫯嫯。米顛所見一拳耳，相對必具笏與袍。何況千巖萬壑羅堂坳，非止片石堪論交。請君來此一平視，早已游徧東岱、西華、北恆、南霍、中崧高。君曾飽看新安大好之山水，又曾驅車遠度秦函殽。試向此中尋取舊游處，一丘一壑無能逃。更比壺公縮地好，翻笑愚叟移山勞。縱不敢下垂伯瞀務人足，似亦宜稍折元章居士腰。吾聞石言亦點首，凭欄啜茗不嫌久。坐聽鄰寺齋鐘鳴，疑是林間獅子吼。

流水禪居小坐

臨水數間屋，凭欄亦快哉。方塘陽餤活，曲室綺疏開。人在鏡中坐，魚從舄下來。平生濠濮意，到此竟忘回。

滄浪亭

子美昔罷官，流寓來吳中。僦屋住民舍，炎暑憂蟲蟲。尋幽偶至此，愛此一水通。乃捐四萬錢，買得地數弓。舊本孫氏園，歲久埋蒿蓬。稍稍修葺之，泉清山玲瓏。遂令千載下，過者懷高風。嗟余一無似，敢與先生同。文章與學問，不足希遺蹤。如何失職歸，亦來稱寓公。寓廬苦偪仄，無以開心胷。安得五畝地，不染塵氛紅。引泉作清沼，疊石成奇峯。所願嗟未遂，寄跡仍鵝籠。且復躡游屐，來此披蒙茸。振衣登危亭，一覽秋天空。

葛賢墓

葛賢初名誠，吳人也。明萬曆辛丑，太監孫隆以織造至蘇，六門設稅吏，凡負戴出入，必稅錢數文，閭閻騷動。賢以蕉扇招市人殺其參隨，隆走杭得免。賢詣官待罪，後遇赦不死。又十餘年以壽終。吳人義之，呼爲『葛將軍』，葬虎丘，其地卽在五人墓側。近代詩家如隨園、甌北，皆有《五人墓詩》，而不及葛墓，因作此篇曰：

五人墓畔一抔土，尚有殘碑留廢圃。其人更在五人前，一樣英名照千古。相傳有明萬曆中，織造太監來孫隆。六門稅吏虎而冠，誅求不顧閭閻空。葛將軍，真鐵漢，蕉扇一揮吳市亂。老拳毒手各爭雄，霹靂青天狐鼠竄。束身歸罪官吏愁，鋃鐺擲地寒颼颼。男兒死耳復何恨，含笑願從要離游。戴吾頭來竟不死，從此義聲動吳市。後來顏馬沈楊周，五人乃是聞風起。我尋五人墓，因至將軍墳。當時國事何紛紛，赤丸斫吏固惡俗。銅山破賊真奇勳，斯人不媿稱將軍。山塘七里烟波活，芳草離離埋俠骨。後人倘訪五人碑，無忘有此一條葛。

送孫琴西同年衣言出守安慶，即用其癸丑年見贈原韻

君本蓬萊仙，青雲跨白鳳。如何太守章，帝忽爲爾弄。占易得明夷，君子用莅衆。君注《易》，至『明夷』卦而拜出守之命。乃駕五馬出，復此一尊共。嗟余寄吳市，杜門謝諠鬨。雲水無定居，風波有餘恐。投刺來故人，折柬具清供。痛飲借酒杯，高歌擊飯甕。顧念此分手，飛沙孰搏〔一〕控。勉子萬里風，老我一谿葑。

【校記】

〔一〕搏，原作『摶』，據《校勘記》改。

周孝女詩

孝女姓周氏，名芝，字叔英，仁和人。贈知府雲笈大令弟三女，余長子紹萊所聘婦也。雲笈署江西安義縣，殉難，女聞訃痛不欲生，然啓處食飲仍如平時。一日晨起，盥櫛，焚香其父之位前，拜且哭。哭已，入所臥室，呼婢索茗飲。母入視之，側身臥牀中，微覺有異。呼之則曰諾，問所苦，則曰無。諸兄弟姊妹環問之，應皆如是，疑得暴疾。有嫗能以按摩治人疾，趣使治之，女向嫗搖手，示弗欲召。醫未至，其伯父爲切脈，脈如常，覆按之，已無脈。比醫至，則氣絶矣。時丙辰四月十

七日，距雲笈之死三月耳。女卒後，體仍溫和，貌益腴潤，側身臥如故，鼻孔有物出，白如絮。比殮已隔宿，體雖冰，仍能屈申，雙目雖閉，或啓視之，瞳子仍瑩然也。女嘗語諸姊曰：人生無疾而死，至不易得，獨吾能之，餘人無此福也。前一日，檢所用筆墨及其父手蹟平時所摹寫者，屏當置一篋，以授其兄，若前知將死者，亦可異矣。余前作雲笈輓詩，已及此事，茲得其詳，因復賦四律。

纔誦離騷弔國殤，琪花何意又摧傷。已聞鐵杖軍前死，更痛金鑾膝下亡。人去難留離母草，醫來安得返魂香。一門忠孝千秋事，史筆憑誰爲表揚。

綠窗晨起自梳頭，小坐仍隨母下樓。讖語偶因諸姊露，遺書先付阿兄收。麻衣一慟腸真斷，玉柱雙垂體尚柔。最是分明生死際，教人爭不信仙游。

紫府清嚴事有因，夢中姊妹宛相親。雲階月地歸猶記，綠字青編識未真。女卒後，其姊伯英、仲英同夕夢至一處，父據桉南面坐，女西面坐，女出一紙示兩姊，不甚可辨，中數字稍明白，曰：萬事如電耳。人歎曹娥能殉父，我知蔣妹已成神。獨憐吾輩風塵裏，媿此鬚眉七尺身。

往負纏缸十載前，痴兒薄福竟無緣。婏嫗自是難爲匹，姑射須知本是仙。已悟浮生同掣電，尚煩微語勸歸田。女既得雲笈訃，微謂家人曰：仕途何味，凡今之仕宦者，宜早勸令歸休矣。噫！此言豈爲余發乎？惟當偏乞名流筆，青石磨礲手自鐫。

小游仙詩，和孫丈賓華元培韻

浪傳名字在丹臺，蕙圃芝田半草萊。爲語孫登休太息，嵇康龍性豈仙才。
曾聽鈞天到帝廷，分來藜火一燈青。如何翻被羣仙笑，誤讀儒童菩薩經。
琳宮小住亦前緣，轡鶴裝鸞下九天。經過昆侖星宿海，不曾摘取一天錢。
平交五嶽已多年，重向人間作斥仙。近日蓬萊風更大，不堪太乙尚乘蓮。

嘉平二十日，移居經史巷

泛宅浮家任所如，偶來吳下卜新居。敢爭子美滄浪席，且讀天隨笠澤書。朝籍久除無束縛，鄉山欲買尚躊躇。一椽聊借詩人屋，大好城南獨學廬。所居卽石琢堂前輩故宅，有獨學廬。

不才何敢望前賢，仙籍剛遲六十年。琢堂前輩爲乾隆庚戌第一人，予亦以道光庚戌入詞館。或有因緣存翰墨，故容嘯傲寄林泉。園荒更擬添栽竹，池小還思補種蓮。殊較梁家夫婦勝，當年廡下太堪憐。

前輩風流吾摩挲，碑碣手頻揩。遺址重尋賫硯齋。讀琢堂前輩《城南老屋記》，知此卽何義門先生故宅，有賫硯齋。豈及，小園花木近猶佳。磷峋石骨高于屋，瀲灩波紋綠到階。最喜數椽臨水築，紅欄隔子早安排。

眠雲精舍榭微波，想見當年勝地多。眠雲精舍、微波榭，皆見《城南老屋記》，今廢。欲爲名園記興廢，空留老樹意婆娑。百年俯仰成今昔，半畝寬閑足嘯歌。安得草堂資十萬，重將舊迹補烟蘿。

己未春，趙靜山撫部引疾歸里，詩以送之

開府三吳鬢未皤，乞身歸去爲微痾。召公南國甘棠在，謝傅東山遠志多。一品衣披堂戲綵，先生二親俱在。八騶車擁里鳴珂。遙知四海思霖雨，未許林泉久嘯歌。

不才幸得望餘光，翰墨因緣未可忘。已爲寒氈留講席，承薦，主雲間書院。更從廣坐歎文章。先生每與僚屬歎賞余文，余聞之朱筱漚觀察。相羊花木逢公暇，臨去前數日至小園，徘徊良久。了鳥衣冠恕我狂。鵬鷃不須分大小，異時還望共翺翔。

舟過練市，見臨水有朱藤一株，根可數抱，花開袤廣半里許，真奇觀也。賦詩張之

一片紫雲低不起，化作繁英飛墮此。舟中有客倚篷〔一〕看，驚見花光明半里。此花未識栽何年，老根屈曲蟠河邊。河畔居人亦好事，編竹爲架相鈎連。我昔此過花未有，已覺輪囷袤數畝。幾日春風箸意吹，荒村變作繁華藪。數十人家花底排，卜居得此何其佳。張就紫絲千步障，鋪成軟繡一條街。笑殺隋園空翦綵，人間自有春光在。比他鄧尉萬棵花，此地應名紫泥海。

【校記】

〔一〕篷，原作『蓬』，據《校勘記》改。

王老人詩

老人仁和臨平人，莫知其名，但相呼以王大而已。無家室，行乞市中，迹類顛狂，兩耳皆聾，而聲如洪鐘。亦莫知其年，余童時見之，似六十許人，至今不少異然。吾平泉舅氏行年八十，自言少時所見已如此，則其年殆未可意計也。豈其得道不死而隱於乞者邪？因爲此詩贈之。

耳聾髮禿尚童顔，市上狂歌獨往還。疑是洛中李元爽，憐渠未遇白香山。

寄安徽學使邵汴生同年亨豫

皇華使者敢辭勞，且向巖城擁節旄。三月春風兵氣静，萬山雲樹講堂高。遺經待訪新安舊，雅詠猶餘洛下豪。君去年典試中州。絳帳諸生相望久，幾時玉尺得親操。

大好江山畫不侔，鄙人十載此登樓。赤眉青犢悲新劫，白嶽黄山感昔游。向秀山陽頻聽笛，王猷剡水屢回舟。憑君問訊閑鷗鷺，曹阮溪邊憶我不？安徽學使舊駐太平，今因亂移駐徽州，乃余舊游地也，故及之。

孫琴西同年以安慶守奉使過吴，止余寓園旬有餘日。賦長歌贈之

今上龍飛初御極，春風桃李花同色。平明金殿策賢良，與子相逢始相識。長安冠蓋鬧如雲，趙瑟秦箏日日新。但覺同游多不賤，誰知交臂有詩人。君詩卓犖無餘子，五言往往淩蘇李。送我南歸詩一篇，文字論交從此始。鷗鷺江湖鳳九霄，羡君聲望動詞曹。瓊樓玉宇三天上，俯視不覺蓬山高。帝子横經競問字，聖人錫福親揮毫。凡編檢直内廷者，歲終亦賜『福』字。君以翰林直上書房三年。而我還朝亦自幸，兩年玉尺中州操。輿前砰磕奏鼓吹，道左旖旎羅旌旄。北登蘇門南伊闕，兹游足算平生豪。無端甑破不復顧，歸來且向吴中住。吴中獨學老人廬，泉石不多多古樹。寓公得此亦復佳，往事雲烟何足數。攤書自課嬌女讀，得句或共老妻賦。忽聞門外打門急，戎容暨暨兒童怖。一笑那知舊雨來，相對鬚眉尚如故。君言五馬來南方，腰間已佩太守章。太守有官不得赴，皖公山色徒青蒼。大府憐我久失職，姑留戎幕資劻勷。宵與犬雞共闌苙〔一〕，晨隨牛馬爭泥漿。澄懷風景在天上，下土蟣蝨安能望。行謀謝病返故里，免教望遠憂高堂。我掃閑軒止君宿，舊交更檢同年録。幾人邊瑣苦難歸，幾輩朝衣愁被戮。去年科場案，同年有坐免者。何如風雨兩閑身，失馬庸知非是福。但博流傳有豹皮，肯教辛苦添蛇足。草堂寂寞雨如絲，我作長歌君和之。旁人莫訝吾曹樂，梨棗新刊十卷詩。君詩十卷，予詩亦十卷，新刊于吴門。

【校記】

〔一〕 苙，原作『笠』，據《校勘記》改。

琴西引疾歸里，復以詩貽之

聞説高堂已白頭，書來苦勸早歸休。悤悤春夢收殘局，落落晨星感昔游。廿載名場同得失，君丁酉得拔貢，而余亦以是年中副榜；嗣後，鄉、會試皆與君同年。兩家詩派異源流。余與君極相得，而詩格不相近。男兒不副旂〔一〕常志，尚有名山一席留。

【校記】

〔一〕 旂，原作『旗』，據《校勘記》改。

天平山訪范氏先塋，并拜文正祠

石骨峥嶸萬笏青，名山何處寫真形。危崖一線天無路，山頂有曰一線天者。間氣千秋地有靈。鐘鼎大名留史策，林泉勝槪壯圖經。莫教樵采侵抔土，長爲三吳作典型。

文正遺祠訪夕陽，當年相業最堂堂。門前高弟孫明復，帳下偏裨狄武襄。賊膽至今猶可破，義田自昔未曾荒。先憂後樂無人識，一曲空傳范履霜。

姚平泉舅氏以八十生日自壽詩見示，次韻二律

千秋箸述百年身，瀟灑天懷久出塵。意氣迴殊窮博士，姓名爭詫古賢人。宛丘學舍休嫌小，錦里先生不諱貧。他日漢廷徵伏勝，會看皓首拜恩綸。

優游不覺宦途難，一室絃歌傍杏壇。舅氏時官上虞教諭。入世蕭閑同出世，有官恬退似無官。箸書膝下兒能讀，得句閨中婦解看。舅氏集中附有子婦沈氏和詩。媿我登堂仍未果，輸他絳帳眾儒冠。

宋于庭先生翔鳳重赴鹿鳴宴，以詩爲壽

笙簧重賦鹿鳴篇，鳩杖扶來望似仙。自是詩人宜太守，有旨加知府銜。儘容後輩認同年。五星恰聚鳴珂里，時於江蘇省垣舉行鹿鳴宴。十月欣逢造榜天。因借用吾浙貢院，改于十月鄉試。試問嫦娥應省識，惟添鶴髮照瓊筵。

龔黃治譜至今存，歸臥鄉山道更尊。無忌得名原似舅，謂令母舅莊葆琛先生。康成絶學合傳孫。月中舊織登科記，吳下新開通德門。更有尚書紅杏在，江南二老共承恩。沈怡園前輩亦於今科重赴鹿鳴宴。

朱伯韓前輩琦以所箸《怡志堂詩集》見示，卽題七言一章贈之

伯韓先生今坡公，文章氣節天下雄。餘事更擅風騷宗，不肯啁哳如寒蛬。庸成册府藏其胷，敬爲昭代歌成功。我朝王業基遼東，戡定諸部如撥麷。真人入關乘六龍，八旗健兒皆羆熊。荒荒絶塞開蠛蠓，地垠天闔靡弗通。侯其褘〔一〕而羲軒農，嘉道以來文治隆。六合内外俱喁喁，海外忽起䬑䬁風。大翼小翼千艨艟，鬼聲魆魆碧兩瞳。長江又見烽烟紅，蚩尤鐵額頭顱銅。肩背毛髮垂髯髯，中朝大官身鞠躬。議和議撫何從容，徒令宵旰憂深宮。先生蒿目心爞爞，我歌可夫聲摩空。列聖謨烈存彝鐘，編纂有職臣所供。作爲鐃歌被瞍矇，勿替引之期無窮。楚茨之義將毋同，集中弟一卷《新鐃歌》四十章。其餘各體咸精工。良由學足才識充，更兼氣盛如長虹。豈止壇坫詩家崇，方今天子達四聰。願得公等寄折衝，與之高議雲臺中。行見江海俱銷烽，吾儕伏處甘蒿蓬，中興更請歌車攻。

【校記】

〔一〕褘，原作『禕』，據《校勘記》改。

庚申二月，賊陷杭州，戴醇士前輩在籍，殉難。追念舊事，慨然有作

憶昔甲辰歲，我始舉于鄉。明年偕計吏，妄思觀國光。公時以卿貳，儤直南書房。偶見我行卷，激

賞其文章。頗思羅致之，桃李充門墻。此語孰我告，故人馬季常。謂馬讓香。平生硜硜意，砎石同堅剛。每恥劉彥和，負書獻道旁。毛雖剌上生，塵肯車前望。一笑而謝之，高臥元龍牀。然而惓惓情，至今中心藏。所感在一言，豈必曾揄揚。迨至歲庚戌，我亦登玉堂。與公前後輩，相見宜無妨。而公已林下，蹤跡仍參商。西湖好山水，天許公倘佯。聲華滿朝野，翰墨傾侯王。香山老居士，其樂固未央。如何刼運來，大盜俄披猖。鄉官無職守，亦與城俱亡。惟公受恩厚，一死分所當。仙或借兵解，鬼猶成國殤。賤子獨有感，感舊心傍徨。他年喬公墓，隻雞其無忘。

賊薄蘇州，余倉卒出城，時四月初四日也。轉展遷徙，于五月初二日渡江入越。寇氛稍遠，聊復息肩，途中得四絕句紀事

爲愛園林柳五株，等閑未即去姑蘇。余所寓石氏五柳園，以有柳五株故名。如何一夕倉皇甚，驚聽林間叫鷓鴣。

寶帶橋邊正夕曛，回看紅燄已連雲。可憐一炬姑蘇火，知是兵烽是寇氛。

仙人潭水好停舟，位置琴尊一小樓。偏有夢中人告語，僅堪半月此句留。余有薄業在新市，遂往依之。僦沈氏屋，有樓數間，頗足容膝。弟一夕，余方就枕，若有人于耳畔告曰：此地可居半月耳。後卒符其語，亦可異也。

浙西烽火苦相催，故里荒蕪半草萊。欲乞鑑湖吾豈敢，一帆聊復渡江來。

脚划船

小舟如葉，一夫坐船尾，以足運槳划之，往來如飛，謂之脚划船。舊止越中有之，今則徧江浙矣。余避地越中，偶一坐之，戲作此詩。

文人能以脚捉筆，健兒能以足蹋弩。天生四體本相資，手或無功以足補。越中扁舟小似葉，船尾長年力如虎。其力在足不在手，其具用槳不用艣。屈伸有若雞上距，高下渾如螽動股。五指化作獅子王，一足跳學商羊舞。翩然來去浪花中，真覺扶搖如一羽。我因避地坐此舟，未免終朝傴且僂。昔時巨艦張旌旗，今日輕舠走風雨。自來齊物學莊生，大小雖殊何足數。獨念盜賊正跳梁，莽莽東南無樂土。中流擊楫彼何人，伏處烏蓬慚不武。

七星巖

何年巨靈此一擘，擘破頑青現空碧。何人於此構僧廬，巧借青山爲四壁。并無屋上三重茅，但有空中一片石。疑從仙島割烟鬟，移到禪房充翠帟。盈盈綠水尤可愛，杲杲炎光不能赤。吾來脱舄坐雲根，更復攜杯飲瓊液。興酣長嘯淩清風，步自山腰到山脊。飛閣嵯峨面水成，精廬窈窕依巖闢。扶竹爲欄未覺危，仿舟作屋何嫌窄。古來勝地豈有常，蘭亭已矣空陳迹。惜哉今無王右軍，坐對林泉虛有癖。他年倘話越中勝，請以茲巖告游客。

上虞學舍拜平泉舅氏遺像，感賦二律

不坐春風又七年，此來空拜影堂前。人將菩薩呼邊鎬，上虞人呼舅氏爲姚菩薩。天以儒官老鄭虔。身後留貽無長物，夢中省識有前緣。舅氏未赴上虞任時，夢游一山，及至虞，游仙姑洞，宛然如所夢也。仙姑洞口憑誰問，何處仙龕住樂天。

大患無如我有身，知公久已倦風塵。舅氏臨殁前十餘日，有書寄樾，引《老子》曰：『人之大患在我有身。』蜉蝣楚楚名場幻，蟣蝨紛紛劫運近。乱世考終原是福，浮生游戲本非真。舅氏自輓，有偶然游戲語。只憐憔悴羊曇在，猶是拖泥帶水人。

贈了緣

了緣者，平泉舅氏之舊僕張林也。余昔在京師，亦嘗相從，後仍歸舅氏，侍舅氏于上虞學舍者年餘。忽一日辭去，入蘿巖山，居僧寺，長齋奉佛，儼然老僧，但未削髮耳。聞余至上虞，因來余寓，年已六十六矣。撫今思昔，爲之悵然，乃以詩贈之。了緣，其新更名也。

苧袍葛屨誰氏子，兩鬢霜毛垂及耳。跫然曳踵登吾堂，姓名余亦幾忘矣。徘徊認取舊時容，面目雖非音尚同。昔年鯽溜青衣僕，今日龍鍾白髮翁。廿載流光去如電，人間何事堪留戀。天上巢痕轉瞬空，雪中爪印隨時變。吾舅清閑老一氊，西州重過淚潸然。見説新阡將行草，那教舊僕不華顛。自言領略枯禪味，耐得僧廚蔬筍氣。看破塵緣號了緣，本來無物原無累。蘿巖山下少人行，一月飄然一入城。媿我俗緣殊未了，至今還是此浮生。

出上虞縣城西南行，可十里許有鳳鳴山，山有仙姑洞，東漢時有仙女乘鸞至此，故名。兩旁峭壁千仞，其左石罅中有瀑布，飛流注山澗，聲如怒雷，頗有奇致，因成一律紀游

自從仙子乘鸞至，長使千秋勝境開。暑月飛泉歕作雪，晴空絶壑激成雷。僧樓突兀雲中出，樵徑崎嶇木末來。我亦偷閑剛半日，山光樹影足徘徊。

感事四首

海上軍容盛火荼，名王自領黑雲都。獨當淝水心原壯，一失街亭勢已孤。九地藏兵狐善搰，重洋傳檄鱷難驅。遥知此夕甘泉望，早見烽烟照大沽。

鬱鬱三山次弟開，離宫别殿似蓬萊。累朝制度周靈囿，每歲巡游漢曲臺。海外𪗋帆來絡繹，雲中

鳳闕失崔嵬。昆明湖畔波如鏡，猶望春風玉輦來。

漢代和戎計最疏，重煩供帳大鴻臚。天吳紫鳳真兒戲，清酒黃龍是誓書。式璧齊廷聘鸜鵒，擊鐘魯國饗鶢鶋。幾時竿上垂明月，釣取吞舟海大魚。

先朝講武舊圍場，蕭瑟秋風塞外涼。早望羽車迴谷口，漫勞石鼓刻岐陽。飛黃一去清塵遠，凝碧重來法曲荒。賸有開元朝士在，頹唐詩筆賦連昌。

辛酉春，門下士朱伯申福榮將之甬上，以詩送之

酒氣成龍劍氣虹，如君豈久困蒿蓬。銷磨圭角隨流俗，顛到英雄任化工。三載門前來立雪，一朝江上去乘風。男兒遭際尋常事，都在窮途失意中。

次戴子高望韻，卽送其之閩

戴望富經術，卓卓後來彥。伏處蒿廬中，長歌傲軒冕。耿介眈孤行，闊疏恥獨善。年始髫齔時，出語驚里閈。稍長能文詞，下筆頗兀岍。一室坐咿唔，刺股血流骭。強識人不如，剽竊吾知免。文章本六經，雕蟲古所賤。昌黎日月光，豈識世有段。由來經術尊，擯棄何足患。奈何窮巷士，坎軻發長歎。庸知一卷書，榮或逾南面。行矣之八閩，所學慎無變。他年海外歸，待子定學校。子高嘗有志定《國朝學校》，故云。

平泉舅氏弟二女子曰仲蘭，與室人季蘭兄弟也。適德清戴羹叔蒓，乃先祖母戴太恭人之姪孫。早寡，歸依母氏，恒往來余家，余眷屬入都亦嘗偕焉，後因奉侍病母不復從。今聞其歿於臨平，以詩哀之

平生無姊妹，獨有外家親。宴笑閨門内，提攜總角辰。仲姬尤婉婉，小戴更彬彬。自破臺邊鏡，仍充掌上珍。劇憐萱草病，苦耐菜根貧。持長齋二十餘年矣。萊婦分同氣，譚私託舊姻。每推中表誼，不厭往來頻。冷突朝同守，寒衣夜代紉。主張兒棗栗，陪侍母昏晨。憶昔東湖住，相依秋復春。憐余常落魄，何日出風塵。迨後京華去，相隨舟與輪。憐余仍薄宦，未足活枯鱗。梁苑鶯花富，樊樓燈火新。嬌兒增色澤，病婦長精神。歲暮軺車歇，宵深麴部陳。氍毹排舞席，梁欐振歌脣。忽念牽蘿屋，猶餘倚竹人。艱難同骨肉，歡樂異關津。往事何須説，浮生總不真。我仍窮落寞，君已病吟呻。徐淑能詩女，陶嬰早寡身。危根寄萍梗，苦節勵松筠。半體先疑死，雙眉久未伸。煢煢惟白屋，擾擾又黄巾。身世一無箸，存亡兩亦均。庸知泉下樂，不愈世途屯。永謝棘荊累，長辭薑桂辛。魂應棲淨土，名待刻貞珉。大勝飄零客，秋風臥海濱。時余避兵上虞之槎浦。

賊至臨平，焚燒殆盡。此余釣游舊地也，聞之喟然有作

昔聞臨平湖，其名見吳志。越至晉武時，石鼓出其地。南宋都臨安，門户此焉寄。勝迹安平泉，古刹明因寺。于今數十年，居民頗鱗次。吾家烏巾山，敝廬守先世。因從舅氏居，乃就詹尹筮。筮云利用遷，一椽租史隷。是年曰涒灘，余生甫四歲。竹馬與鳩車，羣兒共嬉戲。抱書赴冬學，貰酒修春禊。童時所釣游，不與故鄉異。今雖走四方，舊事吾猶記。無端大劫來，一炬無焦類。孫氏宰相家，崔盧好門第。吾嘗此讀書，樓前兩樹桂。西偏屋一區，壞牆蒙薜荔。是吾舊所居，風雨于此庇。題曰印雪軒，太鶴山人字。印雪軒額，爲青田端木舍人國瑚書，舍人自號太鶴山人。而今盡焦土，無復頹垣蔽。念自亂離來，四海俱鼎沸。名都與大邑，白日走魑魅。何況此彈丸，黑子真可譬。大官專城居，兵力足自衛。坐看三日火，不爲發一騎。獨我感昔游，憮然不能置。阡陌與市廛，歷歷在夢寐。如何轉瞬間，惟賸山光翠。他年更訪舊，何處黄公肆。已矣勿復言，空使人憔悴。平生無一事，不等空花墜。舊巢隨處掃，流水逐年逝。茫茫窮海濱，偶作匏瓜繫。莫教撫銅狄，更灑新亭涕。

文宗顯皇帝挽詞

寶籙初凝命，垓埏望治平。纊旒天沕穆，衮鉞聖聰明。史載求言詔，朝縣進善旌。共傳新政好，歌

舞徧寰瀛。軒帝垂衣日，蚩尤作亂年。徒聞舞干戚，未見洗戈鋋。德被鴞難化，威行鱷未遷。中興諸將帥，何以對皇天。去歲蒼梧狩，鑾輿遂不回。秋風吹塞草，落日照宮槐。匕鬯歸元子，經綸仗衆材。流言無管蔡，何必待風雷。下土一蟣蝨，曾充侍從臣。端門蒙首選，宣室荷垂詢。未有涓埃報，徒餘老大身。鼎湖龍去後，望斷屬車塵。

賊陷紹興，與余所寓槎浦相距甚近，因避居海上，草舍中賦此識慨

武侯昔未遇，抱膝茅廬中。誊我豈其人，伏處同寒蟲。偶因避寇亂，來此滄海東。一廛那可得，全家寄牛宮。其上片瓦無，其旁四壁空。但有三重茅，不足避雨風。顧念曩所居，峻宇高垣墉。門前置蘭錡，壁上銜金釭。畫堂玳瑁梁，密室玻璃窗。于今盡陳迹，變滅浮雲同。平生學齊物，顛到任化工。化我以爲鳥，吾因巢于叢。化我以爲魚，吾因游于江。必存今昔見，無乃猶兒童。獨憐海天外，尚見烽烟紅。未必此一隅，遂無戎馬蹤。咄咄魯仲連，何地足自容。

火輪船

吾聞宋楊太，其舟始用輪。如何轉運法，前史所未陳。自從西人入中國，雖有班輸不能測。以火運輪輪運舟，萬里重洋一瞬息。依依格格春雷鳴，滃滃勃勃秋雲生。鬼薪辛苦誰所職，佛輪微妙無由

明。怪哉舟重烟力輕，乃能以輕御重行。紅毛鬼子坐船尾，紫髯碧眼何崢嶸。破浪乘風飛鳥疾，船中穩臥何其逸。莫嫌深似挹婁梯，居然寬勝維摩室。性命免與蛟龍爭，皂櫪何妨牛驥一。有時拾級試登臨，上下海天同一色。獨念乘楚車，古人之所羞。是以蔡與許，不列于春秋。吾因避寇亂，聊復登此舟。時坐此舟，由定海至上海。鬼聲魑魑難與語，且作長歌寄海鷗。

壬戌編　春在堂詩編卷六

壬戌春，自上海附海船至天津，發吳淞口，因成一律

故園寇盜尚縱横，盡室飄零賦北征。且與魚龍同曼衍，未勞魑魅便逢迎。兵間杜老妻孥在，海外坡公笠屐輕。慚媿乘風行萬里，年來憂患減豪情。

黄沙歌

出吳淞口數百里，海水忽黄，舟人云此名黄沙，乃黄河中泥沙隨流入海，其勢甚猛，不能遽消，因成此色，亦奇觀也。賦此以記所見。

昔人探河源，云從火敦腦兒始。我行未至昆侖虚，未識河源何處是。乃從海檝一登臨，不見河源見河委。前日吳淞口，昨日清水洋。無端滄海中，燦爛成奇光。布金非舍衛，搏土無媧皇。是何海中沙，有若琉璃黄。舟人爲我言，此乃黄河入海之故迹。海色與天光，上下同一碧。黄河千里百里奔騰來，其勢不能遽與海爲一。遂令海底皆黄沙，萬丈光芒映朝日。始信河爲四瀆雄，入海猶難渝本質。

烏乎！龍門穿鑿神禹功，送之入海事已終，誰從海外尋其蹤。昔人未見我及見，眼眄洵足千秋空。豈比東方曼倩紫泥海，徒將讕語欺兒童。

黑水洋

舟過黑水洋，漫漫不可極。渾沌六百里，四望同一黑。怪哉水與天，上下成異色。無乃黑水之餘波，奔流入海尚可識。又疑上帝斬黑龍，流血千年消不得。倘教剖蜯定元珠，若令生魚盡烏賊。噫嚱！陋儒坐守一室中，黑漆屏風寫月蝕。設來此地一登臨，能無萬怪生胷臆。書生高歌獨有神，萬丈光芒照海國。滔滔濁浪遠連天，止當硯池一泓墨。

舟行遇西北風，遂任風東行，岠高麗國不千里矣。賦此記游

我舟西北行，乃遇西北風。謂宜投海島，稍稍避其鋒。紅毛鬼子意氣雄，御風而行聲蓬蓬。登艫一望淼無際，但見朝暾射我雙眸紅。云岠高麗不千里，其地已在山海關之東。我聞高句驪，箕子之遺封。國人重文學，弦誦何雝容。乾嘉以來經術崇，魯壁汲冢搜求空。古書往往出其地，文字頗足訂異同。我倘乘桴竟一至，良亦快吾嗜古之心胷。旁有估客聞而笑，此行雖憊吾願從。高麗紙與高麗布，捆載而來利亦豐。

將抵大沽，忽遇颶風，又漂流竟夕，始得少息。詩以紀事

連日苦風逆，從者咸已痡。今朝大稱意，高挂十幅蒲。舟人來我告，明旦達大沽。同舟盡相慶，勞酒將同酤。無端暴風作，不暇占銅烏。但覺萬斛舟，輕若波中凫。忽而挺然立，如欲登天衢。忽而陡然落，如將趨尾閭。大桅高百尺，飄搖同葭莩。舟中所有物，走若盤中珠。怒浪排空來，疑有神人驅。大起復大落，壓我舳與艫。失勢倘一跌，性命真須臾。同舟盡失色，崩角相號呼。人力無可恃，但恃神明扶。緊余避寇警，盡室行危途。頗聞古人語，忠信豚魚孚。顧當勢危迫，未免心憂虞。不知坐何事，一怒逢天吳。耿耿不成寐，愁對明星孤。

入都門口占

蓬山回首杳無痕，重對長安酒一尊。兵火餘生隨處好，雲霄故友幾人存。舊巢歷歷猶能記，破甑區區未足論。海鳥避風聊一至，漫勞屬目魯東門。

哭孫蓮叔

海陽有儁才，孫氏字蓮叔。其家本素封，一鄉推右族。弱冠當門户，年甫十五六。少年意氣盛，未肯守邊幅。換酒裘千金，買笑珠十斛。玉勒控騊駼，金籠養鵁鶄。博局夜呼盧，毬場朝蹋鞠。擁貲絫百萬，揮霍如土墣。人生適意耳，安能長趢趗。是時猶承平，東南未傾覆。蘇杭號天堂，繁華積成俗。君亦時一游，錦帆張玉舳。覽勝遍湖山，移情到絲竹。竟夕酒樓眠，累月倡家宿。迨我始識君，君已稍節縮。回首少年場，不覺頞爲蹙。折節事詩書，自悔昔未讀。時時爲小詩，天然謝雕琢。所居曰霞溪，構屋山之麓。高堂何嵬峨，密室更屈曲。綺窗明玻璃，繡幕淨紗〔一〕縠。有母年八十，哽噎不待祝。有婦稍知書，倡和亦足樂。楚楚膝前兒，森森階下玉。人生得如此，何減神仙福。賤子與論交，前後十寒燠。其時客新安，過從不嫌數。君家紅葉樓，一室署觀旭。木榻爲我懸，醴酒爲我漉。我來輒止此，宛如梁燕熟。高談泣鬼神，大笑驚童僕。已聞半夜鐘，猶翦一寸燭。此情與此景，今生詎可復。男兒重知己，豈徒事徵逐。我時學未成，轅駒苦局促。而君不我鄙，愛我逾骨肉。寒則授我衣，食必問我欲。有詩輒示我，可否以我卜。送我游長安，青雲爲我勖。聞我登玉堂，自喜所見確。識士風塵中，果不負吾目。嗣是稍闊疏，往還惟尺牘。猶謂兩未耄，舊游儻可續。誰知劫運來，滄海變成陸。大盜起東南，無地不鋒鏃。新安萬山中，庶幾免荼毒。如何一丸泥，未足封函谷。堂堂細柳營，誰樹大將纛。君時竄荒山，手足盡皸瘃。呻吟老母病，宛轉嬌兒哭。艸深宵有虺，林密朝見鵩。牆低畏虎夔，藩小愁羝觸。一朝鼙鼓來，旌旗照林木。倉卒竟安之，全家死溝瀆。碧血土中埋，白骨山前暴。古來文人禍，未有如君酷。顏跖竟誰司，龜策豈我告。頗聞覆巢下，二卵幸未殰。或藉一線延，君子終有穀。顧我念今昔，中腸轉歷彔。猶憶別君時，辛亥孟秋朔。何期一分手，從此不再握。一僕君所薦，今亦登鬼籙。惟君所贈衣，雖敝仍在簏。篋中有君詩，頗未飽蠹腹。行當更編纂，或稍加斧斸。區區身後名，雖有君豈覺。天心未悔禍，時事日以蹙。吾儕生不辰，天地何蹐跼。念君更自念，涕淚可盈掬。

【校記】

〔一〕紗，原作『沙』，據《校勘記》改。

蝟

夜半羣奴譁，庭中得一蝟。天明起視之，厥狀吁可畏。體較㲋兔微，形比鼷鼠偉。蜿蜿伏如貍，蝡蝡動如蟦。聲如犬悲嗥，毛如豕怒豪。不知從何來，俯首就羅罻。頗怪北方人，畏之甚鬼鬽。云此有神靈，動色競相謂。由來流俗愚，不惜牲牢費。貓鬼爭供養，烏巫大尊貴。遂令此幺麽，亦似有靈氣。其實何能然，蠢若負盤蜚。不如付庖丁，配以一斗藙。髦殘象白外，或亦一佳味。而我忽有觸，搖手謂且未。猛虎在山中，百獸無不避。蝟能入其耳，倏忽若飛蝱。是乃虎之王，蝟名虎王，見《廣雅》。豈宜備脯饇。越王式怒蛙，謂足勵果毅。方今東南盜，無地不鼎沸。疾走類蛩蛩，被髮若狒狒。豈無介胄士，供億到屨屝。談虎且色變，安足資敵愾。感爾能制虎，縱使就蒿蔚。區區式蛙意，願以告軍尉。

閏八月十五夜對月有作

咸豐元年閏八月，吾家猶住臨平湖。是歲吾年三十一，已忝著作承明廬。同治元年閏八月，全家浮海來丁沽。行年四十又加二，回思往事堪長吁。碧幢紅旆號使者，青鞵布韈稱田夫。鶴汀鳧渚弄風月，牛闌豕苙愁泥塗。吹竹彈絲樂賓客，摐金伐鼓驚妻孥。錦纜牙檣導津吏，江艭海艓攖天吳。止此一十二年内，烟雲起滅何事無。天上玉堂日已遠，鏡中朱顔日以枯。朝東莫西身碡碌，左高右下心轆轤。到手黄金揮卽盡，當頭白日俄已徂。頗怪長安諸故舊，謂我貌比當年腴。將無學道果有得，不於世味分薺荼。今宵對月試一問，可能故吾如今吾。

甲子元日試筆

坐守粈盆倦卽眠，醒來紅日滿窗前。喜逢甲子上元歲，應是干戈大定年。下澤消揺宜我輩，中興圖畫有諸賢。未衰定不天涯老，猶許歸耕負郭田。

入都遣嫁弟二女口占

記授唐詩在膝前，鬖鬖短髮正垂肩。而今送汝于歸去，還似嬌癡上學年。

草草奩裝愧未豐，本來寒素是家風。一枚竹笥無多物，荒我研經兩月功。

向平婚嫁幾時休，今日才教一願酬。自笑真同食都蔗，要從末後到前頭。余兩子未娶，長女未嫁，茲所遣嫁者，最小之女也。

采衣好去拜尊親，冰泮良辰喜及春。只我芒鞵疏嬾甚，爲兒重踏六街塵。

《花陰補讀圖》爲朱久香前輩蘭題

先生早歲登玉堂，一封軺傳游荆襄。黄頭裴尾手自定，詞人之稱無低昂。偶然繪此圖一幅，襍花滿庭書滿牀。隱囊紗帽隨意坐，一編口誦聲琅琅。中年偶向東山臥，仍借六籍爲笙簧。即今復起秉英蕩，皖公山色看青蒼。忽對舊圖長太息，故園徧地皆荆棘。白日梟羊披髮來，黄昏土伯逐人食。先生藏書數萬卷，戢戢牙籤分五色。一經兵燹總無存，玉躞金題盡銷蝕。空從畫裏認鄉嬛，三篋亡書誰補得。鯫生對此亦煩憂，東南羣盜何時休。憶自夷門謝使節，三年住近齊雲樓。獨學老人有故宅，尚餘花木宜春秋。自埽閑軒坐且讀，妄於經訓窮搜求。至今飄泊在歧路，名山舊業何時修。經橈書槴半零落，江蘺海檖長漂流。余自中州罷歸，流寓姑蘇，賃石琢堂先生故宅以居，著《羣經平議》一書，因亂中止，未知何日卒業，爲之悵然。昨見捷書來北闕，天戈直掃鼪鼯穴。東南兵亂十年餘，會見燧烟從此歇。先生它日還朝中，復築書城高突兀。自公退食坐花陰，依舊觀書眼如月。走也閑身百無事，索異搜奇到碑碣。倘許借觀未見書，長願相從比蛩蟨。

崇地山侍郎崇厚延修《天津府志》，偶成四律

故鄉烟樹杳無痕，偶挈琴書此地存。客籍聊堪充雁户，史才何敢望龍門。百年喬木憑誰問，一席名山妄自尊。歷歷四朝多盛事，好從耆舊共尋論。舊志修于乾隆四年，迄今又百餘年矣。

丁字沽邊攬勝過，豈惟美利擅熬波。虎符重鎮今三輔，鳳輦親巡古九河。雨過農疇磨碡碌，天津各屬，多有稻田。潮來賈舶繫牂牁。中興戰績從頭數，第一津門聽凱歌。咸豐三年，粵賊北犯，惟津人首挫其鋒。

侍郎仗節鎮關津，愛我纏綿誼最真。爲念散才宜散地，故將閑事付閑人。著書未定新經義，載筆慚稱舊史臣。坐對青緗翻自愧，昔年斑管久生塵。

願得寬閑一畝宫，免教廡下歎飄蓬。時與侍郎言，欲移家就局。功名拌付毛錐子，提舉聊充玉局翁。雁爪偶然留異地，豬肝未免累羣公。楮先生史劉昭志，續筆還愁總未工。

余著《羣經平議》三十五卷，其第十四卷專論《考工記》世室重屋明堂制度。乙丑之春，津門有好事者取以付梓，漫題其後

子雲本是雕蟲士，歲晚飄零自著書。獨抱遺經聊復爾，求知異世竟何如。忽逢好事詢奇字，遂使傳鈔到小胥。一卷刻成三歎息，幾年辛苦費居諸。

曾聞先哲議明堂，匠氏遺文未及詳。訂正全經惟一字，余據《隋書·宇文愷傳》訂正《考工記》『堂修二七』爲『堂修七』，制度遂定。度量四角到中央。九房增益旁參漢，五府規模上溯唐。昭代倘修宗祀禮，芻蕘未敢獻巖廊。

南旋

津沽小住已三年，又駕飛輪海上船。敢謂波濤仗忠信，祇愁兒女誤神仙。時二兒在吳下大病，又因明年將遣嫁大女，故決計南返。良朋尚訂重來約，謂地山侍郎。故里曾無半畝田。空賸雪泥蹤迹在，滄浪亭畔倍淒然。余在吳舊厲金獅巷，今已付劫灰矣。

到金陵，賦呈肅毅伯李少荃同年前輩鴻章

昔年聲望冠西清，此日森嚴細柳營。天爲中興出名世，人傳大勇屬儒生。才兼將相空流輩，手定東南答聖明。青史千秋誰伯仲，遠追諸葛近文成。

巍然五等列崇班，功大何辭異數頒。爵秩已超蒲轂上，旌麾更照梓桑間。時署兩江總督。金箱玉笈鈔三略，紫電青霜鎮百蠻。兼領通商大臣。儒雅英雄都占盡，始知造物未曾慳。

得向花甎步後塵，雲泥雖隔總情親。微名尚記前鄉貢，雅誼真同古大臣。每念萍蹤詢細細，每見甲辰同年必問及。更憐蕉夢歎頻頻。指余中州舊事。卽今懷袖書猶在，三載深藏翰墨新。

十幅蒲帆卸石頭，節堂情話更綢繆。師門衣鉢惟公繼，謂曾滌生師。講舍皋比爲我留。轉惜書遥頻誤雁，今年見寄兩書，未到。不嫌舟小久停騶。至小舟見訪，坐談良久而去。此來得識荆州面，真覺榮逾萬户侯。

題《琴莧圖》，爲劉笏堂太守汝璆

杭州太守今龔黄，秋風五馬臨錢唐。爰有圖畫藏縹囊，愔愔者何琴一張，[⿱夬⿰夬夬][⿱夬⿰夬夬]者何莧一筐。觀者瞠目不能識，拜請太守言其詳。太守于是涕泣自陳，吾何懷哉懷我二人。二人不可作，我以丹青傳其神。其神不可傳，我以琴莧存其真。愔愔者琴，吾父之所鼓。角巾野服坐閑軒，三尺焦桐時

一撫。至今山水有清音，趙瑟秦箏何足數。⿱失⿰失失⿱失⿰失失者莧，吾母之所食。貧家作婦數十年，甘臙腥醲口不識。至今敬拜影堂前，顛頷慈容惟菜色。太守言未已，湖州民俞樾揖而致詞。四竟望公有如慈父母，吾公肫肫尚似孩提時。方今天子重循吏，要使海內蘇瘡痍。豈知循吏卽孝子，如曰不信觀于斯。

側聞太守善教士，四鄉有課自公始。遂令伏案咿唔聲，一州八縣同時起。武城弦歌何足擬，彼特區區一邑耳。烏乎！琴之遺音有如此。

又聞君夫人，扶病親入廚。五日一見花豬肉，乃止一百九十有二銖。此外公膳何所需，黃齏一柈飯一盂。烏乎！莧之遺味有是夫。

余主講蘇州紫陽書院，而孫琴西同年適亦主講杭州之紫陽，一時有『庚戌兩紫陽』之目。戲作詩寄琴西

廿年得失共名場，余舊有贈琴西詩，云『廿載名場同得失』，謂丁酉、甲辰、庚戌三次同年也。今日東南兩紫陽。亂後鬢眉都小異，狂來旗鼓尚相當。主盟壇坫誰牛耳，載酒江湖舊雁行。寄語執經諸弟子，莫爭門戶苦參商。

移居紫陽書院作

舊游過眼總雲烟，又向吳中借一廛。韓愈偶成進學解，屈原聊賦卜居篇。高登壇坫雖非分，暫寄琴書亦是緣。輸與興公清福好，好山剛對講堂前。謂孫琴西。

昔年曾此共壺觴，三十年來半已忘。忽向雪泥重問訊，劇憐泡影太匆忙。舊爲吴氏屋，道光十七年曾飲于其室。烏衣零落門庭換，銅狄摩挲感慨長。賸有當時舊賓客，天留老眼看興亡。姚松田舅氏，乃吴氏舊客，今年已七十，尚在吴中。

朱伯華孝廉福榮、戴子高茂才望至吴下訪余，因留度歲。憶咸豐十年與二子在德清度歲，又六年矣。各贈以詩

朱雲自奇士，眉宇故軒昂。舊是爽鳩屬，新歌鳴鹿章。縱横論世事，宛轉話家常。竹箭東南秀，衰門與有光。

小戴擅經術，身窮道自尊。尚書通大義，論語闡微言。子高時著《古文尚書述》、《論語注》。脱略無邊幅，文章有本原。漢廷崇實學，終見起丘樊。

憶昔清溪住，相依有二賢。而今客吴下，又共度殘年。欲識雪泥迹，姑留翰墨緣。蘇臺重訪舊，莫忘此詩篇。

丙寅春，寄呈祁春圃相國

新聞引疾去三公，綠野優游望更崇。老輩典型當代少，大儒出處古人同。四朝黄髮稱賢相，一卷

丹書繫聖衷。他日甘般懷舊學，行看執醬在蒿宫。

巢痕久掃鳳池西，十載風塵厭鼓鼙。蛇蚓欹斜愁疥壁，公得拙書，裝褫成軸，縣之齋壁。蟲魚瑣屑悔灾梨。公得余所刻《羣經平議》，甚賞之。自惟吾道今消歇，敢向時流問品題。海内起衰誰鉅手，門墻猶幸傍昌黎。

荔枝

久聞嘉果出南荒，今日吴中始一嘗。郭遠堂中丞以十五枚見贈。少室玉膏輸潔白，嵰山甜雪遜芬芳。團團入手同萍實，汩汩生津異蔗漿。莫怪色香都未變，雙輪三日走重洋。自閩中附火輪船至上海，不過三四日耳，視昔人『紅塵一騎』更疾速也。

客言二首

羣盗起中原，萬騎走平衍。奔騰若怒濤，飄忽如飛電。脱免不可當，逐鹿誰能先。本朝重騎射，家法今未變。要止與齊驅，勝算何由擅。茫茫皖豫間，空費騠𩧐趼。有客爲我言，莫如用車戰。前挽後則推，進易退亦便。重革禦鋒鏑，隻輪利旋轉。其上設火器，其下施弩箭。耳目寄旗鼓，糗糧置囊帣。環列卽爲營，徐行卽爲殿。畫作猛獸形，并使戎馬眩。以此制敵騎，或足當一面。彼馬我則車，何必鬭韌韄。

西人善製器，火器尤其工。奇巧奪般爾，炎威借祝融。我聞佛郎機，前代已見崇。本朝定天下，頗亦資其功。乃自西人出，巧力俱已窮。卽能師其意，未足爭其雄。有客爲我言，莫如用水攻。搏躍可過顙，視火尤汹汹。安得制奇器，激水行於空。或盛革爲囊，或截竹爲筒。或粗若牛腰，或曲如鳥嚨。要使行陣間，若御千神龍。非濤而澎湃，非雨而冥濛。雖有霹靂車，遇此應籠東。彼火我則水，何必爭爞爞。

題喬忠烈公畫像後

喬忠烈公名一琦，字白圭，上海人。事迹見《明史》。其友丁自邇，曾從公于遼左，歸而公死難，自恨不得如南雷輩與睢陽始終，因手繪此像。其後有董思翁跋，楊忠烈公漣贊，今藏上海諸生徐順之豫家。徐又得公尺牘數紙，名印一方，卽附後焉。余至上海，因出以乞詩。詩曰：

王旅興遼陽，螳臂誰能當。劉杜諸宿將，一戰同時亡。喬公自奇士，慷慨臨戎行。全軍既猿鶴，與國俄參商。謂朝鮮。捐軀滴水厓，歸葬惟冠裳。江南有老友，血淚可盈斗。尺素寫英姿，歲時奠以酒。方其下筆時，慘淡經營久。圖成公復生，真氣驚戶牖。可使懦頑立，可使魑魅走。至今二百年，遺像猶儼然。戎容何暨暨，殺氣生雙顴。固宜敵萬夫，辟易無能前。又有公名印，屈曲芝泥鮮。又有公尺牘，筆勢紛連翩。我來幸睹此，再拜乃敢視。其前思翁跋，娟娟秀而美。其後楊公贊，腕力直透紙。願君寶此圖，以示後君子。貂蟒而狶奔，卽楊公贊中語。對此媿欲死。

尹節母黄孺人紡車圖，爲其孫仌叔鋆悳題

四十餘年一紡車，更無心緒事鉛華。老來自向兒曹説，歲歲車前紡杜花。

回憶貧家作婦時，艱難門户費支持。課兒未忍將機斷，寸寸都成續命絲。

一粟孤燈黯不明，紡車聲和讀書聲。蟾宫他日科名記，都是當年手織成。

至杭州，與王補帆廉訪同游西湖，舟中口占

清游又上總宜船，自别西湖十六年。不獨鬚眉吾老大，湖山亦似老于前。

史忠正公祠墓圖，爲其裔孫題

高塚梅花嶺，行人再拜過。荒阡重灑掃，生氣未消磨。遺像清高甚，家書涕淚多。龔錢諸大老，對此竟如何。

南渡艱難日，倉皇詔督師。二陵半榛莽，公集有《祭二陵畢上疏》一篇。四鎮各旌麾。慷慨復讐議，淒涼絶命詞。龍髯攀未逮，自恨一年遲。

每讀公遺集，當年事可嗟。朝廷危似幕，門户亂如麻。宰相春燈豔，君王暮氣加。維揚城畔路，辛苦建高牙。

聖代旌忠典，褒揚孰與儔。遺書搜故府，浮議掃千秋。突兀崇祠在，淋漓御墨留。乾坤有正氣，長爲護松楸。

錢唐鄒蓉閣在衡裒次其家庚申、辛酉間死于王事及婦女殉難者，各爲歌詩以張之，因題其後

粤氛流海内，末劫在錢唐。遂使衣冠族，同時賦國殤。詔書褒節義，廟貌薦蒸嘗。之子悲家難，中宵淚滿裳。

淒涼陳舊德，援筆不勝悲。一卷忠臣録，千秋家廟碑。楹書同護惜，壺史附昭垂。從此清門澤，流傳永不衰。

丁卯五月，至金陵謁湘鄉師相，賦呈四律

武達文通孰與倫，十年威望滿乾坤。汾陽身繫安危重，潞國官兼將相尊。萬里東南雙虎節，兼謂介弟沅浦中丞。兩江上下一龍門。不才自是閑桃李，慚媿春風舊託根。

回憶端門覆試時，玉階釦砌晝遲遲。姓名謬許羣仙冠，文字曾叨一日知。擊節樂天原草句，沈吟小宋落花詩。至今春色終何在，未免頳顔對絳帷。余庚戌覆試，公爲閲卷大臣，因詩有『花落春仍在』句，期許甚殷。

閉户研經春復秋，心香一瓣奉高郵。誰知沆瀣原同氣，從此名山或幸留。余治經宗高郵王氏之學，適與公合。侯制更張躬與舌，明堂考定廣兼修。余考定射侯及明堂制，尤爲公所賞。重煩記室諸君筆，幾度拈來幾度投。公得余書，命記室作覆，屢呈稿不稱意，遂不發。

門墻此日又追陪，不負長途觸熱來。高會西園成雅集，大開東閣閲奇才。公招集金陵諸名士，觴余于節署。室中榻爲留賓下，海上船因送客催。公因余急于言歸，飭上海輪船早日駛至。自愧迂疏無可報，小詩聊足侑尊罍。

李雨亭方伯、王曉蓮、龐省三兩觀察招陪湘鄉師游妙相庵，並登鼓樓

南朝四百寺，滅没不可見。惟餘妙相庵，巋若靈光殿。相侯發高興，先期命張宴。旖旎羅旌旄，躞蹀走僚掾。賤子備後車，冠服隨所便。是時天新霽，陰晴日數變。既免炎歊蒸，不辭游覽徧。泉流廣半畝，石徑窄一線。老槐何離奇，新荷自婉孌。虚堂宜小坐，傑閣足流眄。北望有高樓，游興固未倦。酒罷共命駕，命駕登高樓。一層甫及上，萬象俄已收。努力更躋攀，空闊窮雙眸。金陵名勝地，天下無其儔。自從離亂來，所在成荒丘。十廟不存一，古思空悠悠。可憐秦淮水，不復聞清謳。且喜甘雨足，良苗滿田疇。既值中興年，復逢大有秋。相侯此建節，百廢行且修。秋風儻再至，安坐涼篷〔一〕

舟。時涼篷子船久廢，湘鄉師擬復之。

【校記】

〔一〕篷，原作『蓬』，據《校勘記》改。注同。

錢子密吏部應溥以其先文端公二圖索題，各書一絶句

自昔名臣多母〔一〕訓，最難聖主鑒勤劬。一經御筆留題後，不數機聲鐙影圖。右《夜紡授經》。

雞鳴盥漱肅威儀，正是銀臺入直時。想見承平舊家法，至今尹吉有餘思。右《直廬問寢》。

【校記】

〔一〕母，原作『毋』，據《校勘記》改。

登太平門樓，觀曾沅浦中丞從龍脖子地道攻克金陵處，并讀湘鄉相公紀功碑

我登金陵東北之城樓，其城雉堞猶新修。城陰立石刻文字，誰與銘者相國毅勇侯。文曰：同治三年六月月既望，穴地攻城城裂廿餘丈，浙江巡撫臣荃鼓士從此上。嗚呼！賊窟于此盈十年，窮天下力僅克焉。今觀缺口心悁悁，當時用力何其艱。賊營高壘鍾山巔，天保地保相鉤連。天保、地保，皆賊壘名。我軍百戰據有此，然後可得窺城堧。下令積草與城等，以計誑賊賊不省。若將蟻附此登城，誰料掘地

深深幾及井。一朝熛發烟滿城，天日無色萬目盲。須臾烟散何所見，但見萬夫如蟻山頭行。俄展旌旗四面下，一片軍聲動屋瓦。殺氣森森飛上天，化作黑雲如奔馬。向張老死無成功，九帥此舉真英雄。沅浦中丞行九，人稱九帥。我從趙子詢大略，自天保、地保以下，皆趙惠甫説，趙曾親在行間。中興戰績誰與同。請看城外突兀龍脖子，再看城中荒廢天王宫。

奉陪湘鄉相公玄武湖觀荷花

玄武湖中鱗趾洲，藕花無數滿中流。相侯旌節湖邊駐，來試瓜皮一葉舟。
一葉舟容三兩人，一篙容易點湖濱。萬花成國香成海，仙到應迷是此津。
田田荷葉比人長，隨手搴來手亦香。鋪作緑茵張作蓋，一身無處不清涼。
青青蓮菂滿船邊，隨摘隨嘗味更鮮。自笑生無食肉相，故應飽喫後湖蓮。
太平門外上輕舟，神策門邊蘆荻稠。花裏鑿行將十里，一生有幾此清游。是日，出太平門，進神策門。
七洲風景看分明，惜少臨流屋數楹。倘置蓮花新博士，江湖莫忘老門生。相公擬于洲上築屋。

贈彭麗崧生甫孝廉

彭孝廉，乃陶文毅公之壻也。文毅撫吴時，孝廉爲贅壻，後遷兩江總督，復從之金陵。陶没，遂不復來，至今垂三十年矣。湘鄉相公，其老友也。因訪相公，復來白下。余適客節署，遂同晨夕。俱坐威林密輪船至滬上，共寓南園。已又于吳門相聚，杯酒論文，頗有忘年之雅。于其别也，不能無詩，輒以長歌詒之。

老彭六十鬚眉白，還向江南作遊客。江南離亂十年餘，更共何人話疇昔。疇昔陶公此建牙，迢迢迎到璧人車。秋高鍾阜工延月，春早隨園飽看花。三十年來如飛電，人間何事堪留戀。已抱山丘華屋悲，更驚城郭人民變。鐵馬金戈長板橋，兔葵燕麥芳林苑。湘鄉相國鎮金陵，歷盡艱難始中興。天寶遺民仍矍鑠，華胥舊夢已瞢騰。頹垣一片天王府，云是從前棲鳳處。偽天王府，即舊時兩江總督署。此日青燐化夜光，當年紅豆調鸚鵡。蕭郎白髮再經過，那禁風前淚如雨。此外荒涼總不堪，怕將舊事問何戡。清歌無復秦淮水，雅集惟宜妙相庵。走也節堂同小住，相逢傾蓋渾如故。海舶經宵臥對牀，園林幾日游連步。每因縱論到詩文，更與窮經事箋注。耄猶好學似君稀，平議粗疏何足數。時以拙著《羣經平議》相贈。吳門杯酒送登舟，垂老難將後約留。但願老彭長不老，卅年再作江南游。

今秋月色頗佳，連夕人定後，與内子起步中庭，時復小飲，率爾有作

良宵不成寐，與子步庭阿。人定蛩吟起，廊空月色多。從前好風景，強半悔蹉跎。此夕一樽酒，浮生能幾何。

戊辰歲，余自蘇州紫陽書院移主杭州詁經精舍。開課之日，偶成二律

頻年蹤跡寄蘇臺，此日西泠講舍開。文字有緣宜領取，琴書無恙又移來。隨常粥飯完清俸，大好湖山養散材。壇坫森嚴前輩在，不才何幸得追陪。前輩，謂王蘭泉、孫淵如兩先生，皆曾主講于此。

湖隄精舍靜無譁，虛擁臯比望轉奢。六藝微言先詁訓，百年著述盛乾嘉。菑畬課穫功難倖，鞶帨求工意或差。願與諸生同敏勉，莫抛秋實事春華。

曾滌生師相過訪吳下寓廬，賦呈一律

纔卜蝸居半畝寬，時新移寓大倉口。幸邀元老此盤桓。書生門第材官笑，使相威儀婦孺看。户外飛揚駐旌旆，坐中脱略到衣冠。明朝一棹從公去，尚有江湖舊釣竿。時招同作五湖之游。

奉陪滌生師相登天平山

小隊籃輿駐道邊，仰看山徑細盤旋。何人曾躡二分足，此地纔容一線天。芒屩去尋青嶂路，茶甌來試白雲泉。相公高興誰能及，布襪青鞋到極巔。山路盤曲而上，曰一線天，有僧廬三，曰上白雲、中白雲、下白雲。余

與丁禹生中丞、潘玉泉、許緣仲兩觀察至中白雲而止，師相則直至上白雲也。

次日，又從師相登香山而望太湖

閒介無蹊草滿山，偶隨元老此躋攀。全收笠澤五湖勝，遥指菰城一髮間。喜共清游謝冠蓋，冀分餘曜照鄉關。烟波西塞山邊路，安得相從更往還。

丁禹生撫部與余言：湘鄉相公嘗言『俞蔭甫真讀書人，丁禹生真作官人』。余因憶去年見公金陵，公嘗言『李少荃拚命作官，俞蔭甫拚命著書』。余何人斯，而公輒與中興名臣相提並論。雖非所克當，然未始不自喜也。乃以小詩紀之

開府經綸滿江左，元戎勳業動乾坤。如何老學庵中客，籬鷃雲鵬一例論。

重九前三日，至詁經精舍作。時與內子同寓精舍之第一樓

浮家隨處好，於此且句留。風雨重陽節，湖山第一樓。曉鐘聽梵刹，夜火認漁舟。莫笑荒涼甚，相

依有鷺鷗。

與内子至冷泉亭小坐

平生耽冷趣，不喜熱場踏。愛此人境隔，坐對山嵐帀。舄下泉瀏瀏，襟邊風颯颯。仰眺雲氣迷，俯語水聲答。老妻亦解遊，清興適與合。久坐不忍去，暮鐘吼鞺鞳。

飛來峯有洞曰『一線天』，山隙露天光一線。内子窺之，於光中見佛像焉，從遊者亦各有見，獨余不見，其無佛緣歟？抑目力之不及歟？姑以詩記之，待來年再遊

石罅天光一線通，紺眉藕髮見玲瓏。須知妙相莊嚴甚，卽在靈臺方寸中。芥子須彌隨處足，菩提明鏡本來空。自慚俗眼窺難得，要借金鎞刮兩瞳。

己壬編　春在堂詩編卷七

己巳春，至詁經精舍，適彭雪琴侍郎玉麟借湖樓養痾，一見如舊，賦贈三律

廿載軍中夜枕戈，欣看青鬢未全皤。我朝上將儒林出，從古長江戰壘多。玉帳牙旗鎮南國，銅琶鐵版和東坡。廟謨正重金湯寄，那許林泉獨嘯歌。時有詔：俟假滿後，仍赴長江督辦水師。

大好湖山第一樓，裘輕帶緩此句留。子房謝病無官守，靈運游山有唱酬。避俗怕通門外刺，尋幽擬築水中洲。謂阮公墩。臨淮開府來相訪，不向花間擁八騶。李小荃中丞止車騎於湧金門外，坐輕舟相訪。

忝爲西湖作主人，遂教麋鹿識祥麟。乍聞雄論心先壯，偶話師門意轉親。謂湘鄉相公。珍藥封頒憐病久，芳樽手酌見情真。時承招飲，且以余病肺，饋之藥。一樓甘讓元龍臥，數點梅花萬古春。君因借住余寓樓，許畫梅花一幅相贈。

潘少梅以小印一方見贈，文曰『西湖長』，賦詩謝之

南埭荒圩三硬蘆，余舊居德清東門外，地名南埭，官府文書則曰『三硬蘆圩』。卅年拋卻舊菰蒲。而今新署西湖

長，還是烟波一釣徒。

游會稽山，登其巔，至香爐峯佛閣小坐

會稽古防山，職方列四鎮。神禹計萬國，玉帛此充牣。我來問遺跡，古事復誰證。但鷲山嵸巃，曲折微有徑。遙指香爐峯，勃然鼓游興。懸版爲坐具，搖搖不能定。夾以兩竹竿，相倚爲性命。曲身坐其中，尻低高者脛。如王山乘檋，斯制或其賸。舁行十餘里，山勢抑何峻。緣竿鮎直上，旋磨蟻徐進。隘道不盈尺，危崖那計仞。從者咸已疲，稍稍息石磴。雙峯兀然立，如户左右墐。游人俯首入，猶懼上觸頂。于此構精廬，小坐亦自勝。憑欄一俯視，鑑湖小于鏡。劃然發長嘯，定有飛仙聽。

謁大禹陵，因游禹寺，觀唐開成五年往生碑

碑皆真書，文云：唐開成五年歲次庚申，皇帝昇極。是歲夏五月，會稽禹寺請元英法師講《金剛經》于餘姚平原精舍，會次募一千二百五十人，結九品往生社。英公學我真教，挹其遺蹤，施有等差，階陳九品，旁求貞石，書其姓字云云。其下列一品至九品人名氏。此碑道光二十年寺僧鉏地所得，徐鐵孫太守移樹殿中，自來金石家所未箸錄。余得見之，因張以詩：

我來謁禹陵，因得游禹寺。禹寺止三楹，索然了無致。前後徧流覽，有碑壁間置。拂拭去塵灰，稍

稍能辨字。碑額題往生，碑文記其事。唐開成五年，皇帝初卽位。是年文宗崩，武宗卽位。元英大法師，來講金剛義。大衆環而聽，人人得其意。惟以愚智殊，不無淺深異。英公善知識，有教豈無類。區分爲九品，高下大軒輊。遂乃磨貞石，承之以贔屭。備載千餘人，男女相襍廁。謂可生淨土，不致見擯棄。詎知武宗立，力排象教僞。佛寺盡毀除，此碑轉爲累。定知九品人，相對各心悸。沈埋付泥土，誅求免官吏。是何數千年，碑又出其地。坐惜蚩蚩氓，作事等兒戲。以此求西方，往生庸可冀。獨念歲月久，碑文尚完備。字〔一〕體頗樸茂，不等俗書媚。自來金石家，未此一置議。我來得捫讀，悠然生古思。勿云事荒誕，古碑得豈易。倘搨萬本歸，千鎰定不啻。

【校記】

〔一〕字，原作「事」，據《校勘記》改。

游蘭亭，有懷彭雪琴侍郎，作歌寄之

蘭亭勝地埋荆棘，修竹清泉難復識。欲還舊觀永和年，百萬金錢問誰出。侍郎慨解橐中裝，千秋名迹期無荒。流傳豪舉徧浙水，誰識深情屬渭陽。深情脈脈安能已，記得外家家在此。傳來清望本山陰，譜出華宗是王氏。王氏青箱不復存，此來欲訪已無門。空留宗派書家祖，難問雲仍異代孫。昔賢觴詠今誰嗣，到此低徊不能置。搯土稍供一日資，望雲更觸無窮思。侍郎有《望雲思親圖》。英雄至性果然真，不負之江來問津。愧我羊曇憔悴甚，墓門展拜更傷神。時余至上虞，展舅氏姚平泉廣文之墓，并以舅母黃孺人坿葬焉。

雲棲、理安紀游各一首

籃輿至雲棲，夾路盡修竹。身入綠雲中，不識有炎燠。僧言今所存，不及昔五六。曩者不見天，但見一片綠。聞言感今昔，盛衰若轉轂。不恨我來遲，轉悔我來速。再隔三十年，舊觀儻可復。

我游理安寺，因觀法雨泉。泉從巖石出，不雨聲濺濺。其中有泉龍，四足五爪全。兩三自成隊，游泳殊悠然。勿云泉水小，愛此清且漣。何必乘風雲，辛苦飛上天。

三潭印月新築精舍頗有致，偶乘扁舟往游，作此紀之

西湖三十里，中有湖中湖。瀲灩一明鏡，築土爲之郛。石梁盼南北，曲如蟻走珠。兩旁植菡萏，四面生菰蒲。精舍五六間，小坐亦足娛。何必三神山，蓬萊與方壺。遙指蘆葦間，隙地倘許租。願言此築屋，來作耕田夫。其中有湖田。

歸許氏女生外孫女，其伯祖信臣撫部名之曰引官。余讀《白香山集》，有《談氏外孫女孩滿月》詩，亦名引珠，戲作一詩

么鳳欣添第二雛，慰情良亦勝于無。阿翁且學香山老，也向懷中抱引珠。

次韻贈徐誠庵

論交文字卅年多，余年十六與君同入縣學。又向吳中共嘯歌。旖旎詞腸將化蝶，崚嶒傲骨願爲鵝。歡場春去渾無迹，宦海風來便有波。眼底升沈君莫問，且看寒月上藤蘿。

庚午春，余浮海至福州，見香巖制府英桂。爲言：咸豐八年以河南巡撫入覲，文宗顯皇帝召見，語及臣樾，有『寫作俱佳，人頗聰明』之諭。是時樾去官久矣。何意微末姓名猶挂天口，感激流涕，敬記以詩

廿年春夢付黄粱，掃盡巢痕在玉堂。忽向天涯逢舊雨，更從海國話先皇。朽株枯木臣何有，墜履遺簪帝未忘。聽取從容天語好，風前哀淚幾沾裳。

見説紅雲拜九重，玉音親聽殿西東。韓翃詩句聞天上，蘇軾才名歎禁中。青史好傳宣室語，白頭空抱鼎湖弓。敢云報國文章在，才盡江淹百不工。

雨夜呈壬甫兄

一穗孤燈淡欲消，臥聞淅瀝響芭蕉。聯牀記聽春明雨，十八年來又此宵。

游閩越王廟

無諸王閩越，開國自漢初。廟食此閩土，祀典良非誣。我來一瞻拜，古氣盈眉須。王右夫人左，漢制其然乎？上有釣龍泉，甘洌宜酪奴。云是王遺跡，千載猶未枯。獨怪配食者，稽之史策無。閩俗固好鬼，未免同覡巫。我思騶氏裔，具見班馬書。若郢若餘善，均以叛漢誅。俎豆所不及，請更徵其餘。曰丑曰居股，論功初無殊。曰敖曰吳陽，亦能保令圖。各各受漢封，食税而衣租。丑封越繇王，居股封東成侯，敖封開成侯，吳陽封卯石侯。以此列兩廡，庶幾德不孤。柰何秩祀事，不一詢通儒。巍巍射鱓王，適足資胡盧。吾言倘可采，敬告士大夫。

余閩中之行，爲敬問太恭人起居，而弟兄聚首、朋舊言歡，一月句留，殊苦其遽。因將還浙開精舍課，即附海舶言旋，舟中得詩五首

榕城烟樹望參差，五日飈輪海上馳。聊慰北堂萱草意，不爭南國荔枝時。一家骨肉分離久，十載烽烟定省虧。今日萊衣重下拜，但求鶴髮到期頤。

春草池塘夢久荒，弟兄風雨又聯牀。兒曹乍聽鄉音改，老態旋看鬢髮蒼。亂後艱難問朋舊，鐙前談笑共壺觴。莫嫌拙宦蕭條甚，眼底榮枯早坐忘。

萬言賦海媿無才，且向閩中攬勝來。番舶聯翩仍古步，耿莊零落賸荒苔。耿莊乃耿精忠別業。英風近挹無諸廟，古篆遙尋般若臺。惜未鼓山同蠟屐，虛看晴翠落尊罍。飲于臬使署之東軒，望見鼓山，亦閩中勝地，惜未及游。

故人幾輩擁旌旄，笑我爰居偶此巢。珍重綈袍尋舊約，謂英香巖制府、潘偉如廉訪、傅星源觀察諸君。頻煩縞帶訂新交。謂卞頌臣中丞、鄧雙坡方伯、裕澤生觀察諸君。一編快睹歐公録，魏稼孫以所著《金石萃編校文》見示。十里香聞段相庖。余寓南臺，距城十里，城中頻有饋肴核者。祇惜輶軒歸尚早，謂同年邵汴生學使。論文孤負酒盈卮。

暖寒屢換客中衾，一月句留春已深。海外波濤仗忠信，余如閩所坐飛星輪船，其還也，觸石而沈。天南節候變晴陰。憐才已負先皇意，憶遠還縈慈母心。回首虎門高突兀，幾回悵望幾沈吟。

籃輿入山，游香山洞、紫雲洞、金鼓洞，而紫雲尤深邃，紀之以詩

平生喜游覽，所苦力不足。不能登山顛，且自入山腹。怪哉紫雲洞，天然一石屋。規圓而砥平，不知誰所築。中間路逼仄，取徑繚以曲。仰觀石崢嶸，俯首猶懼觸。深入忽開朗，驚飛幾蝙蝠。泉含一掬清，天逗半規緑。僧言此銷夏，不知有三伏。靈運登石門，李愿隱盤谷。古來稱勝地，視之亦何恧。願言謝人事，來此友麋鹿。

自天竺踰棋盤嶺，上下各三里，有僧寺可小坐

山頂一屠蘇，山僧自不孤。雲烟無供養，寺無檀施，以采樵爲業。襟帶有江湖。西湖在東，錢唐江在南。且采雨前茗，休尋山下途。九谿十八澗，游處總模糊。寺僧以龍井茶供客，問以九谿十八澗，不能言也。

法相寺瞻禮長耳和尚真身

長耳和尚死不僵，真身猶在山中藏。被髮梟羊滿山走，驚見真身又疑否。揮之以刀斷其手，怪哉白骨乃不白。一千餘年化爲石，其色黝然更潤澤。粵賊之亂，斷其右手，因見其骨，骨色紫。嗚呼！女媧摶土

無休時，鼠肝蟲臂誰能知。堯舜周孔化灰去，獨留委蛻將奚爲。其中自有不壞者，故能歷劫長如斯。世人革囊苦愛惜，鮑魚鯹臭秦皇屍。

病中偶成

蒲柳衰姿強自持，偶然一病遂難支。只慙不及香山叟，未是安閑好病時。

千里求書絡繹來，病中腕力苦衰頹。案頭不是鵝溪絹，難與先生作犧材。安徽、福建均有來乞書者。

熏風微逗碧窗紗，長日遲遲未易斜。睡起蕭然無一事，惠山泉試六安茶。丁禹生中丞饋惠泉水，勒少仲同年贈六安茶葉。

枯盡江花百不工，年來久已謝雕蟲。韓碑柳雅諸公事，莫向江湖問長翁。許星叔屬撰《進方略表文》二通，余筆墨疏慵，謹謝之。

以所蓄病鷹縱之孤山之麓，以詩五韻送之

昔人放鶴處，鶴唳不堪聽。賸有危亭在，亭前出自青。我今憐爾病，縱爾入青冥。雲路招新侶，巖阿養舊翎。寂寥千載後，誰築放鷹亭。

張仲甫先生應昌行年八十有一，重賦鹿鳴，詩以賀之

鳴鹿聲中共舉杯，蒼顏鶴髮未衰頹。回思六十年前事，曾博先皇欣慰來。君舉于鄉之歲，適尊甫中丞公撫閩，以疏謝，仁廟手批欣慰。

京國歸來下澤車，階前紅藥近何如。須知不負科名處，自有名山百卷書。君曾官内閣中書，撰述甚富。

偶然示疾等維摩，懶共羣仙詠大羅。空向青雲街上看，不曾看見老東坡。宴日，君以病不能赴。

自從小劫遇紅羊，雅坫騷壇處處荒。何幸頻羅庵主後，巋然又見魯靈光。吾浙重賦鹿鳴者，梁山舟先生之後直至先生。

題趙忠節同年遺墨後

忠節名景賢，字竹生，余甲辰之歲與同舉於鄉者也。咸豐末年，東南淪陷，君堅守湖州城，卒死于賊。其從孫鋐以遺墨一册見示，因題其後。

昔年颯爽見英姿，今對遺編恍遇之。蟻子蚍蜉無外援，鞠窮麥麴有微詞。在危城中帛書六幅，多隱語。

枕戈越石心空壯，聞笛睢陽氣不衰。他日菰城重艤棹，表忠何處拜崇祠。聞奉旨建專祠，至今未成。

五十初度偶成

百歲光陰本有涯，蹉跎過半亦堪嗟。紅塵易老淩霄鶴，白日難留赴壑蛇。仕宦悤悤渾似夢，詩文草草未成家。病餘已覺衰羸甚，餐飯朝來強自加。

往事雲烟付太虛，且將閑筆寫閑居。詞林剛滿十科外，箸述新成百卷餘。老母尚能看細字，嬌孫已解讀村書。自知雅抱屯邅骨，莫向人間歎不如。

西湖精舍儘盤桓，占得湖樓一面寬。高弟疊攀天上桂，詁經精舍肄業諸生本科中式廿九人，以優行貢成均者三人。老妻同倚雨中欄。書生活計毛錐子，山長頭銜白版官。慙媿先皇垂念厚，每思天語總汍瀾。樾免官歲餘，文廟尚垂問及樾，有『寫作俱佳，人頗聰明』之諭。今年至閩，聞之香巖制府英桂。

頹唐無分到公卿，聊復安排身後名。海外流傳兩平議，余所箸《羣經平議》、《諸子平議》，日本國行賈請印三十部去。人間游戲一賓萌。兒曹且試彈冠味，時兒子紹萊署大名同知。老我全消伏櫪情。回首烏巾山色好，擬營壽藏傍先塋。

不須辛苦較雲泥，籬鷃飛翔未是低。破硯祖孫同食報，家有先祖南莊府君遺硯一方，余用之亦近廿年，惜亂後失之。名山夫婦共留題。前年與内子游飛來峯，題名山穴，今年倩肄業生陳桂舟磨崖刻之。求書客至羊堪換，問字人來酒定攜。卻厭稱觴沿俗例，扁舟乘興到梁溪。嘉平二日，余生日也。是日乘舟至無錫，擬游惠山，因風大不果登。正如昔人剡溪之行，興盡而反矣。

辛未春日，以《弟一樓叢書》付剞劂，率題五韻

自笑迂疏百不如，廿年文字秏居諸。山妻苦勸宜調氣，慈母傳言戒箸書。其奈叢殘餘稿在，豈容拉襍付焚如。篋中寫定成新本，鐙下傳鈔到小胥。大好湖山樓弟一，後人儻識子雲居。

拙政園歌

張子青同年前輩開府三吳，駐節拙政園，承詢斯園故事，因作長歌詒之。

銷烽息燧東南定，定後東南非昔盛。鸝坊鶴市半荒蕪，吴下名園惟拙政。名園拙政冠三吴，遠溯前明創造初。驄馬王公新卜宅，衡山待詔舊留圖。園始明代王御史獻臣，文衡山有《拙政園記》并圖。昭代龍興開甲第，海昌別墅人猶記。泉石無端籍縣官，流傳更屬平南壻。國初爲海昌相國別業，籍没後，曾爲吴三桂女壻王永寧邸舍。百年依舊此樓臺，三徑重爲蔣詡開。吴三桂敗後，此園曾爲糧道署，其後復爲郡人蔣誦先所得，因易名復園，有《復園嘉會圖》。見説復園盛游宴，屢招名士共尊罍。是時正在乾嘉際，吴會承平多勝事。頭白尚書訪舊來，風流大令看花至。沈歸愚尚書，即圖中人之一，袁子才大令亦屢至是園。自古園林有廢興，又聞風月屬延陵。春風秋月游人口，只解吴園兩字稱。吴園花木還稠疊，水竹平分王與葉。後爲武林吴氏所得，是稱吴園，其左右割爲王、葉兩園。王葉園中半緑蕪，不及吴園盛蜂蝶。痴蜂醉蝶弄芳菲，忽見漫空妖鳥飛。淨洗腥羶消戰

血，重看金鼓建牙旗。牙旗暫駐仍蕭瑟，欣遇安昌來建節。瓊鋪珠箔奉慈輿，水閣風簾停宦轍。我幸園中一再游，聊將往事數從頭。作歌媿乏梅村筆，莫問茶花如舊不。

蘇州府學有宋紹熙間同年酬倡詩石刻，首倡者袁説友，和之者張體仁、成欽亮、章瀣、唐子壽、王藝、陳德明、周承勛、胡元功、趙彦衛、趙彦璦、趙彦真。碑額分書『同年酬倡』四字，蓋諸君皆同年也。前有范石湖序，頗足見宋時同年之重。余卽用其韻賦一詩，索諸同年和，非敢尸執牛耳，竊願依附驥旄云爾

芙蓉鏡下久暌違，落落晨星比昔稀。豈以雲泥今隔絶，遂忘蒲稗舊因依。翱翔霄漢誰先路，憔悴江湖已夕暉。記否鯤[一]鵬初振翼，烟波鷗鷺也同飛。

【校記】

〔一〕鯤，原作『鶤』，據《校勘記》改。

曾滌生師相賜題拙著《羣經平議》、《諸子平議》後五言詩一章，次韻奉謝

當代有汾陽，勳名兩卓絶。手定常羊維，金甌永無缺。福星照東吳，一再停宦轍。猶憶昔年秋，秣

陵曾送別。何幸旌旆來，又當葭莩揭。父老拜清塵，兒童誦英烈。江左管夷吾，斗南狄仁傑。樾也賤且窮，嶺雲只自悦。不辭飯甑塵，長守硯田鐵。古訓粗有聞，積習舊曾結。暑夕尚焚膏，嚴晨還映雪。珠船得一義，鐵擿忘三折。高郵有巨儒，卓犖邁前哲。謂王懷祖先生及其子文簡公。雄辯掃荆榛，奥義啓扃鐍。微言曲羽狗，快論直項頡。與共騁康莊，未免憂蹉跌。偏伍偶彌縫，竿旄聊取節。譬之行潦水，不足供酹醊。吾師今南豐，幽隱恣搜抉。玉帛會岐山，姑容置茅蕝。贈以一篇詩，轉使我心惙。朽質感雕鎪，陳編慙盜竊。惟當書萬本，終身誦不輟。

附曾國藩原作

聖徂曠千禩，微言久歇絶。六籍出燔餘，諸老抱殘缺。尚賴故訓存，歷世循舊轍。從宋洎有明，軌涂稍歧別。皇朝褒四術，衆賢互標揭。顧閻啓前旌，江戴紹休烈。迭興段與錢，王氏尤奇傑。大儒起淮海，父子相研悦。謂高郵王懷祖先生念孫及其子文簡公引之。子史及羣經，立訓堅於鐵。審音明假借，王氏精於古音，謂：字義多從音生，經籍多假借字，皆古音本同也。課虚釋癥結。王氏每於句調相同者取彼釋此，謂之句例，又戒不得增字釋經，皆從虚處領會。旁證通百泉，清辭皎初雪。王氏立訓必有確據，每識昔人望文生訓，或一字而引數十證，其反復證明乃通者，必曲暢其説，使人易曉。九原如有知，前聖應心折。俞君一何偉，奎步追曩哲。盡發高郵奥，擔囊破其鐍。君昔趨承明，鳳鸞與頏頡。軺車騁嵩洛，康衢誤一跌。子雲宦不達，草玄更折節。文囿芟夭葩，經神供清醊。庬言頗觝排，諸子亦梳抉。復從羣賢後，森然立綿蕝。嗟余老無成，撫衷恆惙惙。閎才不薦達，高位徒久竊。茲編落吾手，吟覽安可輟。

壬申春日自杭州至福寧襍詩

雲山南望路迢迢，卻好風光轉柳條。多謝蘭溪賢令尹，綠波春水放蘭橈。蘭溪令吳煥卿，余門下士也，知余有福寧之行，具舟來迎。

記客新安五載餘，江干歲歲費舟車。富春山色桐江水，算理多年未讀書。余從前客授新安，歲一往還，必由錢唐江溯流而上。

舟窗閑坐倚雕櫺，兩岸烟巒似舊青。料得山靈還識我，重來只少一奴星。奴子孫福，乃昔年從余往返新安者，後以老乞歸，庚辛之亂不知所終。

指點西臺又釣臺，客星樓上暫徘徊。祠前一十七回過，來見先生第一回。七里瀧謁嚴先生祠，從前十七度過此，均未一登也。

姊妹花開傍畫欄，虛煩翠袖進龍團。那知據案村夫子，正取周官六典看。時攜《周禮注疏》，於舟中讀之，取其委曲繁重，足以消磨客況也。

廿載論文舊友生，此來快聽好官聲。從知吏治無他異，只與文章一樣清。舟至蘭溪，吳煥卿大令來迎。煥卿從學於余，余極賞其文氣之清。及成進士，以知縣來浙，余語李小荃撫部曰：此君作令必佳。公問故。余曰：昔見其文氣甚清，卜其作令必了了也。

玉座荒涼異昔時，蘭溪城外偃王祠。何當更訪陵山廟，手搨昌黎半段碑。蘭溪城外有徐偃王廟，昔曾游焉，今傾圮過半矣。或言龍游陵山偃王廟有韓文公碑，尚存半段。余昔過龍游未之知也，以詩紀之，行且託人往訪。

自過金華灘轉高，篙師撐折萬張篙。西津橋畔重回首，辛苦輕舟壓怒濤。西津橋，在永康城外。

何處芙蓉五朵峯，入山便與畫圖同。籃輿不走紅塵路，只在泉聲山色中。永康有五峯之勝，昔人詩所謂『分明朵朵翠芙蓉』者也，然入山後，峯巒重疊，亦莫辨何者爲五峯矣。

試從木末一登臨，緑柳紅桃徧水潯。畢竟南來春信早，春分未過已春深。

陽冰舊治在山鄉，名蹟流傳頗未荒。道左豐碑丞相墓，嶺頭桓表狀元坊。縉雲城外有宋丞相格庵趙公神道碑，惜未訪其名。嶺上有狀元坊，爲明狀元詹騤建，其嶺即以狀元名。

桃花高嶺路灣環，曲曲溪流面面山。松竹叢中一條路，行人都在翠微間。

纔經半嶺日將斜，漢壽祠前且啜茶。卻喜縣官能解事，課民嶺畔種桃花。桃花嶺本無桃花，道光間，縉雲令熊君種桃萬樹，以副其名。亂後斬伐殆盡。今縣令徐君又議補種之。

馮公嶺上卻金館，見説前人此卻金。重疊紅箋書吉語，碑頭姓氏費搜尋。馮公嶺上有屋一區，顔曰卻金館。有碑云：江右何公卻金處，萬曆十五年胡緒、蔡廷臣、喻均立石。而館當孔道，爲冠蓋往來休息之所，碑又居門外正中，適當樹塞門之處。有司供張者，貼紅箋、書吉語於其上，字跡遂爲所掩。余命從者層層揭去，始得見之。

青山回望尚嵯峨，又挂蒲帆走厦河。舠鵃艅艎原一例，不嫌舟更小於梭。厦河在處州城外，有兩種船，曰漁船，曰梭船。余所坐乃梭船也。

石門洞口雨中過，雨後山光翠更多。行到巖前看瀑布，直從天半瀉銀河。

山中誠意舊儒宮，婦豎能談佐命功。我向堂前拜遺像，旗峯西矗鼓峯東。石門洞爲劉伯溫先生讀書處，遺像尚存，曰旗、曰鼓，乃其左右峯也。

故人仗節鎮東甌，小別西湖又幾秋。今夕且園一尊酒，從頭聽話雁山游。溫州見方子穎觀察，共飯於其署中之且園，縱談至夜分，并示《雁山游草》一卷。

更煩高會集羣賢，特爲征人啓別筵。領略怡園好風景，不辭半月此留連。方子穎觀察、裕昭甫太守、陳友三大令餞余於曾氏之怡園。園有花木泉石，亦東甌一勝地也。

華蓋山頭暮色催，肩輿草草出城隈。如何好事諸君子，肯逐康成車後來。余將發溫州，有徐君杏汀至逆旅來見。又有陳君仲珊至旅舍，而余已發，遂追及之於舟。因紀以詩，藉存一日之雅。

飛雲渡口水茫茫，歷歷風帆海外檣。江面亂流行十里，依稀風景似錢唐。

平橋曲水路紆徐，一葉輕舟載筍輿。沿路飽看南雁蕩，濃青淺黛染襟裾。自平陽坐小舟，行三十里至錢倉，一路山色甚佳，層巒疊嶂，應接不暇，蓋即所謂南雁蕩矣。

榕樹陰中曲曲隄，直從蕭渡到琳溪。瓜皮艇子沿隄去，未礙溪橋三尺低。

山溪行盡又山岡，且喜松篁夾路長。想見山中生計足，高高下下菜花黄。

嶺上巖巖分水關，令人回首故鄉山。歸途儻踐山靈約，雁蕩天台咫尺間。余此行因急於至閩省視老母起居，未及迂道一探天台、雁蕩之勝。方子穎觀察訂歸途游雁蕩，并願爲雁蕩作主人。然余又急於回杭補行詁經之課，未必能如約也。分水關，乃閩、浙分界處。

榕城開府親家翁，此去偏慳一笑同。今日入疆觀教令，訓詞忠厚古人風。閩撫王補帆，余同年生，又親家翁也。此行往返悤悤，未及至榕城相訪。自入分水關，於半嶺塘見君教令四條，皆六言韻語，勸其士民以敦品、勵學、息訟、止爭，知君用意良厚也。

自爲衰親千里來，敢煩地主具尊罍。白琳多謝黄明府，洗我征塵酒一杯。余以定省來閩，故行甚速，過福鼎縣未及少留也。而縣令黄星槎明府使人候於白琳逆旅中，治具豐腆，意甚媿之。

五蒲大小盡躋攀，又度崎嶇六六灣。見説武夷山九曲，此行四入武夷山。大五蒲、小五蒲均嶺名也。自此至蔣洋山，形繚曲，故有三十六灣之名矣。

四山雲氣已模糊，旋覺陰霾一掃無。若比當年衡嶽例，鯫生何敢望韓蘇。是日初登車，雲氣迷濛，及上五蒲嶺，已有微雨。余因其日所經多高嶺，深以雨行爲憂，默禱於神，旋卽開霽，晴日杲杲，蓋神佛之祐也。

石壁嶙峋高插天，大王嶺在萬峯巔。明朝更度觀音嶺，歷盡危途仗佛憐。入霞浦境，嶺路尤峻，而大王嶺及觀音嶺爲最。

天梯回望倚雲根，水複山重不可論。卻羨阿兄來領郡，萬山深處一官尊。天梯亦嶺名，度天梯嶺卽福寧府矣。

水陸舟車一月忙，征衫又此拜高堂。修書先報老萊婦，爲説慈闈壽且康。余行抵琳溪，壬甫兄使人來迎，詢知老親康健，卽馳書報內子知之。

三月三日，壬甫兄招同羅景山總戎、張小舫太守讌集於望海樓，卽席有作

龍首巖巖氣象雄，龍首，山名，樓在其麓。危樓高踞梵王宮。簷前海水平於席，檻下山城曲似弓。俯視郡城，了了在目，其形橢圓而曲。剛好重三逢禊日，不辭一再醉春風。小舫約次日仍集於此。何當更訪芙蓉院，殘碣摩挲夕照中。明同知趙廷松於龍首山麓建亭，曰芙蓉別院，并刻『芙蓉臺』三字於石上。今求之未得。

福寧襍詩

山城雖小郡齋寬，花影重重映畫欄。白髮衰親扶杖出，滿園紅紫盡承歡。

買山歸隱尚難圖，杯酒清談亦足娛。偷得仙家丹鼎法，齋廚日日學蒸壺。壬甫兄喜飲，每夕必具尊酒，與余共之。余過武林，有授余煮神仙鴨法者，至閩以語兄，試之良佳。

榕樹陰濃春日長，扶疏弱柳又新篁。試從木末凝眸望，遙見山中石澗堂。署後爲龍首山，山上有屋一區，以千里鏡視之，見額署『石澗堂』三字。

後圃荒涼藜藋高，何煩頑鐵鎮波濤。想因城與舟形似，故鑄神鈎鎖巨鰲。署後廢圃有大鐵錨二，不知所用。或云城形如舟，以此鎮之。

何處僧廬石鼓圓，何時移置郡齋前。遷流本末無從考，字跡分明至正年。三堂門外有石鼓二，其右一鼓刻云『至正五年歲在乙酉，常住誌』。

石上留傳梵字形，不辭搜剔到荒庭。佉盧書古無人識，一任苔痕歲歲青。署右幕賓屋庭石有字，跡不可識，壬甫兄曰此梵字也。

高枕山岡望海樓，海山勝概已全收。岳陽仙蹟無多讓，記取先生兩度游。望海樓，樓不甚高，而可望海，亦郡中一勝處也。惜僻處山鄉，其名不著。余此來，兩醉其上，故以詩張之。

使者輶軒此往還，論文餘暇卽看山。所嫌白鶴峯頭路，絕頂無緣得共攀。孫萊山學使適按試福寧，試畢相見，以《登白鶴嶺望海》詩見示。

將軍束髮早從戎，此日山城閑挂弓。示我一編思痛録，廿年辛苦戰爭中。羅景山總戎以所箸《思痛録》索序，卽其所定年譜也。粤賊之亂，君無役不與，故敘述甚詳。

海色山光逼畫櫺，何殊觴詠在蘭亭。無端忽隕風前涕，一月前頭落大星。三月四日，讌集望海樓。適聞曾文正師於二月四日薨逝，爲之泫然。

閩嶠崎嶇不易行，未能乘興到榕城。溫麻小住匆匆返，姑負羣公懸榻情。潘偉如方伯勸余留居閩中，託萊山學使致意，王補帆中丞又擬以輕輿迓余至省城小聚數日，其意拳拳，皆可感也。

一編志乘擬重修，名迹端宜細訪求。太姥奇峯三十六，再來儻許此探幽。壬甫兄擬重修郡志。

自福寧還杭州襍詩

籃輿安穩發溫麻，一月句留未覺賒。卻好首塗逢穀雨，家家門外曬新茶。

村社荒涼起暮烟，叢祠未識始何年。自從臨水夫人外，又向山中拜馬仙。閩中多臨水夫人廟。考吳任臣《十國春秋》陳守元女弟陳靖姑，有道術，曾誅白蛇妖。閩主鏻封爲順懿夫人，殆卽其人也。余又於山中見馬仙娘廟，求之郡志，則有二人，一云溫麻里馬氏女，一云江南人女，隨父宦來閩。二者未詳孰是。

隨意尋幽向水涯，偶逢古蹟倍咨嗟。鸛窠橋畔人烟少，何處宣和進士家。平陽有鸛窠橋，刻石云『宋宣和進士陳彥才建』。

輕舟卅里到羅陽，道是山鄉又水鄉。流水小橋無限好，不知何故署豺狼。自平陽至瑞安有豺狼橋，不知何以被斯名也。

幾處秧鍼尚未稠，紅雲一片壓青疇。山中生計年來異，罌粟花開當麥秋。平陽、瑞安山中多種罌粟花者，雖於種稻無妨，而於種麥有害，亦民食之一蠹也。

瑞安學士最依依，夜雨留賓靜掩扉。杯酒清談偏有味，黃花魚小墨魚肥。過瑞安，訪孫蕖田前輩，留余小酌，清談甚樂。二魚皆席間所饌也。

逆旅平添半日忙，淋漓殘墨滿匡牀。東坡正苦食無肉，可許屠門去換羊。溫州旅舍中求書者疊至，薄暮未休。時天氣鬱蒸，行廚中魚餒而肉敗，故有此戲語。

館人留客頗恂恂，生本儒門意自親。贈我羅陽詩四卷，始知巖邑有詩人。逆旅主人董盼，字子翰，以其先德霞樵先生所輯《羅陽詩始》見贈，蓋裒錄泰順一邑自前明至近人所作之詩也。先生名斿，即泰順人，所箸《太霞山館詩文遺稿》甚多，聞存蕖田前輩處。

甌江來去太駸駸，若問游蹤媿轉深。不獨雁山游未果，江心孤嶼欠登臨。溫州城北有江心寺，即謝康樂詩所謂『孤嶼媚中川』者也。來往悤悤，未及一上。

石門洞口再探奇，且喜登山得導師。涎玉沫珠曾領略，此來補讀謝公詩。舟過石門洞，因再游焉。有林君宋齋讀書其中，見余至，問知姓名，甚喜，導觀諸勝，因得見石刻謝康樂詩。前游僅導以老僧，未能指示所在，故未之見也。

風風雨雨桃花嶺，萬壑千巖何處藏。始信黃山雲海說，白雲真似海茫茫。

禱雨碑文李少溫，宣和傳刻至今存。不辭百級登臨瘁，親訪神祠藏碣軒。縉雲縣城隍廟在山上，歷百餘級乃至。宋刻李陽冰碑今尚無恙，惟每行末一字泐矣。前縉雲令徐君熾烈，字赤木，築室庋之，署曰『藏碣軒』。

子陵臺在暮雲端，兩岸青山已飽看。安得於潛問遺老，更尋石室古巖灘。《水經·漸江水》篇云：又東南流逕桐廬縣，自縣至於潛，凡十有六瀨。第二是嚴陵瀨。酈注云：山下有石室，嚴子陵之所居也。今石室無考。而經云『自縣至於潛』，則與今水道亦不合，疑漢魏間所稱嚴陵瀨者，或未必卽此也。

春歸我亦賦言旋，兩月光陰路幾千。卻好往還皆廿七，一舟依舊宿江邊。余之往也，於正月二十七宿江干舟次，明日解維；及還也，於三月二十七宿江干舟次，明日登岸，亦一奇也。二十八立夏，春歸我亦歸矣。

同年應敏齋寶時曾官蘇松太倉兵備道，駐上海，有善政。其遷臬使而去也，上海人圖其所行事，凡十有二，爲歌詩以獻。余爲題其後

滬上彈丸地，安危大局存。東南一樞紐，旋轉此乾坤。舉動關中外，推行見本原。謳歌空滿耳，辛苦與誰言。

吳中重修唐六如居士桃花仙館，并祔祀子尚金公。公名絅，嘉興人，明初爲蘇郡守，因請減賦得罪而死者也。爲賦四絶句，紀其事

胥口難招月夜魂，『月明胥口一簑烟』，六如句也。風流文采至今存。盲翁負鼓沿街唱，不唱中郎唱解元。盲詞多唱唐解元者。

重將祠墓訪圖經，三百年來夢墨亭。仙館桃花還似舊，草堂何處問懷星。懷星堂乃祝京兆所居，今不可考。京兆與文待詔并祔祀六如居士祠。

吴中才子自聯翩，更念蘇州太守賢。歎息後人論成敗，梨園止演況青天。

俎豆從今配六如，名臣名士兩相於。知公泉下心無恨，得讀三吴減賦書。同治初，詔減江浙賦，當事者刻其全案成書。

鰈硯篇

沈仲復觀察與嚴少藍夫人，伉儷均能詩，仲復在京師得一異石，文理自然成魚形。剖而琢之爲二硯，硯各一魚，夫婦分用之，名曰鰈硯，即以顔其所居室。張子青前輩爲之圖，余賦是詩。

何年東海魚，化作一拳石。天爲賢梁孟，產此雙合璧。琢之爲兩硯，珍重壓瑤碧。無管不齊飛，有箋必同劈。春波滑共洗，冬宵寒互炙。遂以顔其廬，光采昭楹磶。嗟余注蟲魚，魼鰨舊曾覈。著書鵃眼枯，仰屋蝸廬窄。心豔文字福，手展瓊瑤册。題詩寄隱侯，兼呈藐姑射。

《秋鐙課詩圖》，爲王弢甫孝廉禹堂賦

孝廉母盧孺人能詩，在室時聞所許嫁王君菊人因父老廢書而賈，心不樂，故其課子詩有云：『茅屋數椽鐙一點，吾家喜有讀書兒。』蓋失望於前而欲取償於後也。及弢甫舉於鄉，則孺人下世久矣。乃取詩意繪圖徵詩，余爲題五韻。

茅屋一鐙小，當年自課詩。辛勤此賢母，款曲語嬌兒。盼汝成名早，償余宿願癡。如何攀桂日，非復樹萱時。異日瀧岡表，無忘陟屺〔一〕思。

【校記】

〔一〕屺，原作「圮」，據《校勘記》改。

次韻答江子平孝廉珍楹，卽送其還德清

新詩一讀一嗟吁，柰此齊廷三百竽。磊落多才誰及子，游揚無力轉慙吾。文章聲價年來賤，風雪歸舟水次呼。大好餘不溪畔屋，相期稼圃共樊須。

彭雪琴侍郎過蘇州見訪，卽送其至西湖詁經精舍度歲，次春初所贈詩韻

謝病歸來未息肩，長江歲歲復年年。拜兵部侍郎二十日卽謝病，仍被命每歲巡視長江水師一次。船上家計惟漁具，袖里軍符有豹篇。乍向殿前辭節鉞，朝議欲以公督兩江，力辭之。便來湖上作神仙。知公心跡俱清絕，何必空山更坐禪。公每欲寄榻僧廬。

借得西泠地數筵，欣然來試虎跑泉。湖山風雪時三九，楚越關河路八千。公擬二三月中溯江而上，巡視水師，至次年復沿江而下，仍至西湖度歲。每二歲一往還。笑我小樓難獨據，附公奇迹或同傳。一編金石徵交誼，認

取題籤字似拳。時以馮氏雲鵬《金石索》十二卷見贈，手自署檢。

竹樵中丞恩錫饋臘八粥

軍將打門急，擎來玉盌豐。今朝臘八日，故事米雙弓。香溢盤盂外，甘留齒頰中。晨寒欣一飽，薑粥勝坡公。

癸丁編　春在堂詩編卷八

癸酉季春，楊石泉中丞招同彭雪琴侍郎至雲棲，作竟日之游，詩以紀之

朝暾紅上蘇公隄，籃輿舁我遊雲棲。湘鄉中丞雅好客，欲陪鸞鳳招鳧鷖。湘羹楚酪行廚齎，伊蒲精饌營闍黎。衣冠脱略謝拘束，且喜昨雨今朝霽。老彭雖老興不低，酒酣吐氣淩雲霓。左手持杯右握管，六章詩抵千牟尼。侍郎即席賦詩六章。忽然感舊心慘悽，十年辛苦提征鼙。青旗一片蔽江下，小姑山上親留題。『十萬大軍齊唱凱，彭郎奪得小姑還。』侍郎舊題小姑山句也。侍郎在軍中張青幟。崎嶇百戰江東西，江中妖霧消鯨鯢。同時將佐半生死，彭郎玉貌今成黧。已矣舊夢休重提，尊前一醉拚如泥。更扶殘醉下山去，夕陽剛照前山溪。紅躑躅花紅滿蹊，森森綠玉千株齊。蓮池遺蜕至今在，其旁更有法喜妻。徘徊欲去仍留稽，浮屠百尺愁攀躋。噴月泉邊一分手，映波橋上重扶藜。歸途過六和塔下，觀噴月泉。兩公從此入城，余則度映波橋，走蘇隄，歸精舍。垂楊兩岍桑千畦，蘇隄兩畔皆栽桑矣。暮鴉已向林間啼。歸來作詩記游覽，勿嫌嘲哳同寒蜺。

越三日，招雪琴侍郎同游西湖。侍郎有詩，次韻奉答

爲愛西湖好，年年此往還。侍郎奉命巡長江，間歲一至西湖。戈船將就道，鏡舫暫偷閑。是日所坐湖船名鏡舫。已築三潭屋，親題五字顔。侍郎築屋三潭印月，題曰『西湖退省庵』。來秋重九節，再約叩松關。

穀雨日，陳竹川、沈蘭舫兩廣文招作龍井、虎跑之游，遍歷九谿十八澗及烟霞、水樂、石屋諸洞之勝，得詩五章

五年住西湖，未盡南山勝。遙指翠微間，探奇猶有賸。暮春天氣佳，雲山發幽興。二君有同志，游事從頭定。先日戒輿丁，臨行問山徑。龍井至虎跑，自晨游到暝。

龍井寺久廢，但存土神祠。翁媪相偶坐，不知所祀誰。其旁有山家，楚楚新茅茨。山農頗好客，飲我茶一卮。青瓊與綠髓，清入人心脾。是日逢穀雨，正值新茶時。乞取數片歸，珍惜如瓊芝。

九溪十八澗，山中最勝處。昔久聞其名，今始窮其趣。重重疊疊山，曲曲環環路。東東丁丁泉，高高下下樹。搴帷看未足，相約下輿步。愈進愈幽深，一轉一回顧。每當溪折處，履石乃得渡。詩云深則砅，此句爲我賦。但取滌塵襟，不嫌溼芒屨。俯聽琴筑喧，仰見屏障護。九嶷有九谿，茲更倍其數。迆邐到理安，精廬略可住。老僧具伊蒲，欣然爲舉箸。

飯飽復入山，先至烟霞洞。前洞盡佛像，但少香花供。後洞愈深邃，側身入石縫。持火乃可見，四顧心駭恫。内有呂仙像，名山仙佛共。水樂洞殊小，未足相伯仲。所喜琤瑽聲，不減琴三弄。掬水惜雲腴，溼衣愁暴涑。不如舍之去，鳴泉尚諠閧。我愛石屋好，天然具宇棟。其左爲别院，小坐足吟諷。其右有小樓，石乳猶凝涑。最奇曰甕雲，洞口狹如甕。俯循石級下，豁然乃虚空。日光穿漏入，頗足破昏霿。天生此神境，不知誰斲礱。昔賢所留題，遠者自北宋。我亦書數言，聊以寄幽夢。

游事粗告備，乃更至虎跑。是時日已晚，斜照餘林稍。愛此泉水佳，且復酌一匏。爰循蘇公隄，仍踏西泠橋。連日事游覽，頗足紓鬱陶。雲棲蠟雙屐，三潭浮輕舠。今復披蒙茸，一徑爭猿猱。作詩謝二君，游興今年豪。

家兄壬甫太守歿於福寧郡齋，因馳赴福寧，奉太夫人北旋，於五月二十六日至吴下寓廬，謹記以詩

版輿安穩迎慈母，此句乃余初罷河南學政時詩。十七年前句尚新。何幸望雲今遂願，只愁聽雨夜傷神。要娱鶴髮高堂暮，且借鶯花茂苑春。回首長途心轉悸，二千里路九旬人。太夫人時年八十有八，自福寧至蘇州，幾及二千里。

舊歲覃恩，兒子紹萊爲請二品封，亦紀以詩

頻年韋布謝簪纓，忽荷推恩意轉驚。此日承歡當彩服，他年借重到銘旌。蓬萊舊籍〔一〕三朝遠，雲水閑身二品榮。聊與山妻作生日，笄珈重爲換釵荆。六月三日，内子生日也，即於是日易命服。

【校記】

〔一〕籍，原作『藉』，據《校勘記》改。

楊石泉中丞以闈中桂花盛開賦詩紀之，即次其韻

畫戟森嚴鳳味堂，案頭文卷襍丹黄。飽看試院幾株桂，應憶家園九里香。《墨客揮麈》云：湖南人呼桂爲九里香。中丞湖南人，故云然。記昔名場曾屢踏，即今詩句有餘芳。一箋示我西湖上，添得吟情分外狂。

竹樵方伯恩錫被命攝漕督，以詩賀之

余與方伯唱和詩最多，彙爲一卷，題曰《吴中唱和》，存稿别行之，故不存於集。今聞其攝漕督，余適在西湖精舍。又因先兄葬事將還德清，未知能及至吴中送别否。依依之意，不能無詩，詩

雖不工，亦不能不存也。

鶯花茂苑久句留，新拜除書督九州。望重旬宣周召伯，功資轉漕漢酇侯。豈惟玉粒關天庾，更藉金湯鎮上游。從此范韓勳業大，清談可憶在南樓。

頻年吳下共分箋，忽聽驪歌意惘然。佳句流傳來浙水，時新寄到詩四首。大旗飛舞去淮壖。遙知蕩節初移日，正是梅花欲放天。爲報將軍卽才子，用白香山詩意。狂吟沿路有詩篇。

甲戌春日，彭雪琴侍郎寄和去歲纓字韻詩，再次韻答之

昔年慷慨請長纓，此日閑居寵不驚。南國風雲歸節制，西湖烟雨撲簾旌。六橋許作鶯花伴，四壁分來翰墨榮。前年承書樂知堂額，今又書楹帖見贈。見説九秋重過我，呼童縛帚掃柴荆。

周應芝司馬死難遺象題辭

君名憲曾，字景侯，號應芝，仁和人。道光庚子恩科舉人，署直隸廣平府同知，分防臨洺關。未數月，粤寇至，大帥走，其地無城可守。或勸入城避賊，君不可，竟死之。其繼室蒯，爲余同年蒯士香廉訪女弟，廉訪時官祥符縣，聞警迎以車，不肯去，與側室郭同死。一門忠烈，是可風矣。廉訪以其遺像索題。按劍特立，生氣凜然，蓋卽死難時情狀也。余爲賦此。

臨洺關前陣雲黑，黑雲擁到黃巾賊。大官見幾走且匿，一夫慷慨死其職。借問死者誰？周君字應芝。閑曹土地非所司，況有公廨無城池。君曰官此卽死此，偷活草間吾所恥。三尺龍泉電光紫，一腔碧血洺河水。閨中更有梁鴻妻，守死不去甘如飴。大婦小婦相提攜，一朝山下雙磨笄。我從丹青見顔色，凜凜霜稜不可逼。讀君佳傳重太息，別有悲憤生胷臆。昔我僚壻何其賢，與君同姓兼同年，其死在後君在先。安義小縣彈丸然，欲戰無兵守無錢。大呼殺賊張空拳，視君之死何媿焉。余僚壻周君祖誥，字雲笈，亦庚子孝廉，署江西安義縣，死難。方今天子重大節，況臣死忠婦死烈。允宜萬古作圭臬，我念故人亦人傑。可與後先共頏頡，箕尾忠魂同不滅。媿我作歌疲且苶，表忠有碑俟來哲。

自天竺踰棋盤嶺，歷九溪十八澗，至理安。途中得詩二章，示從游者

我登棋盤嶺，四顧何廓然。其前錢唐江，望見風帆船。西湖在其東，有若明鏡圓。視我所居樓，了了在目前。籃輿偶此過，一步一流連。惜無可坐處，勝概收未全。安得築一亭，高據茲山巔。

我行十八澗，何其繚以曲。重重疊疊山，其妙總在複。山中何所有，松竹襍蒼綠。更喜高下間，襯以紅躑躅。籃輿偶此過，一步一往復。惜無可坐處，勝景看未足。安得結一庵，深藏此山腹。

秦小峴侍郎官浙時建東坡先生祠於孤山之陽，繪圖紀之，嗣君淡如觀察出以見示。時蘇祠亂後重建，圖亦失而復得也。爲賦一律

玉局仙翁去不還，尚留祠宇傍湖山。十年搖落干戈後，兩世風流翰墨間。我輩雪泥聊寄跡，舊時春夢久從删。詩人喜遇秦淮海，咫尺蘇門倘許攀。

閩撫王補帆同年述職入都，行次姑蘇，以病請假。然觀其閩中留别詩，似久有歸志矣。因於西湖寓樓次韻和之

榕城開府已三年，抗疏求瞻跦蕩天。海上輕裝將石載，江南春信在梅先。去年臘底得君書，即言將北來。暫抛玉節偏多味，小住金閶亦有緣。見説維摩新示疾，不妨遲到五雲邊。

利弊窮檐著意求，八閩傳誦到杭州。中興柱石無多讓，吾榜勳名第一流。此日聞君將引疾，有人越境苦攀留。杭州金少伯樞部深惜君去，屬余至蘇力挽之。爲言四海思霖雨，泰岱雲興莫便收。

君指鄉山樹幾株，歸心早與白雲俱。家園自有留人桂，宦海原無消疾珠。且喜妻孥習耕織，好從里社養疏愚。翻嫌遲滯期難定，容易菖蒲酒在壺。君與余書，欲於重午前歸里。

鄙人廿載謝名場，不記班聯舊濟蹌。幸有朋儕同嘯傲，頓教詩興不頹唐。和君平子歸田句，已是

淮南招隱章。只恐璽書來闕下，仍催述職到明堂。

滬上寓園芍藥盛開，偶作小詩

暫與名園作主人，可無綺語謝花神。杭州正喫毛頭筍，亦名貓頭筍，見《西湖志》。海上來看婪尾春。醉蝶痴蜂游戲慣，嬌紅膩紫翦裁勻。須知樸學齋中客，也喜風光到眼新。園中舊有湛華堂，余易其額，曰『樸學齋』，示黜華崇樸也。然對此名花，亦不能無詩。

贈張子剛

江西張燧，字子剛，事其嗣母至孝。其母近百歲乃卒，子剛工詩畫，有聞於時，然至今猶以縣佐需次。聞將浮海北行見合肥相國，故以詩贈之，卽書於其便面。

張子有真性，居家孝可師。扶持百歲母，啼笑一嬰兒。名早遇偏晚，行高官自卑。送君從此去，遭際果何時。

彭雪琴侍郎退省庵在三潭印月，與余所居詁經精舍止隔一湖心亭耳。過湖奉訪，率成一律

退省庵中舊勒銘，余撰《退省庵記》并銘。今來相訪近南屏。回看對面孤山路，詁經精舍在孤山路。止隔當心一角亭。閑趣儘容吾輩領，讕言試説老僧聽。請從此夕推窗望，上將星聯處士星。

楊石泉中丞過我西湖精舍，遂偕至退省庵，訪雪琴侍郎，疊前韻

陋室荒涼未足銘，推窗閒對萬山屏。忽看畫舫浮梅檻，已過莎隄問水亭。白雪新詩先快讀，中丞先使人以詩來。緑波柔艣更同聽。移舟遠渡前汀去，退省庵中訪客星。

題黄韻珊孝廉《桃谿雪傳奇》後

永康吴絳〔一〕雪名宗愛，國初才女也，工詩畫，兼有國色。康熙十三年，耿精忠叛於閩中，其部將徐尚朝犯永康，宣言曰：以絳雪獻者免。邑人兇懼，謀行之以紓難，絳雪遂行，至三十里坑，投崖而死。事越百五六十年，志乘無徵。吴康甫大令爲永康丞，始表章其事，屬黄孝廉譜此曲。

曾向秦臺泣鳳皇，孝廉曾作《帝女花傳奇》。紅顏碧葬更悽涼。春風寫入黄荃筆，卅里坑邊土尚香。

綺年才調女相如，翰墨留題遍國初。一擲危崖千古事，眉樓羞殺老尚書。龔芝麓尚書有《題絳雪畫册》詩。

記昔看山到永嘉，永康城外屢停車。來遲未遇哦松客，誰與城西訪杏花。吴康甫大令作永康丞，訪知城西由義巷即絳雪故居。余兩至永嘉，距康甫作丞時二十餘年矣。

離合悲歡任意編，傳奇體例想當然。我今更定瑤華譜，續得佳人命一年。傳奇事實與本集不甚合，院本體裁也。余編次《絳雪年譜》，寄康甫大令，刻之本集之前，較陳琴齋考定絳雪死年二十四者又多一年也。

【校記】

〔一〕絳，原作『絳』，據《校勘記》改。下同。

半壁山黑米歌

半壁山在大江中，咸豐間楚軍血戰之所也。後掘地得黑米甚多，并有古甎刻『吴國江防』字，識者曰：孫吴時魯子敬屯兵於此，蓋其兵糧所遺也。彭雪琴侍郎分贈少許，云治痢疾。因爲賦此。

昔聞飛山砦，舊有朱公祠。往往敗垣内，有米堅而黟。云是朱都督，兵糧之所遺。又聞武昌郡，得米亦如之。是猶僞漢物，留自明初時。友諒昔僭號，此故其倉基。乃知世間物，積久斯成奇。何怪乾陁國，燋米珍尸毗。大江半壁山，有米誰所詒。殘甎吴國字，點畫猶未劖。傳聞魯子敬，曾此屯雄師。

師行而糧食，狼藉同糠粃。至今千百年，珍貴如瓊糜。匊之色似漆，溲之質不黐。持此治腹疾，不必帶下醫。衡陽彭侍郎，贈我滿一匜。元珠非可食，黑玉非可炊。食古幸有此，庶幾樂我飢。應減鬢鬚皓，兼潤面目黧。寂寞草元人，尚白其無嗤。

《賀蘭山小獵圖》爲張朗齋軍門曜題

張朗齋軍門奉詔出關剿回部，駐師賀蘭山，繪《賀蘭山小獵圖》，萬里詒書，乞余題辭。余適在西湖詁經精舍，因作此詩，交同年蒯士香廉訪轉寄軍門。時乙亥三月也。

春晴正向湖樓坐，喜鵲隨函天外墮。開椷瑤碧燦成行，尚有甘涼雲氣裹。書言轉戰西出關，旌旗遙指賀蘭山。元昊宫前沙漠漠，奢延水上流漫漫。是時寇蹤已無迹，屯軍待掃鼪鼯穴。健兒身手不能閑，日日雕弓飛霹靂。賀蘭山，高嵯峨。上有千年萬年之積雪，下有一曲二曲之黄河。元戎小隊平明出，恰好草枯鷹眼疾。伐狐擊兔耀兵威，振鐸作鐃肄軍律。北平射虎飛將軍，若論遭際終輸君。君以壯歲成奇勳，隨陸能武絳灌文。承流宣化何足云，高牙大纛生風雲。君初官河南布政使，有言君不識字者，改總兵。無邊秋色葫蘆水，獵罷歸來暮烟紫。張鐙虎帳譜鐃歌，瀉酒駝囊酬戰士。我本烟波一釣徒，綠蓑青笠狎鷗鳧。願君百戰功成後，來共清游西子湖。

余故里無家，久寓吳下。去年於馬醫巷西頭買得潘氏廢地一區，築室三十餘楹，其旁隙地，築爲小園，壘石鑿池，襍蒔花木，以其形曲，名曰曲園。乙亥四月落成，率成五言五章，聊以紀事

吾家烏巾山，舊有先人屋。四齡卽遷徙，至今遂難復。東華持朝籍，中州忝使竹。自此稱賓氓，十有八寒燠。天地本蘧廬，何者我邦族。吳中五柳園，昔曾寄游矚。亂後廢爲墟，止餘水一掬。幸茲馬醫巷，有地吉可卜。爰自去年秋，辛勤事版築。居然告成功，止閱弦望六。但取粗可居，焉敢窮土木。吾學公子荆，一苟萬事足。

其前闢爲門，門小纔通車。合肥李文華，署曰著書廬。李少荃相國書『德清俞太史著書之廬』九字，今榜諸門。由此入其中爲聽事，頗覺寬有餘。是曰樂知堂，老彭爲我書。謂彭雪琴侍郎。樂天而知命，斯義聊自娛。由此入內室，居處全家俱。上以奉老母，下以容妻孥。賓朋別有館，僕媼各有居。幽隱爲屏匽，明敞爲庖廚。規模罔不具，曰陋則有諸。

自聽事而西，有春在堂焉。文正所題榜，墨彩今猶鮮。四方君子至，皆於此周旋。曾文正昔爲余書『春在堂』三字，今於樂知堂西爲便坐，以待賓客，卽以此顏之。此內有隙地，不能成方圓。自南而北東，有若磬折然。書生例好事，所樂惟林泉。爰因地一曲，而築屋數椽。卷石與勺水，聊復供流連。名之曰曲園，爲鉤不爲弦。吾聞之老子，所謂曲則全。

曲園雖褊小，亦頗具曲折。達齋認春軒，南北相隔絶。花木隱翳之，山石復㠑屼。循山登其巔，小坐可玩月。其下一小池，游鱗出復没。右有曲水亭，紅欄映清冽。左有回峯閣，階下石凹凸。遵此石徑行，又東出自穴。依依柳陰中，編竹補其闕。築屋名艮宧，廣不逾十笏。勿云此園小，足以養吾拙。别詳曲園記，吾茲不具説。

昌黎三十年，辛苦成屋廬。作詩誇兒曹，意溢詞之餘。東坡讀而歎，謂不淵明如。嗟余本無似，碌碌章句儒。年華逝水迅，往事搏沙虚。乾坤逆旅中，偶此留須臾。若復相炫耀，大可相揶揄。有記更有詩，姑以存區區。竊示高平君，不用書示符。

徐花農秀才琪爲余繪《曲園圖》，賦此謝之

一曲園林布置麤，盆池拳石自嬉娱。忽煩妙手來描寫，遂使全家住畫圖。康節行窩原是寄，放翁團扇豈堪摹。因《曲園圖》標飾未竟，先縮寫齊紈一握見貽。得君點染居然好，始信文人筆墨殊。

小浮梅

厲樊榭《湖船録》云：黄貞父儀部用巨竹爲泭，浮湖中，編篷〔一〕屋其上，朱闌，周遭設青幕障之，行則揭焉，支以小戟，其下用文木斲平若砥，布於泭上，中可容六七胡牀，位置几、席、觴、豆，旁

及彝、鼎、罍、洗、茶鐺、棋局之屬，名曰浮梅檻。余頻年主講詁經精舍，春秋佳日，時至西湖，每思糾同志數人，仿此製爲之，而迄不果。有《造浮梅檻議》一篇，存《賓萌集》中。乙亥初夏，吳中曲園落成，園有曲池，乃於池中截木爲桴屋，於其上朱闌緑幕，略如黄製。然池周園止十一丈，方之西湖，直杯水耳，故此桴廣止四尺，修止五尺，渺乎小矣。因名曰『小浮梅』，賦十二韻記之。

十年雅慕浮梅檻，試手經營到此纔。只惜量來不盈丈，故應喚作小浮梅。縱横簰栰三層積，前後軒楹四面開。帷幕緑隨風反側，闌干紅與水徘徊。一繩搖曳呼孫挽，半席寬閑倩婦陪。偶欲曲肱宜竹几，或思潤吻有茶杯。平如畫檻移春去，輕似仙槎貫月來。萍到舷邊堪掇拾，魚游舄下莫疑猜。蒲團布處成禪榻，笭箵攜將即釣臺。試與臨流弄寒碧，勝於掃石坐莓苔。曩時創議傳朋舊，此日環觀詫僕儓。問訊天南老開府，乘桴海上幾時回。閩撫王補帆同年頻有書來，問浮梅檻成否，故及之。時補帆方駐臺灣也。

【校記】

〔一〕篷，原作『蓬』，據《校勘記》改。

題馮尹平刺史畫卷後

刺史曾以事繫請室者四年，惟以書畫自娱。此卷花卉、翎毛、山水、人物各二幀，乃獄中所作也。嗣君竹儒觀察屬題。

銅墻虎獄慘無色，一窖閑愁消不得。先生四載困南冠，坐對圜扉弄烟墨。烟墨濡染何其工，俗塵不到神明通。雖居蝎尾蛇頭地，如處膠山絹海中。萬里孤臣長賜玦，芒鞋踏徧天山雪。自從摹寫入丹青，火嶺清涼冰海熱。刺史後戍新疆，畫學益進。玉輪鸞佩巫陽招，惟留畫卷如牛腰。但覺赤霄有真骨，那知白髮生愁苗。繄余未及先生見，令子英英共游醼。昔日淒涼紫塞游，此時磊落青雲彦。觀察曾從親游塞外。示我斯圖手澤新，堪嗟筊鳳與罝麟。風鬟霧鬢龍宮女，可是先生自寫真。畫中有一幅，是龍女牧羊故事。

哭王補帆同年凱泰

補帆爲余庚戌同年，同官翰林。在京師時，晨夕往還，無間也，遂以長女妻君仲子。庚辛之亂，君寓余書，勸余買田寶應，爲偕隱計。書不達，事遂不果。後君佐合肥相公戎幕，積功，官至福建巡撫。書問往來，無月無之。今年夏，君駐臺灣，辦理開荒撫番諸事，得病内渡，未半月，卒於使署。詔書悼惜，有『清廉勤慎，辦事實心』之褒。贈太子少保，謚文勤，福建省城及臺灣府均建專祠。賜長子儒卿舉人，次子豫卿員外，三子壽卿主事，可謂備極哀榮矣。君今歲書來，頻問曲園景物，余《小浮梅》詩結語曾及之。孰謂招隱不成，乃變爲招魂哉？賦四律哭之。至君政績，上有國史，下有輿論，余詩可不及也。

紅毛樓下駐飈輪，歸到榕城甫浹辰。海國驚傳箕尾信，璽書深獎實心人。諸孤疊被簪纓寵，絕徼長存俎豆新。除卻黔中老開府，謂曾樞元同年。勳名吾榜更無倫。

往迹真如水上漚，不堪回首鳳城游。詞林散秩無公事，旅館清談有茗甌。小步横街同踏月，閑身枯寺共尋幽。追思二十年前事，那得風前淚不流。
無端烽火徧南東，一出承明類轉蓬。勸我買田虛有約，看君投筆竟成功。昏姻早已聯兒女，仕隱何妨判異同。檢點篋中書札在，不知月費幾郵筒。
去年相見在蘇臺，送去征帆便不回。海外窮探大黄竹，吳中欠坐小浮梅。私情自重苔岑誼，公論深嗟柱石才。既爲蒼生兼感舊，人琴一慟有餘哀。

丙子初冬，自杭旋蘇，平望舟中，以詩代柬，寄彭雪琴侍郎於西湖退省庵

小住西湖半月餘，又攜書劍返姑胥。不勞冠蓋來相送，自有山僧送上輿。聖因寺僧、理安寺僧均揖別於輿前。
又費篷窗四日功，安排筆硯與詩筒。百空曲向舟中唱，自媿觀空尚未空。舟中作《駐雲飛》一百首，用尤西堂《十空曲》體，衍爲《百空曲》。
殘菊仍將瓦缶栽，燈前瘦影足徘徊。歸家戲向山妻説，載得西湖秋色來。時有殘菊四盆，載之以歸。
退省庵中一寄樓，輕裘緩帶自風流。偶然學得臣斯篆，寄與先生大筆收。時作小篆數紙，寄侍郎。

馮智烈孝子詩

孝子名福基，智烈其私謚也。山西代州人，安徽潛山縣天堂巡檢馮焯之子。咸豐七年，賊犯潛山，福基匿母山中，自出，爲賊所獲。挾利刃欲刺其魁，不得間，乃竊藥肆磠霜置食中，斃賊十七人。賊魁推所自，福基懼事泄，亦食之，仆草間。賊委之去。乃爲書，别其父及天堂諸父老。時有劉士扶在側，以書屬之，并曰：我死，必斂以衣冠，庶可見先人於地下也。俄而毒發，竟卒，年十有四。安徽巡撫以聞，有詔優恤。

嗟哉孝子，厥年猶童。遘時之蘬，賊來兇兇。匿母而出，誑賊余降。乃帕其首，僞若賊從。乃厲其刃，思揕賊胷。無間可入，前戈後鏦。

嗟哉孝子，厥性甚智。市有磠霜，兒過而睨。竊而寘之，于醬于豉。賊十有七，咸斃于廨。賊曰怪哉，此毒疇寘。兒啜厥餘，亦踣于地。

賊則行矣，兒則僵矣。一日不死，圉圉洋洋。爲書别父，諸父諸兄。我死我斂，我冠我裳。臨死遺言，其言英英。誰與聞之，劉叟在旁。

嗟哉孝子，雖死如在。疆吏上言，聞于天子。天子曰嗟，此事廑有。禮部上言，表厥宅里。兵部上言，賜金宜倍。天子曰俞，垂于永久。

送馮竹儒觀察赴伊犁

竹儒觀察之尊甫尹平刺史，以事戍伊犁，卒焉。兵亂途梗，其喪未歸。今聞新疆諸城次第克復，乃請於大府，聞於朝，給假出關，奉迎靈櫬。丁丑春日自滬啓行，賦詩四律送之。

多時魂夢繞天山，帝有恩言許出關。此去春先到戈壁，昔年恨未唱刀環。杜陵弟妹飄零後，疏勒山川想望間。奉到璽書應感泣，征衫那不淚潸潸。

聽取驪歌一曲新，回思往事倍傷神。十年馬角烏頭約，萬里冰天雪窖身。塞外空留蓬顆地，關中盼斷柳車塵。烽烟直接蒲犁國，蔥嶺河邊莫問津。

征西上將霍票姚，鬼難風災處處消。漢使已從張掖去，巫陽應向汨羅招。恭逢孝治超前古，敬以私情達聖朝。遥想車師諸父老，玉門關外候星軺。

欲謝金章賦遠游，慰留深費廟謨周。免教清議譏滕羨，更爲民情挽鄧攸。奉旨賞假一年，無庸開缺。三月烟花壯行色，一年寒暑理征裘。不才忝據臯比坐，要待君歸共唱酬。

送楊石泉中丞罷官歸湘鄉

甘棠萬樹緑陰稠，忽聽驪歌處處愁。朝議不爲韓愈惜，民情都願寇恂留。竟如雅願還初服，尚有單寒感大裘。徐花農孝廉都下書來，有『頓失大裘』之語。山色湖光俱惜別，也如白傅去杭州。

崎嶇戎馬浙西東，掃盡烽烟四境紅。昔日鐵衣腥戰血，此時玉帳動春風。刪除苛細人人喜，感召祥和歲歲豐。一十六年功德在，生祠端合祀于公。

頻年抗疏乞歸田，微罪而行暫息肩。聖主自因民命重，吾儕深惜使君賢。輕舟載石中無物，清夜焚香上有天。不久東山應復出，如公豈得臥林泉。

鯫生何幸接餘光，十載周旋總不忘。東野詩寒煩作序，曾刻拙詩，并爲製序。西湖春暖屢飛觴。即看歸棹浮湘水，會有恩綸下建章。公是鳳鸞我鷗鷺，異時還望共翱翔。

吳貞女詩

貞女爲浙江山陰人，吳春巢經歷之女，許嫁劉丹崖之子曰荔清。以貧故，未成嘉禮，而春巢與丹崖相繼卒，荔清亦旋卒。女聞欲死之，母許其歸劉氏守節，乃止。然劉氏無一人，又無期功強近之親，有劉少英者，其疏族也。與之謀，遷延未果，女求死益力。有劉西屏者，又疏於少英者也。聞而義之，曰：予亦同姓，何待彼爲？乃卜日迎歸，以如其意，然亦非可久依。聞至今仍在母家，欲嗣族人子爲子，亦未可得。煢煢孤苦，無逾此者矣。爲賦是篇。

山陰吳氏女，稚齒如成人。耿介守禮法，不爲流俗牽。聞人談節義，申旦常不眠。許嫁劉氏子，年少何翩翩。家貧禮不具，未得成昏姻。兩家遘閔凶，堂上凋靈椿。傷哉劉氏子，孤苦難具陳。獨力支門户，千里奉柎楄。朝欷暮復唶，不復能永年。女始聞其秏，涕出如雨零。上堂告阿母，終身不二天。阿母語阿女，汝宜從所便。劉本單寒族，無有期功親。雖乘素車往，何處安汝身。阿女告阿母，女意金石堅。死則劉氏鬼，生則劉氏人。苟欲易吾志，不如搤吾咽。劉氏有疏族，其人何其賢。聞言而起敬，既敬仍哀憐。乃爲除吉宅，乃爲召嘉賓。采幣謀諸友，良辰諏諸神。東市買花燭，西市買華裀。媒者衣䵗䵗，迓者車粼粼。入門何所有，衰草蒿與菣。入室何所有，饑鼠行蹎蹎。夜來何所有，燈火搖青燐。朝來何所有，甑釜生灰塵。悲哉復悲哉，辛苦萬與千。已矣長已矣，此志無磨磷。下有深深地，上有高高天。中有一弱女，四顧無與鄰。吾爲貞女拜，吾爲貞女嚬。儻有采風使，盍視此詩篇。

日本儒官竹添漸卿光鴻以詩見贈，次韻酬之

東瀛仙客駐幨帷，游歷渾忘歸計遲。萬里雲山都在眼，以所著《棧雲峽雨日記》求序。一門風雅自相師。聞眷屬隨行。青衫舊恨關時局，黄絹新詞鬬色絲。媿我迂疏章句士，承君欣賞柰無奇。

《松下清齋圖》爲潘西圃前輩題

吳下陸謹庭先生恭《松下清齋圖》，本王蓬心太守宸所作，翁覃溪學士有詩，并書『松下清齋』四字於卷首，瘦硬通神，洵可寶也。尤二娛大令攜至浙江，失之。奚鐵生布衣爲作直幅，又倩宋芝

山廣文補作横幅，如前圖，而覃溪學士亦爲補書舊所題詩。至同治庚午，其孫新之復得前圖於金陵市肆，乃合前後兩圖爲一卷。西圃前輩，其外孫也。屬賦此篇。

爪葉鱗條翠撲撲，虬松兩樹高於屋。先生築廬此讀書，月姿烟格無由俗。蓬心太守爲作圖，何意失之尤二娛。妙蹟已煩鐵生補，舊觀重倩芝山摹。北平學士年七十，老筆無花如鐵立。曩時詩句未遺忘，不辭重灑金壺汁。雲烟過眼何悤悤，又況劫火東南紅。後圖幸免付灰燼，前圖已分隨飄風。豈知神物天珍惜，前後兩圖重合璧。標飾仍教一幨同，品題不啻千金獲。故家喬木重金閶，對此應知世澤長。看取孫枝重茁秀，舊低新掩兩青蒼。

李黼堂同年桓以湖南永順所出鳳灘石製見贈，銘曰『曲園著書之硯』，賦此謝之

自古選硯材，青州爲第一。絳石又次之，端歙最後出。後出擅天下，卷石價千鎰。自從唐宋來，斧鑿無休日。老坑既告盡，新坑固非匹。造物不愛材，雲液又旁溢。永順古溪州，山盩而水厔。馬氏舊銅柱，至今猶屹崒。於此訪陶泓，故老無傳述。云何鳳皇灘，忽產琳琅質。山靈惜珍尤，千年閉瓊室。溫伯雪子來，謂溫味秋學使。始爲第甲乙。從此登文房，採取逾石蜜。平視歙與端，駸駸欲跨軼。萬物有代興，尹邢勿相嫉。我思中興來，楚材最横逸。衡湘多奇氣，芝生而菌茁。篤生異人外，餘氣尚涬溟。遂令山中石，菁華照緗帙。故人李鄴侯，别久交逾密。昨者尺素書，迢迢附郵驛。發函見光采，非瓈復

非珌。撫之如脂凝，望之如玉瑟。堅如石中璞，嫩如荷本蔤。美哉卽墨侯，其德溫而栗。異時修硯史，上品茲可必。媿我得良田，未足納總銍。潦倒故史官，荒疏舊經術。空有著書硯，柰無著書筆。曲園褉纂成，發君一笑咥。時刻《曲園褉纂》五十卷，未成，先以書目奉寄。

嚴星巖孝廉山水手卷，爲陳仙海太守題

孝廉名炳，秀水人，癸卯舉人。咸豐十年四月城陷，孝廉將自裁，忽聞母嗽聲，心動，刀墜地。賊素聞其名，亦弗偪也。踰月母死，遂死之。子寶森，城破時先死，妻吳、子婦方皆從死。此卷爲仙海太守作，寒山古木，筆墨蕭然。畫固以人重，卽論畫亦佳品也。因書五言一章於其後。

禾中有嚴子，癸卯舉於鄉。吾兄同歲生，於我亦雁行。南宮屢失意，歸來臥窐衡。其人和而介，玉粹金堅剛。庚申禾城陷，白日行豺狼。君時已決計，引刀斷其吭。舉手手忽戰，有母欬於牀。姑緩須臾死，投刀趨北堂。賊亦慕君義，不忍臨以兵。踰月母令終，初志今其償。誰歟從君死，妻吳子婦方。有子曰寶森，先已成國殤。一門遂灰滅，名姓空留芳。何意得此卷，樹古山蒼蒼。其中有正氣，如見鐵石腸。畫固以人重，人亦以畫彰。太守其寶之，一卷千白珩。流傳百世後，珍比戴與湯。太守屬題『珍同湯戴』四字於卷首，謂湯貞愍、戴文節兩公，均死難，而筆墨亦相近也。

翁叔平侍郎以蓍草五十莖寄贈，云惠陵所出也。敬記以詩

昔臣奉使至于陳，得蓍草於陳守臣。云是太昊陵下出，千年抔土猶有神。昔年陳州太守曾以伏羲蓍草見贈。今以賓萌居吴下，只共埸師藝梧櫝。何圖日下故人來，貽我靈蓍可盈把。敬問此蓍何處得，非孔非姬其揆一。地符天瑞非人爲，近者新從惠陵出。先皇御宇十三年，削平禍亂消戈鋋。橋山弓劍閟靈氣，上爲卿雲下醴泉。菌茁芝生不常有，產此神蓍夫豈偶？古云蓍義取之耆，定卜繇長昌厥後。草莽小臣無一能，捧蓍不問沈與升。惟從天意占中興，萬年有道茲其徵。

竹樵方伯恩錫輓詩

竹樵方伯藩蘇七載，與余詩詞唱和，甚得也。今年述職入都，行次安肅而卒。余聞之泫然，爲譜《薄媚摘徧》詞一闋，附《春在堂詞録》。復爲此詩，存集中。前一章粗述其生平，後三章皆敘數年情事也。

少年簪筆試明光，君以蔭生試，列高等。玉詔親除畫省郎。十載西曹推杜鄭，始官刑部。一麾東國頌龔黃。繼以知府官山東。皖公山下憂時淚，官皖臬，以危言左遷。遼海亭前醉客觴。官奉天府尹。爲政寬平人悃愊，豈惟門第重金張。

綠軿朱幰到蘇臺，歲歲花箋與共裁。使節有時雖小別，曾攝漕督一年。郵筒無月不傳來。刊成酬唱詩三集，疊得尖叉韻幾回。未免清才掩勳業，遲君幕府幾年開。

勳業由來世共知，卽論風雅亦堪師。遠賡有宋諸賢韻，君於蘇州府署訪得宋紹熙間同年酬唱詩石刻，次韻和之。手校前明一代詩。君重刻汪韻莊女士《明三十家詩選》。吳下秋蘭樹壇坫，賦《秋蘭詩》四首，和者甚衆。帝臺春色動旌旗。君入覲時，余賦《帝臺春》一闋送之。誰知白海棠花句，已是臨行自輓辭。君臨行賦《白海棠詞》二闋，索同人和。

風雪漫漫行路難，再遲兩日卽長安。相公莫摻臨歧袪，至保定見合肥相國，次日行六十里，至安肅而長逝。弱女難憑逆旅棺。如夫人、女公子皆隨行，聞以君繞道保定，故先入都矣。未定新詞有花犯，君臨別時言，《花犯》詞律甚細，欲填之。未果。竟成讖語是蘇完。君姓蘇完瓜爾佳氏，及任蘇藩，改爲蘇垣，避語讖也。篋中詩稿零星在，此日悽涼怕展看。

己辛編　春在堂詩編卷九

光緒五年十月乙丑，葬内子姚夫人於錢唐右台山之原，余卽自營生壙於其左，率成二律，刻石墓門

埋骨西湖願竟酬，内人病中有『願葬西湖』語。今朝親送到松楸。蝶魂栩栩春三月，内人旣葬三日，有蝶見於墳塋，黑質而黄章，越二日又見，亦如之。時雖十月小春，然已交大雪，晨起嚴霜滿地，不應有此，亦可異也。馬鬣荒荒土一抔。世外别開溫愛昐，内人卒後，余夢與同在一處，耳聞風聲獵獵，而所居頗溫和。仰視，有余篆書小額，曰『溫愛世昐』。山中算補理安遊。内人春間在西湖，擬遊理安寺，未果。今葬地卽近理安。與君月夜墳頭望，望見平時講舍樓。墳前可望見詁經精舍第一樓。

青石磨礲手自鐫，自將生壙築生前。曾聞古有歸真室，已視身如不繫船。厚夜暫勞虚左席，鄉山仍許望重泉。余葬杭州，頗違首丘之願。然杭州距德清百里而近，且墓門東北向，仍可遥望鄉山也。曲園未死先營葬，後世休疑題墓年。余手題墓碣，署光緒五年。後之過是墓者，勿以是年曲園未死爲疑也。

嘉平朔日大雪，自俞樓至右台山，觀新築之塋，口占二絶

蘇公隄畔雪飄颻，銀作長隄玉作橋。自向曲園墳上去，籃輿未覺入山遥。

南山山翠望難分，藤杖芒鞋踏凍雲。寒殺東坡老居士，雪中來看魏城君。

錢塘徐文穆公有故第在城中姚園寺巷，荒廢久矣，其五世孫花農孝廉復修葺之。花農乃余門下士也，因賦詩落之

我愛徐陵絶世姿，其人與筆兩瑰奇。身爲浙水知名士，家有高宗御賜詩。高宗賜文穆公詩，墨蹟至今猶在。行見勳名還祖笏，已聞聲望動京師。今當緑野重新日，正是青雲發軔時。

昔日經過晝錦坊，相公門第太荒涼。喜聞晏子新更宅，卽是平泉舊賜莊。定比湖樓添色澤，去年花農爲余鳩集諸同門築樓孤山之麓，是爲俞樓。會看雲路起翱翔。期君勉紹家風盛，佳話應符五世昌。

長沙歐陽泰，馮氏之青衣也，能詩文，以所著《泥中吟》見余於俞樓，因賦四絶句贈之

鼠肝蟲臂竟難猜，如此行藏如此才。示我泥中吟一卷，前生儻自鄭家來。

不徒詞賦鬬清新，聽到雄談倍有神。滿腹山川形勢在，居然同甫一流人。

來牛去馬老英雄，賸有詩囊總不空。天爲此翁增閱歷，重教攬勝到秦中。時泰將由楚入秦。

送君秦楚我居吳，自媿江郎筆已枯。大小馮君如見問，謂馮展雲前輩、鐵花同年。爲言憔悴在西湖。

嘉平十日，自杭回蘇，爲風雪所阻，兩日行十二里。偶賦二絶句

吳江往歲滯歸船，癸酉歲，歸舟爲冰阻於吳江。深費閨中望眼穿。今日杭州重阻雪，更誰燈下卜金錢。

舟行原與在家同，同在乾坤逆旅中。我似浮雲無一定，不知何者打頭風。

餻餌中有曰東坡酥者，戲賦此詩

玉屑銀泥到口無，佳名更喜借髯蘇。何當更起東坡問，可是當年爲甚酥。

詁經精舍諸君子爲余築樓孤山之麓，是曰俞樓。其時新居太夫人憂，未有詩以落之也，茲補作四章，寄精舍諸子

昔年曾向此經過，六一泉荒蔓草多。戊辰秋，曾偕内子至六一泉小坐。太息光陰真荏苒，無端樓閣起嵯峨。橋邊香冢鄰蘇小，山上吟龕伴老坡。樓在六一泉之西，其後有東坡庵故址，又西，過西泠橋即蘇小墓矣。多謝門墻諸弟子，爲余辛苦闢行窩。

就中徐邈擅清才，謂花農也。自説曾從夢裏來。皆花農夢中所見也。書籍嫏嬛煩鶴守，洞門屈戌待人開。鶴頸懸牌曰：不遇其人，不開此門。名山竊據雖非分，古佛無言或許陪。其東爲孤山寺，有古佛一尊。手署碧霞西舍額，浮生本幻不須猜。余擬署額曰『碧霞西舍』，以花農夢中所見，左有碧霞門也。事詳《俞樓經始》。

多情更感老彭鏗，謂雪琴侍郎，余親家翁也。添築西頭屋數楹。排列雲根三面透，劈開泉脈一瓢清。雪琴爲添築屋，又鑿池、疊石，並詳《俞樓經始》。樓頭記昔曾懸榻，雪琴曾借住精舍之第一樓。湖上於今恰望衡。俞樓與退省庵相對。爲喜梅花春信早，不辭綵筆寫縱橫。因十月中梅花盛開，雪琴爲畫紅梅一幅。

憔悴西風一病身，手扶藤杖到湖濱。追陪秋集誠忘老，余從前曾於詁經精舍觴門下諸子，王夢薇繪《俞樓秋集圖》。坐憶春游又愴神。今年春，與内人同至俞樓。望裏青山埋骨地，時爲内子營葬右台山，并自營生壙。意中明月倚欄人。十一月精舍課，余以『月到舊時明處』命題，寓悼亡之意也。右台仙館何時就，擬傍松楸再卜鄰。余於墓域之側買地一區，擬築屋三間，名曰右台仙館。

庚辰春日，戲柬諸同人

余今歲行年六十矣，學問之道，日就荒蕪，著述之事，行將廢輟，書生結習，未能盡忘，姑紀舊聞，以銷暇日。而所聞所見，必由集腋而成，予取予求，竊有乞鄰之意。伏願儒林丈人、高齋學士，各舉怪怪奇奇之事，爲我原原本本而書，寄來春在草堂，助作『秋燈叢話』。約以十事爲率，如其多則更佳。先將二絶爲媒，幸勿置之不答。

衰頽不復事丹鉛，六十原非親學年。正似東坡老無事，聽人説鬼便欣然。
郭沖五事太寥寥，戲學姚崇十事要。不論搜神兼志怪，妄言亦足慰無聊。

《棲霞慘别圖》爲楊君葆彝題

楊君葆彝字佩瑗，常州人。庚申之亂，其家五遷而至紹興之棲霞村。已則奔走婺、嚴間，爲衣食計。辛酉九月，有事於剡，維時其父坐一室，手一卷，倚窗而目送之，其母送之門，其婦立門内，一仆負囊篋前行。乃别未久而紹興陷，母赴水死，父走山亦死，其婦奔波困頓，至明年亦死。始時上下尚十餘人，今惟孑然一身矣。楊君工繪事，因手繪臨别時狀，作圖乞詩。

黯然銷魂莫如别，況以生離爲死訣。當年惘惘出門時，棲霞村中日無色。一翁危坐南窗前，案頭猶具丹與鉛。手執一編送以目，此時不語心淒然。一嫗青裙門外立，瞻望徘徊不忍入。願兒早去早歸來，此時未言先飲泣。門中有婦何娉婷，心逐征夫身在庭。空勸加餐亦何補，欲語不語惟淚零。一奴負笈悤悤走，猶望衡門屢回首。可憐游子此時情，地老天荒能斷否。掃盡烽烟又中興，棲霞重過淚沾膺。昔年骨肉都爲土，此日行蹤半似僧。我撫斯圖長太息，曩遭厄運嗟何極。但期異日表瀧岡，卽以丹青識先德。

内子嘗署所居室曰『茶香室』，余《百哀篇》中偶未之及。今檢遺篋得『茶香室』小印，感而賦此

浮世原知不是真，回思往事總傷神。最憐竹里館中月，不照茶香室里人。余於春在堂西南隅築小竹里館，而内人不及見矣。宰樹經春將發葉，妝臺隔歲已生塵。房櫳遺跡都消歇，小印芝泥色尚新。

二月二十五日，清明家祭，回憶去年此日情事，悽然有作

去年此日到杭州，山色湖光綠滿樓。竹葉三杯名士酒，是日門下諸子均候於俞樓。瓜皮一棹故人舟。彭雪琴親家翁泛一葉小舟，自退省庵至。舊游歷歷宵來夢，浮世飄飄水上漚。明歲今朝更何似，石泉槐火不勝愁。

三月三日，登舟如杭州，二兒婦攜孫女慶曾從焉。書示慶曾

越水吳山歲往來，如今意緒總摧頹。嬾看春色重三節，默數前游五十回。余自戊辰至今，蘇杭往返，五十二回矣。曰五十，姑舉成數耳。舊事迷離如夢境，故人消息隔泉臺。舟中賴有嬌孫在，聊博衰翁笑口開。

門下士王夢薇廷鼎乞詩，書四絶句贈之

匡鼎風流絶世姿，其人三絶畫書詩。烟波鶯脰湖邊路，傳唱王郎絶妙詞。夢薇有《鶯脰湖棹歌》一百首。

一官骯髒落風塵，見說名場似積薪。手版沈沈百僚底，只餘詩骨尚嶙峋。

無端兩度簡書催，天許書生眼界開。黑水洋中黄蓋壩，張家口外李陵臺。夢薇曾與海運之役，又曾轉餉至張家口。

俞樓諸子共論文，吳苑名流喜遇君。媿我胷中奇字少，虚勞載酒過楊雲。

以豬一頭放之雲棲山中，内子姚夫人遺意也，并媵以鷄一尾，而紀以詩

物命滿天地，何者不當惜。吾自去歲來，久擬斷葷血。苦從兒輩諫，兼采門生說。謂已花甲周，未

容肉食缺。姑爲議食單，略使有區別。爲我特殺者，一概從擯斥。羽族如鷄鶩，水蟲若魚鱉。一物有一命，忍以充肴核。間或未忘味，百錢付屠伯。易其肉一臠，亦足供餔啜。獨念老孟光，遺言發垂絶。乃買豬一頭，厥狀頗肥腯。媵以鷄一尾，毛羽皚如雪。載之如雲棲，縱之就欄栅。永遠免刀砧，逍遥在泉石。明知所見小，區區誠無益。物固不勝放，放一而遺百。惟思臨死言，何忍付一吷。爰將所因由，具爲老僧述。略予芻豢資，年月登簿籍。既償逝者心，亦以免吾孽。何肉尚爲累，藉此庶稍釋。

病中聞花農捷南宫，寄詩賀之

金花帖子出皇州，十載相期願始酬。虎榜流傳到吴苑，鵲聲喧噪驗俞樓。三月中，余在俞樓，讀花農闈中文，甫加墨而鵲聲大噪。本來吾黨無雙士，合占仙曹第一籌。病叟曲園憔悴甚，爲君黄色上眉頭。

四月二十二日，距内子之殁週歲矣，焚寄一律

幽明隔絶已經年，和淚題詩寄九泉。家事略如君在日，墳塋築及我生前。老夫白髮還多病，快壻青雲未著鞭。女壻許子原春闈下第。只有門墻徐穉子，新登蕊榜大羅天。

五月初六日爲先大夫生日，時爲光緒庚辰歲，距生於乾隆辛丑滿百歲矣。薄營家祭，敬賦二律

記得兒年二十時，老親六十未全衰。道光庚子歲，先君六十生辰，時客常州，樾亦侍焉，時年二十。客中不具稱觴禮，集内猶存自壽詩。色笑依依疑可接，光陰冉冉信難追。影堂今日重瞻拜，算是期頤進一卮。

四十年來歲月長，幸留先澤在青箱。國恩稠疊推三世，先祖南莊府君以下，累贈通奉大夫。家集留傳徧四方。先祖手批《四書》及先君《印雪軒詩文集》皆刊版行世。膝下曾孫將納婦，墳頭宰樹久成行。衹憐垂白孤兒在，今歲居然也杖鄉。

門下士馮聽濤檢討崧生、戴青來編修兆春、徐花農庶常琪，各和余俞樓詩，自都門寄吳下，率賦一律答之〔一〕

歐蘇竊比我何堪，且與諸君作美談。添得湖隄風景一，郵來詩句翰林三。遠煩天上淩雲筆，同賦山中聽雨庵。聊復裁箋寄都下，莫教傳誦徧宣南。

【校記】

〔一〕《廣集》此爲第一題。

六月初三日爲内子姚夫人生日，手書《金剛經》一卷焚寄，附四絶句

甲子周來甫一齡，定知未改昔時形。人間無物堪爲壽，手寫金剛般若經。
一隔幽明便渺茫，不知何處拜尊章。百齡老父今安否，地下應煩進壽觴。
轉憐我是未歸人，憔悴猶存老病身。自譜人間可哀曲，今年六十作生辰。
莫爲衰翁苦繫懷，夜臺眠食自安排。我今學得消憂法，日與兒曹鬬卦牌。余有《八卦葉子格》，見《曲園襍纂》，時與兒輩戲爲之。俗呼葉子曰『牌』。

病起口占

景逼桑榆病是常，原非一豎故爲殃。不能堅執廢醫論，余有《廢醫論》一卷，在《俞樓襍纂》。反自營求卻疾方。徒使人間留宂物，恐勞泉下盼歸艎。最憐兒婦清晨起，苦爲衰翁藥餌忙。

得曾劼剛通侯紀澤佛蘭西國來書，卻寄二律

巴黎漢使有書來，芳訊迢遥萬里回。玉版新箋同貝葉，金壺妙墨異松煤。來書紙質堅白，出外國新製，墨

光五色，乃蔗霜熬煉而成，非松烟常品也。懷人尚作江南夢，餞歲剛拈海外杯。書作於嘉平廿七日。一紙封題珍重甚，遠從六甲寄蘇臺。

又聞使節去悤悤，五日飈輪走似風。聞將赴俄羅斯，自法至俄，火輪車五日可達。直以苦心持大局，不妨清議聽羣公。魯連排難無雙士，魏絳和戎第一功。舊隸南豐門下籍，喜看繼起有英雄。

大吉龜爲顧艮庵觀察賦

艮庵今歲行年七十，偶獲一龜，長身細腰，下豐上殺，形如胡盧，名之曰大吉龜。賦十絶句以張之，并使工畫者摹其正、反、側三形，索同人賦詩。余因賦此。

爾雅釋六龜，天地四方備。前弇後弇殊，左倪右倪異。史載八名龜，則更別其類。北斗與南辰，不知何取義。至於龜形奇，龜歷不勝記。或益之八足，或附之四翅。尾可一可十，目或六或四。要皆皤其腹，厥狀若贔屭。云何此督郵，妙不可思議。不等卓臍肥，轉類楚腰細。前後倨句半，分合連環二。無煩白茅束，大可匏瓜繫。習鼎摹∞形，回仙寫呂字。君從何處得，我昔見猶未。蘇鄰喜讀書，謂李眉生廉訪。博聞又強識。謂晉義熙時，曾有贛縣吏。得龜置樹間，胡跋而尾疐。遂成馬鞍形，此龜定一例。我亦述所聞，傳自夷堅志。宋時秀州民，得龜於市肆。厥狀類藥瓢，異而詢所自。答云束以鐵，成此頗不易。乃歎古所傳，今竟有其事。龜本一神物，自古推上瑞。不見芳蓮上，千載恣游戲。君年正七十，顏童眉轉翠。古人頌遐齡，龜與鶴相次。龜堂放翁築，龜冠坡老製。歷考宋元前，未聞相避忌。君見固超俗，君詩更有味。吾知大寶龜，定是天所畀。勿克違元吉，不待揲蓍筮。肇錫以美名，躬承此嘉惠。萬歡出齊時，平福在唐世。古來大吉祥，一一爲君萃。置之怡園中，君園名也。嘉林何薈蔚。自尋曳尾樂，永謝折腰累。優哉復游哉，眉壽過百歲。

余前出『堪』字韻詩，都中諸君子頗有和者。因四疊前韻，寄馮聽濤崧生、戴青來兆春、徐花農琪、蔡輔臣世佐諸館丈〔一〕

皋比竊據愧難堪，聊可湖樓作筆談。余舊有《湖樓筆談》七卷。學問百分奚有一，光陰十載又餘三。余主講詁經十有三年矣。偶營西子湖邊屋，得傍東坡山下庵。多謝諸君發高興，新詩遠寄到江南。

自笑迂疏百不堪，敢將時事付空談。厭聞瀛海九州九，喜誦菩提三藐三。時新成《金剛經訂義》一卷，補入《俞樓襍纂》。久向人間稱冗物，新於墓下築茅庵。時於右台山築屋三間。異時倘過蘇隄問，行到于墳再上南。

谷飲巖棲病亦堪，客來聊復與閑談。蒐羅異事盈千百，時搜輯異聞，箸《右台仙館筆記》。唱和新詩至再三。人道草元楊子宅，自題老學放翁庵。莫嫌生計蕭條甚，坐擁書城抵面南。

寄去吟箋一笑堪，還如揮麈共清談。諸公仕宦如雙陸，老我科名過十三。自庚戌至庚辰，十五科矣。白首怕看同館錄，青山惟戀讀書庵。只憐豪氣銷除盡，有愧當年陸劍南。

【校記】

〔一〕《廣集》此爲第二題。

築右台仙館成，落之以詩

右台山下一新阡，今歲重成屋數椽。聊傍墓田營丙舍，未容讖語應辰年。今年歲在辰，余多病而竟無恙，知未足應龍蛇之讖也。三間室小纔容膝，七尺墻低止及肩。莫笑規模多草草，草堂貲是賣文錢。時有求撰墓志、祠記、義莊記諸文者，餽金二百兩，因成此屋。

老妻埋骨此巖阿，老我婆娑此嘯歌。門榜戲教嬌女寫，門額刻『右台仙館』四字，長女錦孫筆也。山居應少俗人過。茶香室内低安榻，茶香室乃内人舊居室名也，余移署仙館臥室。槿樹籬邊小築坡。四圍編槿爲籬。尚有數弓餘地在，更將書冢起嵯峨。余所著書已行於世者二百五十卷矣。右台仙館之旁尚多餘地，乃聚其稿而薶之，立石而識之，題曰『書冢』，蓋久有斯志，而今始成之也。

曲園襍纂又俞樓，百卷書成筆已投。更向林泉專一壑，重憑著述冀千秋。舊聞都向豪端寫，異事兼從海外求。正似東坡老無事，强人説鬼在黄州。余吳下有曲園，因成《曲園襍纂》五十卷，西湖有俞樓，因成《俞樓襍纂》五十卷。及右台仙館成，不能成書，姑成《筆記》十二卷，聊述異聞而已。

湖樓小住伴歐蘇，又踏蘇隄到裏湖。扶老已虛雙楖栗，棲真應共一廜蘇。自題神机原堪笑，同坐仙龕庶不孤。他日山中兩翁媪，倘煩簫鼓賽村巫。右台仙館中設一龕，左爲曲園先生之位，右爲曲園夫人之位，皆余所手題也。嘗貽勒少仲、吳平齋書，及之，且曰：『安知他日不爲右台山中土地公婆乎？』是亦可一笑也。

九月十六日，重至湖上俞樓作

俞樓樓外柳成陰，坐對湖山淚滿襟。往事不堪重問訊，餘生未卜幾登臨。黄花老圃秋容淡，白首孤燈暮氣深。更向右台仙館去，墓門松柏已森森。

十月朔，自俞樓遷右台仙館作

孤倚湖樓興易闌，又於山館一盤桓。軒窗静對仍開卷，墓域親行等蓋棺。生壙已成無慮死，危時未定暫偷安。不勞車馬來相訪，扶杖龍鍾倒屣難。

山居卽事

幾家寥落不成村，孤館荒凉早閉門。暮夜野狐嘷屋角，清晨山豕突籬根。桑條枯死蟲都盡，橡實拋殘鳥尚存。差喜晴檐長杲杲，立冬時節氣猶温。

靳迪丞觀察邦慶入山相訪，遂與同遊法相寺，瞻禮定光佛真身，并品錫杖泉而還。即次其見贈詩原韻

遠出城闉度隰原，竟來山館駐高軒。一條曲折松間路，幾處荒涼竹外墩。且與同參定光佛，不妨遲款湧金門。何當更躡危巖上，錫杖泉邊一問源。

得彭雪琴侍郎書，卻寄一律

督師江上親家翁，一紙書來感慨同。未許三潭訪明月，君有退省庵，在西湖三潭印月。時方督辦江防，今歲恐不及來也。可能萬里駕長風。時被命總理海外火輪兵船。白頭空灑憂時淚，赤手難施填海功。賴有嬌孫隨杖履，猶將字課課閨中。君長孫女，即余孫婦也。時同在焦山行館，秋間曾以閨中字課寄我。

王子夢薇擬爲余作四圖，曰《曲園著書》、曰《精舍傳經》、曰《俞樓雅集》、曰《右台歸真》。甫創是議，未有圖也。張子小雲乃以一夕之力畢成四圖，因各題一絶句于其後

曲園著書

逍遥曲園中，撰述皕卷外。今老不箸書，慚媿此圖畫。

精舍傳經

自來第一樓，十有三春秋。雖無經可授，樂與諸賢游。

俞樓雅集

爲吾築斯樓，樓成吾老矣。惟願諸君子，年年集於此。

右台歸真

乾坤乃逆旅，久客必思歸。諸子來相訪，見吾杜德機。

月夜至墳前石上小坐

夜静無風草不吹，惟看墳樹影參差。偶來石上一孤坐，坐對月明有所思。思昔同搖湖舫夕，余曾於月夜與内人泛舟西湖，有詞存集中。思前同款達齋時。余在吳下，每於月夜與内人同游曲園，《百哀詩》中所謂『夜深重款達齋門』是也。今宵風景真相似，獨倚枯笻自詠詩。

登潁秀山，訪錫杖泉之源，汲水一盂而返

高僧卓錫處，終古水潺湲。泉爲長耳和尚故迹。一線出石罅，分流來人間。我因酌神瀵，於此叩禪關。未許山靈惜，分將雲液還。

游虎跑泉，以足蹴石上則泉水噴溢如珠，亦可異也，紀之以詩

誰向西湖畔，移來南嶽泉。至今成勝蹟，一水長瀅然。偶以足蹴踏，俄看珠聯翩。行童莫輕叩，中有驪龍眠。

余於去年春爲孫兒陛雲聘定彭雪琴侍郎之孫女爲婦，彼此稺小，猶非婚嫁時也。惟衰翁多病，而吳楚相距又遥，力請於侍郎，早成嘉禮。今年嘉平十六日禮成，且喜且感，情見乎詞

舞勺猶非婚冠年，便爲料理合歡筵。勝衣童子雖堪喜，視蔭衰翁轉自憐。及我未填黄壤日，看他同拜畫堂前。嘉期好在嘉平月，十六良辰月正圓。

記得金釵作聘初，老妻同住在西湖。存留遺物交新婦，楮柱衰門賸病夫。未定安危難逆料，早完婚嫁是良圖。侍郎厚意真堪感，親自三湘送到吳。

徐花農庶常請假南旋，止宿於吳下寓廬，賦二律贈之

徐陵才調本無倫，一日聲華動九閽。科第足爲吾黨重，朝廷深喜故家存。君爲文敬公昆孫，文穆公來孫。須知海上旃檀氣，君海舶遇風，聞旃檀氣甚烈，危而獲安。即是天邊雨露恩。君得館選後，詔以其原官内閣中書移獎其子弟二人，異數也。會見勳名繼文穆，舊時祖笏付來孫。

曲園衰叟愈頽唐，春在堂中酒一觴。垂暮夕陽無足戀，多情舊雨最難忘。看君妙墨毚豪活，時以手書《松壺先生集》見贈。助我清談麈尾長。在京師時曾寄贈麈尾二柄。異日河汾傳盛事，曾收房魏在門墻。

除夕述懷

燭花紅映小窗前，又啓檀欒守歲筵。風景依稀如往日，死生契闊已經年。杳無消息來泉壤，一任光陰付逝川。老眼龍鍾兩行淚，每逢佳節總潸然。

辛巳元旦試筆

老妻不見後庚辰，內人生于嘉慶庚辰，其卒也，光緒己卯。老我重逢辛巳春。摹取稼軒辛字印，居然六十一年人。

六旬已滿復何求，除夕剛逢六甲周。除夕乃癸亥日。天爲衰翁開七秩，歲朝甲子起從頭。

元宵

試燈風裏一徘徊，如此良宵亦可哀。空有銀花生火樹，諒無春色照泉臺。新年景色怱怱過，往日歡腸寸寸灰。算自歲朝到元夕，老夫懷抱幾曾開。

彭雪琴侍郎和余年字韻詩，因疊前韻述懷

太歲重逢辛巳年，已周六甲又初筵。文章謬竊時流譽，衰病叨蒙造化憐。脱略衣冠游物外，經營窀穸及生前。近來學業荒唐甚，一曲烏烏唱老圓。余有《老圓》一曲，入《曲園襍纂》。

記我垂髫總角初，初從南埭徙東湖。余生於德清南埭故居，四歲遷臨平，其地有東湖之名。外家荒冢姚司命，余外家姚氏，世居臨平，舊有姚司命冢，見元人劉大彬《茅山志》，今不可考。里社叢祠伍大夫。臨平有伍子胥廟。世局變遷如傀儡，老懷清淨喜浮圖。布衣蔬食浮生了，隨意句留越與吳。余去年自題春在堂楹聯，云『越水吳山隨所適，布衣蔬食了餘生』。

新正十八日，花農招諸同人讌湖上，夢薇即席用余前韻寄雪琴侍郎於吳中。因再疊前韻寄花農、夢薇

湖樓卜築已三年，分得孤山地一筵。小有林泉殊不俗，無論風月總堪憐。名山妄冀千秋後，詞館回思卅載前。寄語玉堂徐穉子，往時鶴夢試重圓。花農生有夢鶴之兆，詳《俞樓經始》。

光陰最好是春初，春信傳來明聖湖。見説西泠新雅集，有懷南嶽舊樵夫。雪琴侍郎自號南嶽七十二峯樵父。祇憐尚負壺觴興，未及同描笠屐圖。聊可團欒共兒女，倒顛紫鳳與天吳。

題雪琴侍郎《吟香館詩集》

果然兒女又英雄，侍郎有小印曰『兒女心腸英雄肝膽』。都在吟香小集中。張敞戲描眉嫵綠，花卿怒擲髑髏紅。美人臭味宜芳草，猛士情懷託大風。豈止彭郎小姑句，至今傳誦偏江東。侍郎《破小姑山賊壘》有『彭郎奪得小姑還』之句，海内傳誦。

此事須知本性情，不徒詞藻鬬縱横。源從忠孝兩途出，學自艱難百戰成。後世讀堪當史筆，有《從戎草》一卷，於戰事頗詳。至今老尚負詩名。公然鐵馬金戈外，又主騷壇玉敦盟。

花農和余去歲倫字韻詩，因疊韻答之

深情如水比汪倫，一刺投來喜及閽。精舍前游十年事，詞曹後輩幾人存。兼謂青來、輔臣諸君。縱談世務書生見，歷敘家常故舊恩。感觸老夫無限意，文章付託又兒孫。

朝來喜氣滿中唐，其時適爲孫兒陛雲娶婦。聊借杯盤補壽觴。去年嘉平二日爲余六十生日，不觴一客。公等風流堪自賞，吾儕形迹久相忘。舊時同學誰榮瘁，身後虛名任短長。轉瞬俞樓重聚首，君家祠宇正連墻。俞樓之東卽君家文敬公祠址。

余去歲右台仙館作，門下諸君頗有和者，然有棺字韻，殊不易和，舟中無事，偶疊韻成二首，博諸君一笑

辛苦研經歲月闌，不勞北面問三桓。偶蒐異苑資投轄，謂所著《右台仙館筆記》。久冷名心不夢棺。已悟浮生花頃刻，可能晚境竹平安。人間萬事尋常甚，只是長開笑口難。

越水吳山興未闌，直將韋布傲躬桓。纜舟近訪秦皇迹，窆石遥尋夏禹棺。偶作小詩聊破寂，翻勞險韻苦求安。俞樓諸子風流甚，極盛還愁欲繼難。

右台仙館述懷，次外弟嵇幼莼韻

雨窗忽透日三竿，客枕瞢騰夢乍闌。枯管不飛文囿雉，空山仍泣女牀鸞。病餘暫享林泉福，老去難言歲月寬。注史箋經總收拾，近來學問只稗官。

重教搜索到枯腸，甎硯頻磨晉太康。余有晉太康甎硯一方，姑借以趁韻，實未攜至山館也。浮世已憐春草草，新詩難和韻琅琅。重洋未靜魚龍氣，抔土空留翰墨香。去年於山館隙地築書冢。我已彭殤無異視，淩雲一笑又何殤。

又次李黼堂方伯韻述懷

小樓閒鎖聖湖濱，又傍松楸築屋新。竹户開時來野衲，籃輿過處笑村民。余在山中，每坐一藤倚子，二人舁之以行。賓朋薄暮常同散，墓域清晨必一巡。若向南山問風景，不妨算我略知津。

余於右台仙館隙地埋所著書稿，封之，崇三尺，立石識之，題曰『書冢』。李黼堂方伯桓用東坡《石鼓歌》韻爲作《書冢歌》，因依韻和之

我生巳年月在丑，至今已成六十叟。人間歲月信如流，金烏飛騰玉兔走。亮無上藥駐穨齡，空有虛名挂人口。黄粱已醒卅年前，青史敢期千載後。姓名聊可伴陽五，學問翻思傲歐九。不栽王儉幕中蓮，不折亞夫營外柳。不隨市儈逐錐刀，不作枝官博升斗。惟將青鐵硯爲田，何必黄金印懸肘。竊從學海問源流，冀爲經畬掃秕莠。開卷居然自得師，閉門未覺吾無友。茫茫墜緒撥秦灰，歷歷方言徵楚穀。少昊氏官辨龍鳳，安釐王冢發蝌蚪。欲證夏鼎窺禹穴，思讀商盤問殷耇。妄冀驪珠自我探，恥爲狗盜隨人嗾。此中淺深各有得，亦如中衢置尊卣。此中疑信每參半，又如問塗向矇瞍。止可沿洄水際湄，豈能攀躋山巔嶁。坐看精力半生空，竟積簡編三尺厚。紛紛摹印徧蘇杭，落落賞音問誰某。徒令紙價市中高，見説流傳海外有。難然災禍到棗梨，或者眉壽頌栲杻。世人得鼠欲嚇鳳，幾輩畫虎翻成

狗。我從前年賦悼亡，此身嗒焉如木偶。歸真有室傍青山，偕老無人同白首。荷鍤參軍便可埋，摸金校尉何勞掊。右台山下一蝸廬，小有丘壑亦可取。偶營書冢瘞殘稿，巧借名山代藏垢。文冢姑援古人例，墓田能否兒孫守。螢光雪彩聽長淪，泉室夜臺期速朽。爲君辛苦和蘇詩，自唱輓歌非自壽。

《書冢歌》成，門下諸君頗有和者，因疊前韻申未盡之意

人生少壯鷄鳴丑，晚景崦嵫成老叟。始而游戲相徵逐，繼以衣食事奔走。越女矉里自言姸，齊虜得官乃以口。金殿對策天子前，玉堂獻賦羣公後。年少那問屐幾兩，官貧未厭食三九。居然八載直西清，猶記一椽僦南柳。余在都下寓南柳巷。世事竟如雲過眼，我生得非日在斗。須知高車擁八騶，何如竹几閣雙肘。拂衣歸洗京洛緇，縛帚來掃門庭莠。已拚白首臥青山，豈以黃封易紅友。不圖盜賊起磐牙，遂使倉皇到臧穀。時危巢幕竟如烏，事定臨淵翻羨蚪。岑參詩『臨淵見蝌蚪，羨爾樂有餘』。因有問此句出處者，聊一注之。剗除戰壘招農氓，蒐輯亡書問耆耇。赤舌城燒幸無恙，黃耳書來誰所嗾。招我談經第一樓，何異寵頒鬯二卣。儼然抗顏坐爲師，譬猶賦詩古使瞍。大好西湖屢溯洄，小占孤山一連嶁。古訓是式心所好，經師自命顏孔厚。積十餘歲年復年，有二三子某與某。知我築樓舊有議，余戊辰春詁經精舍課題有《湖居三議》，曰築湖樓、造湖船、製山橋。憐我湖樓尚無有。乃闢隙地掃荊榛，乃集良材羅檍杻。樓成坐聽柳浪鶯，門外臥守桃花狗。我與湖山頗有緣，人生飲啄固非偶。遂爲亡婦營馬鬣，不必鄉山正狐首。因將生壙豫經營，亮無寶鼎此把掊。遺書不望所忠求，荒墳豈慮不準取。裒集草稿自埋藏，付託山靈同護

守。聊備右台一故事，敢附左傳三不朽。一和再和坡老詩，不勒貞珉已足壽。

清明後三日，徐花農庶常攜尊至右台仙館讌集，遂游法相寺。得斷甎於壞垣，有『福壽』二字，取歸，置之山館，因紀以詩，仍用東坡《石鼓》韻

今年三月日乙丑，我辭漁父就樵叟。余於三月三日自湖樓至山館，其日乙丑。遂令好事城中人，爭向右台山下走。或籃輿過赤山步，或小舟艤花港口。越七日後得壬申，喜諸君來不先後。山齋偪仄布筵一，坐客聯翩併我九。客爲汪柳門、沈蘭舫、徐花農、王夢薇、倪倬雲、潘鳳洲、許子原，續來一山中客郭君。乃列嘉肴襍筍蒲，卻當新火分榆柳。城北徐公興最豪，花下行廚酒一斗。我嬾且病稍見寬，客起欲去輒被肘。醉吻思飲僧廬茶，連步亂踏山田莠。天寒未茁雨前茗，地僻且尋方外友。要煩老衲薦臯盧，豈怕行童笑瞀穀。歸來日落樹棲鴉，忽見墻頭字露蚪。不圖甎甓成烏曹，竟有銘辭祝黃耇。竊取直欲猱而升，使一人蹲其下，一人踏其肩而上，乃得之。防護不容尨也吠。奉持歡喜到蝸廬，珍重品題踰鳳卣。愛不忍釋手爲胝，奇莫能名目如瞍。從來古甎出漢晉，不在破冢卽邱嶁。字跡剝落辨難真，土花洗剔積愈厚。流傳或襍贋鼎贋，年號空存某代某。文曰富貴頗一例，語取吉祥亦多有。若從墻壁掃莓苔，不過山澤生樞杻。識字亮無康成牛，穿窬聊禦孟嘗狗。鐫此吉語意云何，得自瞥覯夫豈偶。吾聞福列九疇一，又聞壽居五福首。此豈私心所及望，亦非一手遂能掊。機翔蝦集信有徵，語奇意重敢輕取。姑將妙墨拓形模，兼汲清泉滌塵垢。敬承汪倫愛我意，謂柳門。永作右台仙館守。孝穆作記記固佳，花農紀其事于甎。安仁勒銘

銘不朽。鳳洲爲作銘。老夫衰病百無能，敢與諸君同福壽。

三月二十日，自杭旋蘇，舟中作

杭州小住又蘇州，真似飄飄水上漚。已悟浮生同逆旅，且攜弱女共肩舟。歸許氏女從行。暮春天氣晴還雨，垂老心情喜亦愁。賴有一編消白晝，衰翁聊復展眉頭。時攜一書曰《兒女英雄傳》，長白鐵仙文康所作，宋時平話體也。

曲園牡丹盛開，對之有感

園林雨過淨無塵，坐對名花憶故人。花好還如前度日，人亡又是一年春。喜他搖曳風前態，憐我衰羸病後身。玉合銀盤嬌未吐，想應留向夜臺新。有白牡丹一株，今年未開。

親家翁彭雪琴侍郎巡閱江湖，兼挈余孫婦歸寧，賦詩贈別

元戎大斾出江村，已見威棱動海門。兩岸旌旗屯戰士，一船書畫載嬌孫。自憐垂老還多病，未免臨歧易斷魂。惟盼明年秋信早，桂花香裏再開尊。

杭州湧金門内有金華將軍廟，將軍姓曹名杲，仕後唐爲金華令，見《咸淳臨安志》，其神見形輒爲蛙，今年春見於俞樓，花農以告。夏日無事，補作一詩

吾聞黄河神，蜿蜒爲靈蛇。又聞漢水神，翊翻爲神鴉。神物變化類如此，小儒安能測其理。葉縣仙人雲外凫，祠山大帝泥中豕。湧金門内湧金池，池上舊有將軍祠。將軍曹姓非蜍名，至今父老能言之。既非蝦蟆充給事，又非蚳鼃爲士師。生不封侯作蟲達，死何入水從鴟夷。乃其靈蹟歷歷在，鼠肝蟲臂安能知。我泛餘不溪中舟，疑有神人來同游。事見《春在堂隨筆》卷第五。我築右台山下壙，疑有仙蝶來送葬。事見本卷。嗟我碌碌井底蛙，神之惠我何其嘉。敢云昌黎正直動山鬼，或如東坡同行有僧伽。湖上春游歲逾十，頻向湧金門出入。異時再過將軍祠，敬爲將軍一長揖。

徐花農庶常出新意，用處州大竹，熨之使平，製爲一扇，寄余吴中。滑笏可愛，余名之曰玉版扇。賦詩寄謝

班姬詠齊紈，紈扇制最古。孔明麾羽扇，扇又製以羽。厥後蒲葵扇，流傳自典午。一經謝公手，捉搦到士女。至今此三者，爲用徧區宇。後人吐新奇，不屑守舊矩。椶扇翦椶心，松扇削松柎防父切。閩

中檳榔葉，近亦至中土。獨念六角扇，賣自蕺山姥。其製實用竹，今何不一睹。走馬張京兆，自以便面拊。便面卽竹扇，小顔有此詁。但恐織竹成，竟似素絲組。後世有方麴，實亦不足數。風流徐翰林，匠心自傾吐。精選淩寒姿，遠自括蒼取。磨鑢不以鉋，擣硾非用杵。霍霍成風斤，硠硠修月斧。細意使熨貼〔一〕，妙手無齟齬。宛如一片玉，乍向崑山剖。滑澤逾截肪，潔白過漚苧。製成爭傳觀，驚喜欲起舞。老夫坐蝸廬，正愁遇溽暑。承君遠寄將，入手不忍去。世俗重雕翎，高價聽市估。武林舊夾紗，何當不鮮黼。對此轉無色，僅堪伊仰伍。由來名士作，風致總楚楚。呼爲玉版扇，增入文房譜。疏簾清簟間，伴我坐揮麈。

【校記】

〔一〕貼，原作『貼』，據《校勘記》改。

花農重建其六世祖文敬公祠之門廡垣墉，諸同人集湖上落之，夢薇有詩，卽用其韻

湖隄夏綠正含茲，突兀新營文敬祠。聖節允宜良會日，是時值國恤，故於六月二十六日行落成禮。是日今上萬壽聖節。天章燦似乍頒時。累朝宸翰及諭、祭文均摹刻祠中。遙知祖澤存文竹，已有清才鬬色絲。浙右衣冠傳盛事，酒杯惜我未同持。余在吳下，故未與也。

科第前賢接後賢，最宜丑未戌辰年。自文敬至花農，成進士者六人，丑、未年各一，辰、戌年各二。高門鼎鼎看重

建，文敬故第在姚園寺巷，花農前年葺治之。華胄遙遙閲六傳。神火昔曾見江上，文敬生時有神火之異。清風今又到湖邊。祠即文敬清風草廬故址。尚期勉紹鹽梅業，認取南枝兆已然。前年花農爲我築俞樓，有紅梅一樹，先冬而開。

夢薇手搨福壽甎文，製紈扇見贈，疊前韻謝之

別館山中草未滋，寓樓仍傍蔣公祠。俞樓在蔣果敏公祠之西。何來福壽殘甎字，得自賓朋雅集時。疊韻仍教依石鼓，製箋不必盼烏絲。余曾摹甎文製箋。如今摹入齊紈扇，好與蒲葵一例持。

衰翁何敢望時賢，惟藉丹鉛送暮年。推挽好憑諸子力，姓名儻許暫時傳。已搜吉語頽垣上，更訪斯文絶巘邊。時花農諸子又於俞樓後山石壁上得摹厓『斯文在茲』四字，爲趙人張奇逢書，亦一奇蹟也。謀築小亭覆之。妄竊自娱吾豈敢，清風入手亦欣然。

七月十九日，命兒輩釋服，悽然賦此

本期泉路共追陪，如此留連亦可咍。歲月已隨流水去，兒孫仍箸綵衣來。靈筵乍撤神猶戀，吉祭初成意尚哀。我亦龕中設虛位，櫝函非久料應開。余自製一木主，與夫人之主同奉龕中，但未題耳。余棺槨、衣衾以至生壙，凡身後之事，無一不具，時至卽行。論者勿以豫凶非禮爲譏也。

築俞樓之明年，又建西爽亭於山上，而中間隙地猶多，吳叔和比部壽臧又就其地增築軒亭，於是有伴坡亭、靈松閣、小蓬萊諸勝。時余在吳下，賦詩落之

步從山麓到湖樓，尚有中間隙地留。爰築危亭與坡伴，伴坡之名，因余詩有『山上吟龕伴老坡』之句也。更營傑閣待神游。距閣尋丈有一松樹，今年春，金華將軍之神卽降於此松上，故以靈松名。回廊西上疑雲棧，精舍東開學釣舟。説與老彭應一笑，小蓬萊對小瀛洲。彭雪琴侍郎退省庵在三潭印月，臨水有榜，曰『小瀛洲』。

小園一曲地三弓，久向蘇臺作寓公。多謝同游諸舊雨，又營別業傍清風。俞樓之左卽徐文敬公清風草廬。不無雁雪留連意，大費鶯花點綴功。徐辟彭更佳話在，續添名士有吳充。前年有以『俞樓經始』四字爲謎語，射《四書》人名『徐辟』、『彭更』者，謂花農草創之，而雪翁又更張之也。今又得吳叔和廓而充之，余戲謂：徐辟、彭更外，當添一吳充矣。吳充宋人，《宋史》有傳。

花農以松實寄贈，賦謝

昔君詒我以桂子，食之清香滿口齒。今君詒我以松實，不但有香兼有色。君家松樹高出檻，其上有實纍纍生。妙在一青間一赬，青者味澀不可食，赤者可食甘如櫻。吾聞古有仙者名偓佺，服食松實

成神仙。受而服者亦長壽，或二百年三百年。然而松實不恆有，尋常園圃見則否。豈如南方海松子，狼藉杯盤佐尊酒。故家喬木綠參差，況是孫枝繼長時。看取清風振謖謖，固宜佳實生離離。老夫吳下支離叟，深感徐陵惠我厚。右招桂父左松喬，儻保衰齡到黄耇。花農庭前四季桂，結實甚多，夏間曾以寄贈。

俞樓四異

佛異

花農於丁丑春夢至一處，曰福祿寺，右一門未啓，左一門曰碧霞。由碧霞門而入，有古佛，不裝金，其後有清泉出石壁下，其西樓臺纚屬，積書如堵，一鶴守之。及將營俞樓，度地於六一泉側，其地即孤山寺，寺有古佛，不裝金，與夢所見同。寺後泉石，亦如所夢焉。

碧霞門外一徘徊，門内天然異境開。有福靈禽司竹素，無言古佛坐蓮臺。淪漣泉水清堪鑒，突兀山峯翠作堆。此際俞樓猶未築，分明先入夢中來。

仙異

辛巳閏七月十三日，花農與鄒鏡堂、陳子宣至俞樓相度，將增築露臺。及返棹而城門闔矣。以月色甚佳，乃作竟夕之游。初時見月輪蕩漾波間，俄而變爲千萬小鏡，迎船而來，又變爲六七，又變爲一串，已而成爲一大鏡。三人皆歎爲奇觀。時舟已至三潭印月，顧見荷花大開，正惜無小舟採之，忽有二童子棹一葉舟而至，遂坐之深入花中，盡興而反。反而童子與小舟皆不知所之，時已四更。此童子何從來又何從去，殆遇仙矣。

蒼然暮色下俞樓，已阻嚴城更暢游。蕩漾冰輪忽無數，參差明鏡滿中流。最奇蓼岸三更月，誰棹瓜皮一葉舟。竟有垂髫兩童子，載人深入藕花洲。

神異

辛巳春，花農與倪儒粟及孤山寺僧本慧同至俞樓，於西爽亭小坐既下山，見松樹上一蛙，淺緑色，竟體如碧玉琢成，無磊砢之狀，知爲金華將軍之神，咸聳然異之。余前已作長歌一首，兹又作此詩，以爲四異之一。

碧鷄金馬豈訛傳，神理難知自昔然。五夜陳倉來有雉，三春杜宇去爲鵑。請看棲止青松上，不異游行緑水邊。欲傚水仙王故事，將軍祠下薦寒泉。

鬼異

俞樓之西有古墓焉。方花農築樓時，夢一青色人自西墻外至，向之而拜。次日見樓西有墓，命保護之。及辛巳夏吴叔和增築軒亭，或以地隘，議拓墻而西之。其時有錢新之者，善刻石，方寓俞樓，忽得暴疾。其夜夢一人青色，自言爲明季裨將王慶祥，託轉告花農、夢薇諸人，勿犯其墓。鬼可謂有靈矣。然此鬼自言葬在瓢池之西，樓西之墓距池較遠，未知卽此否？今改從瓢池之東曲折上山，從其請也。

此中誰料有陳人，精爽雖存迹久湮。未必英名能入史，自言毅魄已成神。從今盡識甄舒仲，無事來呼祈孔賓。寂寞荒山一抔土，爲猿爲鶴總吾鄰。鬼自言已爲福建汀州城隍，故有「成神」之句。

題卞敏畫蘭

卞敏乃玉京之妹，吴梅村爲作《畫蘭曲》，所云「畫蘭女子年十五」者也。此幅爲崇禎癸未中秋前一日所作，今藏太倉汪氏。

舊院風流總銷歇，頓楊往事憑誰説。豈知裊裊一枝蘭，二百年來香未滅。玉京有妹嬌如花，自寫風枝整又斜。此日墨花含古意，當時頳面映朝霞。《板橋襍記》云：敏對客，面發頳。多情最是桃潭客，已失重還倍珍惜。但教楚畹有餘芬，莫向秦淮弔陳迹。

竹瓶歌

徐花農庶常示余竹瓶一事，刳巨竹爲之，兩面刻字，則其六世祖文敬公所書也。問所自得，蓋有守備雷君幼山得之兵燹中，又有邵君同珍勸其歸之花農云。

吾聞花瓶各有宜，春冬宜銅秋夏瓷。異哉此瓶竹爲之，四坐傳玩皆稱奇。君曰可寶不在竹，請觀有文在瓶腹。乃從瓶腹讀其文，頓覺舌撟不能縮。噫嘻，君從何處得此歟，此乃文敬之所書。君言昨者一客至，抱瓶昏暮叩吾閭。曩時烽火徧浙水，有人得之兵燹餘。武夫亦復知寶貴，珍藏什襲如璠璵。挈瓶之守不可奪，客乃爲之述本末。非重在器重在人，東海遺徽猶未歇。爾守此瓶深有心，何不歸之徐翰林。其人舉瓶敬授客，客抱瓶至宵已深。自古高門貴能紹，敬穆兩公風久杳。五世其昌又得君，一時盛事數難了。姚園舊第已重新，清風草廬西湖濱。君往歲重新姚園巷舊第，今又修文敬公祠，即清風草廬故址。高廟賜詩壽文木，先臣墓志有貞珉。高廟賜文穆公詩，今尚在，前年曾摹刻行世。今年又得文穆公墓志初拓本。此瓶不後不先出，豈獨琅玕珍異質。爲君手署竹瓶齋，王佩鮑壺非此匹。

譚文卿尚書自浙撫擢陝甘總督，賦詩贈別

帝以西陲付重臣，相侯而後更何人。因思邊徼新安輯，本是明公舊拊循。特降璽書來兩浙，重移幕府到三秦。金城郡下銀川水，定比西湖別有春。

兩年坐鎮浙西東，聽取謳歌處處同。前度黄堂留愛日，此時玉帳動春風。威行寰海魚龍靜，弊絶敖倉雀鼠空。更爲聖朝修盛舉，文瀾高閣起穹隆。

秋風無奈唱驪駒，借寇雖殷願竟虚。大閲悤悤纔返旆，時新從浙東閲兵還。長編草草未成書。公於書局中刊刻宋李文簡《長編》，雖已告成，而補葺者未竟。遙知英蕩將移節，定爲湖山一駐車。問訊蘇公隄畔柳，明年春色更何如。

不才何幸忝賓筵，深感尚書禮數偏。折節仍循芸館例，裁箋親製草堂聯。公集句爲楹聯，縣之俞樓，其句云『千古一詩人，文章有神交』，『有道五湖三畝宅，青山爲屋水爲鄰』。朝廷自重甘涼寄，我輩難忘翰墨緣。黄閣他年開八秩，南山再獻有臺篇。公今年六十生日，余曾以小文爲壽。

九月二十四日，偕許子原女壻及次女秀孫自龍井至理安，徧歷九溪十八澗之勝，口占二絶句

老妻欲作理安游，竟以孱軀願未酬。見《百哀篇》。今日攜將嬌女去，山中溪澗數從頭。

九溪有數澗無數，并作山中一派青。誰料石矼剛十八，輿夫脚底是山經。九溪以并九水爲一故名，至十八澗，則莫能言其數，但云約舉之辭，見其多耳。乃輿丁舁我屢游其地，歷數履石渡水之處，適十有八，乃悟昔人命名之由。

次女秀孫有詩紀九溪之游，女壻許子原和之，老夫亦用其韻

山館清閑竟日留，籃輿更伴我同游。千巖萬壑不知處，紅葉黄花無限秋。法雨泉清聊瀹茗，甕雲洞小試探幽。歸來喜見新詩句，愛女吟成快壻酬。

俞樓詩記〔一〕

自花農諸君爲我築俞樓於孤山西麓，今年吴叔和〔二〕又增益之。亭臺之盛日加，泉石之勝亦日出。余舊有《俞樓經始》一卷，特紀其緣起耳。花農所爲《俞樓記》亦未備，擬作後記又未果。余恐久遠之後湮没失傳，乃就其中凡有題榜之處悉以詩紀〔三〕之。不拘一體，其前後敘次，粗有條理，蓋欲以詩代記也。因名之曰《俞樓詩記》。

俞樓門外有『俞樓』二字，彭雪琴侍郎所書也。刻字於甎，置甎於楣。

陶廬謝墅總千秋，如我微名豈足留。行到白沙隄盡處，居然人盡識俞樓。

小曲園又進而有門，署『小曲園』三字，梅筱巖中丞所書，以余吴下有曲園，故以小別之。然實則小者大，而大者小矣。

吴中盛園林，高下窮土木。而我蝨其間，亦有園一曲。一曲渺乎小，在我則已足。云何移此名，來署湖邊屋。小而又小之，無乃太局促。豈知入其中，深邃如盤谷。儼割孤山半，山顛到山麓。斯乃大曲園，云小吾轉恧。蒙莊齊物論，萬事無定局。借此泯大小〔四〕，滄海亦一粟。

碧霞西舍花農未築俞樓之先，曾夢游此地。其東有碧霞門，余因名正室曰『碧霞西舍』。其上有樓，所謂俞樓也。其前有平屋，以休賓客之從者。其後有軒，以爲燕坐之地。其西偏樓屋乃彭雪琴侍郎所增築者，樓下爲余臥息處，樓上設内子姚夫人之位。然皆統以『碧霞西舍』，不復異爲之名矣。

徐子曾從夢裏來，碧霞門在左邊開。因之小築稱西舍，恰〔五〕好遙山對右台。余生壙在右台山，適相對也。林木猶須十年計，賓朋頗具一時才。不煩更闢西頭屋，恐有陳人臥夜臺。舍西尚有隙地，然有古墓存，恐後人或議開拓，故戒之。

瓢池碧霞西舍之後鑿一小池，其形如瓢，故曰瓢池。夢〔六〕薇有《瓢池記》。池〔七〕在山足，鑿之不易，雪琴侍郎使麾下健兒荷鍤從事，鍤凡〔八〕屢折，三日而就。

鑿池成瓢形，清漣可俯狎。勿輕〔九〕此一瓢，三折健兒鍤。

伴坡亭瓢池東有伴坡亭，蓋垣外卽東坡庵。余詩云『山上吟庵伴老坡』，謂此也，故以名亭。

舊聞東坡庵，卽在六一泉。徐子補築之，則在泉西偏。又西卽與俞樓連，乃築斯亭廣一筵。名以伴坡坡矖然，衰朽何足陪前賢。

靈松閣 由伴坡亭循廊西上，有靈松閣，以今年春金華將軍之神降於閣前松上。初擬名以迎仙。余謂：將軍乃神，而非仙也。故易此名。

曲廊西上，有閣存焉。問閣何名，或曰迎仙。問曲園叟，叟曰不然。是乃神降，而非仙緣。金華降神，於松之顛。松以神靈，閣以松傳。無曰松穉，神所回旋。無曰閣小，松將參天。

小蓬萊 由靈松閣而上，有屋西向，花農名之曰『小蓬萊』。余問故，曰：舊有斯名，襲用之耳。余甚不解其意，既而悟曰：雪琴侍郎所居退省庵，在三潭印月，臨湖有榜曰『小瀛洲』，花農意在以吾比老彭耳。因有詩寄侍郎，曰：『説與老彭堪一笑，小蓬萊對小瀛洲。』

我聞小蓬萊，西湖舊有二。一在延祥觀，一在甘園地。云何築室襲其名，不知徐子焉取義。朅來我泛三潭舟，有榜大書小瀛洲，中有老彭一寄樓。退省庵中樓名〔一〇〕。乃悟斯名良有由，蓬萊正與瀛洲侔。得無戲弄雙白頭，誑我謂我神仙儔。作書偶向老彭説，老彭聞之轉愁絶。瀛洲雖好幾時歸〔一一〕，已與西湖兩年別。

西爽亭 由小蓬萊而上，折而東行〔一二〕，有西爽亭。花農云：李敏達所建〔一三〕西爽亭即在此地。余題楹聯，所謂『小築一亭，存西爽故〔一四〕蹟』者也。

敏達此開府，曾營西爽亭。尚堪尋舊迹，不必草新銘。夕照長銜壁，東風先入欞。偶然來柱笏，坐對四山青。

鶴守巖西爽亭之下有巖石，花農名之曰『鶴守巖』。寫刻石上，跋云：余夢前生爲曲園守書之鶴，故以名此巖。斯雖讕語，亦一佳話矣。

徐子始生時，先德有異夢。夢一道士化爲鶴，心知此兒必異衆。徐子亦有夢，此夢可軒渠。自言前生一仙鶴，爲我護持萬卷書。大書鶴守巖，刻之巖石上。仙人騏驥本清高，福地琅嬛資保障。我書久行世，所存〔一五〕良亦稀。不須更爲我〔一六〕苦守，送爾去披一品衣。

曝書臺鶴守巖之上，壘石爲臺〔一七〕，是爲曝書臺。

朝登斯臺兮，湖山蒼蒼。旭日初升兮，化爲湖光。吾曝吾書兮，發此奇香。暮登斯臺兮，湖山簇簇。明月初起兮，盪爲山淥。吾收吾書兮，留此奇馥。

文石亭下曝書臺，出一小門，循垣而北，有石壁刻四大字，曰『斯文在茲』，又六小字，曰『趙人張奇逢題』。自來言西湖金石者所未著録。張公獲鹿〔一八〕人，順治五年來爲杭州太守〔一九〕者也。花農始築俞樓時，曾履其地。荆榛梗塞，苔蘚斑爛，然已隱約見一『文』字。今春又爬羅剔抉，而其字乃全見。是亦一名蹟也。因築亭覆之，名曰『文石』。

昔人志西湖，金石亦有記。不知孤山顛〔二〇〕，乃有此四字。趙人張奇逢，石壁親磨礱。二百三十年，半〔二一〕被蒼苔封。掃石摹其文，筆意頗奇怪。蒼勁有古法，欹邪見姿態。異哉文在茲，惜哉人不知。築亭署文石，要使千秋垂。

曲園書藏汪柳門侍讀與花農、叔和〔二二〕同坐文石亭，見此四字之外，餘石尚多。乃謀鑿其左〔二三〕畔爲石室，而納余所著《全書》於中，署曰『曲園書藏』。嗟乎！余書豈足藏之名山！諸君所爲過矣。姑取以配右台山之書冢，故亦賦一詩。

吾於右台築書冢，一時競作書冢歌。何意好事諸君子，又營石室孤山阿。汪子倡議諸子和，一議而決〔二四〕無婞娿。遂命匠石運斤斧，丁丁鑿破青嵯峨。納我全書入山腹，封以巨石加礲磨。署曰曲園之書藏，不知藏此將云何。古人著書藏名山，往往山壁出蚪蝌。如我豈足言著述，無乃讕語相詑訑。第思西湖有故事，稍可解我慚顏酡。不見龍井之石室，句曲外史手自劘。瘞埋所注道德經，并及平日諸吟哦。卽如書冢亦有例，請觀寶石山之坡。吾丘貞白文冢在，至今或未埋烟蘿。自古文人例好事，謂我不可彼則那。作詩敬謝諸君子，并告山靈煩護呵。

文泉由文石亭西上，有一大池，南北可七八丈，東西可三丈。其地雖非孤山之巔，然在西麓亦爲最高矣，有此大池，是亦一奇〔二五〕也。而志書不載，蓋知者鮮矣。余因與文石亭相近，名之曰『文泉』，刻石泉〔二六〕上。

雁蕩得名因有蕩，蕩在山顛不可望。傳聞蘆荻滿汀洲，竟與江湖同滉瀁。吾鄉西郭金鵝山，其上有泉流潺潺。歲月既久泉亦涸，遂使金鵝去不還。山上有水謂之浮，爾雅所傳非妄説。如何孤山有此泉，故老無聞記〔二七〕載缺。近築俞樓始得之，見者驚詫呼天池。我披荆榛試俯視，愛此一頃青琉璃。乃爲手寫文泉字，大書深刻傍水次。他年於此築精廬，且待廬成再爲記。

【校記】

〔一〕此詩又見於丁氏嘉惠堂刻本《俞樓詩記》（以下簡稱『單行本』），用作校本。

〔二〕『和』下，單行本多『比部』二字。

〔三〕紀，單行本作『記』。

〔四〕大小，單行本互乙。

〔五〕恰，單行本作『卻』。

〔六〕『夢』上，單行本多『王』字。

〔七〕池，單行本作『地』。

〔八〕凡，單行本作『爲』。

〔九〕輕，原作『經』，據單行本改。

〔一〇〕小注『退省』一句，單行本無。

〔一一〕幾時歸，單行本作『不歸來』。

〔一二〕行，單行本無。

〔一三〕建，單行本作『築』。

〔一四〕故，單行本作『遺』。

〔一五〕所存，單行本作『存者』。
〔一六〕更爲我，單行本作『爲我更』。
〔一七〕『臺』下，單行本多『可以眺遠』四字。
〔一八〕『鹿』下，單行本多『縣』字。
〔一九〕爲杭州太守，單行本作『守杭郡』。
〔二〇〕顛，單行本作『巔』。
〔二一〕半，單行本作『久』。
〔二二〕『和』下，單行本多『澤山』二字。
〔二三〕左，單行本作『右』。
〔二四〕決，單行本作『定』。
〔二五〕『奇』下，單行本多『景』字。
〔二六〕泉，單行本無。
〔二七〕記，單行本作『紀』。

李黼堂中丞爲笠雲上人築室孤山，卽宋詩僧惠勤講堂故址也，落成而黼堂已還湖南。同人用東坡送參寥入智果院故事，於十月九日送笠雲入山。用東坡韻各賦一詩

我作湖上客，竊據孤山岑。亭館雖新搆，泉石本素心。故人李適叟，與我交最深。游筇到西浙，法

侶招東林。妙解文字禪，足嗣參寥音。乃分山一角，爰築堂三尋。烟雲入几席，江湖爲帶襟。惠勤古講堂，遺址猶未侵。勿謂盛難繼，要使後視今。詩成懷李叟，殘菊還獨簪。

大兒紹萊既免其母之喪，仍赴直隸，以知府候補。感疾，卒於天津，蓋八月二十五日事也。家人以余在杭州，祕不使知，還蘇始聞之，哭以詩

送汝原知再見難，只因我病已衰殘。殘年誰料仍無恙，衰淚翻教爲汝彈。良友津門親視斂，謂朱伯華觀察福榮，余門下士也。孀妻海舶遠扶棺。大兒婦樊航海至天津，扶柩南歸。老夫笑傲湖山日，如此倉皇事百端。

戊己庚辛只四年，三喪何意竟相運。戊寅年先慈見背，己卯年内人繼之，今歲辛巳，又有此變。未符獨子雙祧例，已止孤孫一線延。大兒無子，以次子祖仁之子陛雲子之。然祖仁久病，未必更有子，陛雲異日仍須兼祧次房也。眷屬明知同夢幻，家門未免太屯邅。虛名折盡平生福，莫遣靈龜更問天。

内子姚夫人有孤姪祖詒，字穀孫，自幼育於余家。夫人在日，與議婚者屢矣，而皆不果。今年十月，余爲娶秀水杜氏女，以詩告夫人

良緣前度費平章，後死何容一日忘。已遣新郎奠纁雁，休嫌舊議改河魴。内人在日，曾議聘姜氏女。粗完心願憐吾老，小創門楣冀後昌。他日與君泉下見，鳳雛應問幾時將。

壬甲編　春在堂詩編卷十

壬午寒食，病起試筆

曲園居士太闌珊，一病遲遲欲起難。病日梅花猶未放，起時桃萼已將殘。精神莫望衰中健，氣候頻驚暖後寒。見説光陰交百五，如何飛雪滿雕欄。

花農去歲以蕙開並蒂賦詩紀瑞，余次韻和之，編詩時佚焉，補録於此

不知醞釀幾昕宵，種出名花姊妹嬌。旖旎都房刻連瑣，參差禁䓺擁重喬。美人空谷誰同夢，名士春風競奪標。見説清芬承世德，賈生弱冠已登朝。

小庭人靜綺疏涼，別有幽幽一味香。占斷風流宜楚畹，催開頃刻豈韓湘。左雲右鶴同瑤島，南臉西眉共玉房。畢竟傾城誰伯仲，好憑綵筆與平章。

花農庭中松樹結實，青赬相間，赬者可食，青者不可食。余已爲作長歌矣。乃以青者種土中，輒生小松一株，亭亭可愛。花農有詩紀之，卽次其韻

掇食枝頭只取紅，青青點綴笑徒工。誰知入土生機活，早有干霄瑞氣籠。品在靈芝三秀上，春回喬木百年中。明堂他日資梁棟，豈止冰霜傲款東。

病中偶作

真有蓬瀛海上山，俗流不信妄疑訕。須知靈氣蟠空際，不比凡山在世間。羽士飛行應及見，徐福輩或暫一見之。雲帆尋逐必空還。秦皇、漢武所以訪求而不得也。浪誇地軸周流徧，此境遼遼未許攀。近時泰西之人自謂乘輪船周行地軸，安見有此等山，真井蛙之見也。

三月二十日，攜孫女慶曾至西湖俞樓

未了西湖山水緣，又扶衰病此留連。養疴難執廢醫論，余舊有《廢醫論》，而此行則以藥餌自隨。排悶還披玩易篇。舟中與慶曾爲八卦葉子之戲。《玩易篇》亦余所著書名。三月春光隨逝水，前兩日立夏。十年舊夢化輕烟。

惟應不讓衡陽叟，也有嬌孫在膝前。彭雪琴侍郎聞於是日啓行，巡視長江，攜其孫女同行，卽余孫婦也。

日本僧心泉字小雨，以楹聯寄贈，并其國人青山延于所著《史略》、賴襄所著《外史》各一部，賦此謝之

飛錫湖濱惜未逢，去年訪我於俞樓，不值。書來猶帶墨花濃。一聯壯我楹間色，萬里尋君海外蹤。東國幾家成信史，西方別派啓真宗。日本有僧曰親鸞，其國主謚之曰見真。其教人惟以念佛爲事，不禁娶妻、食肉，是爲真宗。心泉卽宗其教，故有二子，曰昭曰穆，有女曰阿多。更煩問訊竹添子，何日吳門再過從。

四月辛酉，葬大兒於右台山，賦詩紀事

昔葬姚夫人，右台山之麓。遂自營壽藏，一抔覆夏屋。去年大兒亡，吾不更再卜。卽葬其左旁，於地不嫌蹙。并爲大兒婦，預將生壙斸。顧瞻其右旁，簣土尚堪覆。一律建墳塋，同時具畚搗。爲憐二兒病，且嘉其婦淑。時并爲二兒夫婦築墳塋於右畔，但未窆耳。相期百年後，骨肉此歸復。牛眠穴未開，馬鬣封先築。分列我左右，如驂之與服。使彼兄若弟，泉下仍手足。伴我夫與婦，山中不幽獨。更喜墓域外，有地適相屬。亡兒有遺妾，孀閨甘獨宿。他年附葬此，當亦彼所欲。嗟我爲人父，昔育今育鞠。養生兼送死，坐使鬢毛禿。惟念死歸土，不比生聚族。慚媿延陵子，吾見未免俗。

俞樓後山有趙人張奇逢所書『斯文在茲』四字，人無知者。花農築俞樓始得之，爲建文石亭，已詳見《俞樓詩記》矣。乃今讀康熙時釋明開所著《流香一覽》，云：有休庵者，鐵幢禪師所建，杭太守張奇逢書額，癸巳春，徐冢宰題曰『閒淡居』。所謂徐冢宰，卽花農六世祖文敬公也。因作長律一首寄花農

休庵題榜國朝初，旋改名爲閒淡居。題自奇逢賢太守，改從文敬老尚書。至今訪古無遺蹟，莫向流香問故墟。誰料孤山巖石畔，猶存四字蘚苔餘。斯文不識斯焉取，此老何爲此駐車。喜有姓名書可證，漫無年月意殊疏。長留鄉貫燕南趙，巧遇公孫城北徐。徐子清才能紹祖，俞樓小築實因余。驚看斑剝文留石，深惜離披草没裾。特起危亭亭突兀，別開仄徑徑縈紆。從今蹤跡流傳矣，始信因緣果有諸。一闢茅庵稍改舊，一填石墨復還初。文章聲望祖孫繼，光景流連先後如。總爲前張表陳迹，浪教老我竊虚譽。師門妝點殊堪愧，祖笏留傳定不虚。因作此詩寄徐子，莫教容易付鈔胥。

内子姚夫人遺有墮齒一，藏之至今，十有五年矣。余於去歲亦墮一齒，乃合而瘞之文石亭前，以詩代誌

已卜幽宫傍右台，無端又此翦蒿萊。青山小築墳三尺，黄壤深埋齒二枚。他日好留蓬顆在，當年同畝菜根來。殘牙零落存無幾，盡擬相從赴夜臺。

爲大兒營葬畢，攜孫兒陛雲、孫女慶曾還蘇，并繞道清溪，上先人冢

玉樹深埋不必論，老夫仍復返吴門。囊中故物抛雙齒，已葬之孤山矣。鐙下閑談對兩孫。攜拜先塋深有意，自知暮景久難存。且期籬菊花開日，重漬杭州舊酒痕。

送汪柳門侍讀鳴鑾還朝

吴中同結寓公閭，日下仍還使者車。兩代交情訂羣紀，君先德小樵封翁，余少時卽與相識。十年文望重嚴徐。趨朝北闕觚棱月，懷舊西湖石室書。花農鑿孤山石壁，納余《全書》，君爲署『曲園書藏』四字。他日乘軺更南下，可堪重問子雲居。余衰且病，此别黯然。

吴越錢氏五王像，爲其裔孫英甫清顥題

鳳舞龍飛雖已矣，錦衣玉帶故依然。梁唐晉漢周天子，誰得緜延到五傳。梁二帝，唐四帝，晉、漢各二帝，周三帝，無至五傳者。

長夏無事，與二兒婦姚、長女錦孫、孫女慶曾、外孫女許抱珠避暑前後兩曲園，率成一律

後園楊柳前園竹，家人呼小竹里館爲前曲園，因以曲園爲後曲園。兩處軒窗一樣涼。老與世人殊鑿枘，閒偕兒輩共壺觴。風來已度蕭森韻，月上還搖瑣碎光。莫向尊前思往事，餘年幾度此徜徉。

中秋之夕，與兩兒婦及長女及孫兒、孫婦、孫女、外孫兒女玩月曲園，率成四律

今年頻作曲園游，每到園中必久留。兒輩最憐蘭槳活，老夫惟愛竹房幽。孫婦、孫女及外孫女輩喜坐小浮梅檻，余與長女、兩兒婦則於艮宧小坐。況逢佳節晴堪喜，又值連朝病略瘳。莫負殷勤兒婦意，安排小飲作

中秋。

兒婦相從長女陪，達齋團坐酒三杯。更攜孫女外孫輩，同望月宮拜月來。老去童心還爛漫，病中險韻怕敲推。最難詠月題紅字，一笑爾曹小有才。孫兒陛雲詩有云『隔籬透出一燈紅』，月下賦詩，而用紅字，頗不易和。孫女慶曾和云：『牆根桂影重重上，不羨三春萬紫紅。』亦小有思致也。

等此園林柳幾株，月光便與日光殊。遥看枝上翩翻葉，竟是盤中宛轉珠。更比瑩瑩仙露活，豈如落落曉星孤。由來此景無人道，霧淞冰花得似無。月光照樹葉正面輒有光，楊柳樹高而葉小，望之的皪如珠，亦一奇景。

登山臨水儘流連，忽漫回頭憶往年。老母未曾游月夜，病妻偶一醉花前。老母在時，因年高故，夜間從不至園中。老妻偶一至，以多病，亦不數數也。浮生草草真如客，舊夢重重化作烟。且對一尊開口笑，不知秋月幾回圓。

吳下曲園、湖上俞樓及花農之玉可盦，皆於八月中芙蓉盛開。花農有詩，老夫因亦作四絶句

曲園有蛓欲成災，連日呼童掃綠苔。七八月間，園中大生毛蟲，二兒婦督奴婢捕治之，數日始盡。誰料今年秋色早，芙蓉花並桂花開。

昨得徐陵絶妙詞，亦言紅萼滿青枝。君家四瑞今成五，應酹花神酒一卮。花農家舊有四瑞，松瑞、桂瑞、梅

瑞、蕙瑞也。

俞樓亦復有芙蓉，一樣花開一樣穠。惜我吳中猶臥病，未來花下植吟笻。

關心更有右台山，山館無人鎮日關。門外芙蓉兩行在，可能留待主人還。

衰老多病，戲作小詩，布告海内諸君子，請以本年八月爲始，停止作文三年，凡以碑、傳、序、記等類相諉諈者，概弗應

誤攻文字力將殫，垂老方知擱筆難。稍擬安排出世事，權同停止入流官。時各行省以仕途壅滯，往往請停止分發三年。餘生能否三年待，夙債猶期一載完。有三傳、兩墓志已先諾之矣，擬於一年内應之也。公鼎侯碑有人在，莫將衰朽當歐韓。

日本國人岸田國華字吟香者，蒐輯其國人詩集一百七十家寄吳中，求余選定。余適臥病，未遑披覽，先賦一詩

平生浪竊是虛名，老去聲華久不爭。隱几坐方學南郭，寓書來又自東瀛。吳中病榻鷄皮叟，海外騷壇牛耳盟。百七十家詩集在，摩挲倦眼看難明。

唐韡之孝廉以劉文清所書『山居精典籍』五字見贈，遂張之右台仙館。花農有詩，即次其韻，酬花農，兼謝韡之

妙墨流傳百歲間，居然語意巧相關。山翁領取山居字，每到西湖必入山。
只愁車馬來闐溢，未免山靈笑驛騷。安得於中精典籍，一編暮暮又朝朝。

戴用柏以恆既爲作《俞樓圖》，又擬分作數圖，賦詩謝之

安道清名世所知，家傳絶妙畫中詩。抱琴不作王門客，卻作俞樓老畫師。
已寫俞樓一幢圖，更裁繭紙細描摹。清妍點綴分豪末，能免妝嫫費黛無。
山林妝點笑諸君，已有微詞耳畔聞。我比楊雄尤嬾惰，無心更作解嘲文。事見《春在堂尺牘》『復王户部書』。
浪竊虚名二十秋，居然海外識俞樓。而今更仗先生筆，會見流傳五大洲。

余不赴人招飲，由來久矣。馬星五觀察、徐花農庶常、吳叔和比部載酒肴至俞樓觴焉。因用前年『堪』字韻卽席賦謝〔一〕

嬾惰嵇康百不堪，尊前聊復共清談。盛筵此後應難再，賢主今朝又得三。莫負佳辰小春月，已拚爛醉老彭庵。退省庵主人彭雪翁在坐，自云：今日吾拚一醉。酒闌便有臨歧感，惟盼軺車早指南。時花農將入都。

【校記】

〔一〕《廣集》此爲第三題。

花農因余詩有『盛筵難再』之語，又載酒入山，觴余於右台仙館，再疊前韻〔一〕

典籍精研我不堪，時唐韡之孝廉以劉文清所書『山居精典籍』五字見贈。惟堪知己共閑談。故人要使盛筵再，隔宿先招益友三。余嘗戲謂花農：君必載酒入山，則我必在雲棲矣。花農故預〔二〕約江梅生、鄒鏡堂〔三〕、蔣澤山先至仙館，聒而與語，以羈縻之。相與同麾名士麈，不然定訪老僧庵。感君此意流連久，短晷渾忘日至南。

【校記】

〔一〕《廣集》此爲第四題。

〔二〕預，《廣集》作『豫』。

〔三〕 堂，《廣集》作『裳』。

富海帆制府《韶光蠟屐圖》，爲其曾孫曉峯方伯題

甲午至壬午，幾及五十年。適逢授衣月，又值造榜天。甲午、壬午均鄉試年也。曉峯方伯莅浙久，坐對湖山一回首。緬懷祖德道光年，於今四十九重九。先公曩撫浙西東，勳望高於南北峯。天上仙槎下星使，時吴退旃尚書、徐廉峯太史來典浙試。閫中大旆來元戎。程梓庭制府自閩來浙大閲。五枝短笻五兩屐，陳石士侍郎時爲學使者，亦與斯游，故與公爲五人也。踏破山中一徑碧。興酣直到韶光庵，坐覽江風與海日。至今圖畫留人間，長存名蹟照湖山。遺民正惜邵棠老，世澤欣逢魏笏還。方伯勳名能繼武，行看兩浙重開府。試問新營迎翠軒，方伯於三潭印月新築迎翠軒。何如舊迹巢枸塢。是歲吾方舞勺時，而今老去及題詩。荔園夫子來持節，是我髫年進學師。圖中有史荔園師詩，是歲始來視浙學，余即其科試所取士也。

次女繡孫於十二月十八日卒於杭州，哭之，於詩得十五首

一病原知事不輕，尚疑未至遽捐生。如何拋卻青春壻，竟去黄泉伴母兄。

傳來消息太遲遲，已届幽冥一七期。當汝夷衾僵臥日，是吾歡笑曲園時。是日雨雪初霽，曲園中風景頗佳。適長女歸家，遂與兒婦輩同飲於艮宧，歡笑竟日。不知汝即於是日長逝也。及吴中得確信，已在廿四日矣。

遠遣奴星問汝安，誰知汝骨已先寒。一箋草草封交壻，箋末猶書汝共看。余以數日不得子原壻書，使人往問之，作書致子原，尚云『吾女同覽』。

飲藥呼醫日幾回，藥方束笱竟成堆。篋中冰與擔頭火，合就陰諧鴆一杯。汝病不過二十餘日耳，死後子原寄藥方來，共二十八紙，寒熱攻補，無所不有，宜其死矣。

身後零丁事事非，二男六女痛無依。呢喃一隊梁間燕，母死巢空四散飛。子原書來，言將長子阿春、六女阿仙交我處，其次子阿冬、五女阿藕交其二伯父，三女阿賢交其姑母，至其二女阿引，本在我處，長女阿多、四女阿蓮本在二、四兩伯父處也。東零西散，言之慘然。

回想于歸宛目前，長安道上早春天。壻家亦在艱難日，辛苦隨夫十九年。同治三年，余送汝入都，歸於許氏。許固武林望族，然親家翁季傳明府先逝，女壻子原年未弱冠，其家境亦甚清苦。及子原舉孝廉，年來稍優裕，而汝死矣。

自隨夫壻出京華，佳日春秋總在家。今歲春風人不至，不能再看曲園花。汝於甲戌出京，自甲至辛八載，每年必至吴下，春來秋去，率以爲常，亦間有一歲再至者。自去年十一月十五日歸杭州，及今年遂不至。

本圖移汝到金閶，小屋三間隔一牆。太息此謀終不果，雙扉虛設後迴廊。余擬移汝家至蘇州，余屋後有小屋一區，粗可棲止。汝亦欣然。因於艮宧廊下開小門通之。然此計因循未果，此門遂成虛設矣。

湖樓人事苦紛如，聞汝來時意一舒。此後綠楊隄上望，不能盼汝再停車。余每至俞樓，賓朋襍遝，筆墨旁午，意甚苦之。每聞汝至，則爲之一喜，而今已矣。

清閑山館勝湖樓，與汝籃輿曾共游。笑汝不知朝露暫，尚思谿澗再尋秋。余每至右台山館，汝亦必至，去年曾與共探九溪十八澗之勝。今秋汝書來，尚言及之，意欲再游也。

華筵嬾作坐中賓，只許嬌兒作主人。從此無人諳食性，袖攜胡餅進城闉。余在蘇杭，均不赴宴會。每在西湖，入城謁客，輒飯於許氏。吾女量余食性，略治一二品，余欣然舉箸。今後誰爲我治具乎？

悤悤已欲去杭州，又向橫河半日留。誰料此行成永訣，可知臨別數回頭。余今年於十一月初七日發杭州，臨行前兩日，又乘肩輿入城。不謁一客，但至橫河橋許氏小坐。此行蓋與吾女永訣，有莫之爲而爲者。

老夫憔悴病中軀，暮景如斯可歎無。去歲哭兒今哭女，那教老淚不乾枯。余題一聯於其靈幃，曰：『十歲能詩，廿歲能詞，錯認痴兒兼福慧；去年哭子，今年哭女，怎教老淚不乾枯』。

明年擬刻汝遺詩，并及零星所作詞。附我全書行海内，流傳日本與高驪。女所作詩詞曰《慧福樓稿》。慧福樓乃其幼時所居室，余所名也，蓋喜其慧，而又冀其有福也。今何如哉！女詩詞雖不甚工，亦多可誦者，明年當選擇而刻之。余《春在堂全書》傳播頗廣，女詩詞附吾書以傳，當可流及海外也。

更思卜地傍南岡，與我松楸共一方。此願未知能遂否，來年共壻再商量。女嘗言：我死必葬右台山相近之處。蓋欲與父母墳墓相鄰也。今擬從其志，當與子原商之。

癸未元宵，得女壻許子原書，有『風雨淒其，無異幽冥』之語，正與老夫懷抱相似。率成一律，焚付繡孫

試燈風裏太無聊，連日陰霾積未消。人以傷心催暮景，天將苦雨作元宵。如斯佳節真堪笑，已與泉臺不甚遙。莫怪老夫心緒惡，女兒四七是今朝。

余擬刻繡孫詩詞，乃女壻許子原書來，言其病前已付焚如矣。爲之爽然自失，又賦一律焚寄

飄然已返太虛行，何有區區死後名。知汝已忘身外物，在余未免世間情。仍從遺篋搜殘稿，尚記新詞賦落英。女舊有落花詞，余曾和之。燈下編排還自笑，老夫大夢亦將醒。女詩詞之在我處者，及子原所記憶者，尚得數十首，擬盡刻之。

余所使者自杭州回，聞之許氏之婢媪，知繡孫焚詩在九月中，豈逆知將死乎？余十月至十一月在杭州相見，略無微言相示，何也？又賦一律

聞汝焚詩九月中，豈非預識數將終。如何十月來看汝，不以微言略示翁。泉路茫茫無可問，老懷鬱鬱想難通。惟思相見明年語，不久還應笑語同。余十一月初五日至女處，臨别女語余曰：明年相見矣。

正月二十九日，招花農飲於俞樓之碧霞西舍，即送其北上

聞説雲帆已日邊，余在吴下聞其於二十五日成行。尚留一面亦前緣。碧霞舍内三杯酒，緑水洋中萬里船。

事業無窮期後日，兒孫有託慰衰年。老夫自顧晻嗞景，未免臨歧倍黯然。

右台仙館舊止屋三間耳，今又補築三間於其後，奉高、曾、祖、父四代神位而祀之，謹記以詩

昔築右台館，小屋惟三間。屋後有餘地，大小如其前。更築三間屋，前後相毗連。繄余舊有願，築屋清溪邊。非爲棲息計，將以奉我先。蹉跎竟不果，遂至遲暮年。西湖山水窟，名勝天下傳。三台有靈氣，鍾自南峯巔。此乃形家説，吾且姑勿言。惟念吾祖父，曾與賓興筵。當時赴省試，此處應流連。北望烏巾山，百里而近焉。於此妥先靈，豈曰非所便。況從屋後望，望見吾新阡。吾生亦寄耳，不久來長眠。庶幾得隨侍，泉下相周旋。子孫世守之，勿使遺址湮。其有顯達者，天路期騰騫。否則隱於此，稍買山下田。嗚呼意無窮，不盡此詩篇。

仙館前三間於正屋設吾夫婦之位，左曰曲園先生，右曰曲園夫人。今又增慧福樓主人之位，蓋爲繡孫設也。命二兒婦姚率孫兒、孫女、孫婦輩設祭以妥之，而紀以詩

一自亡妻葬右台，吾兒歲歲必親來。如今接引歸仙館，依舊追隨在夜臺。猶記春秋留共飯，乍交

申酉輒辭回。余每歲春秋至右台仙館，女亦必至，然至申、酉之際必辭余而入城矣。不如此後從容甚，遮莫斜陽樹杪催。

二月八日，使人至許氏迎外孫男女春兒、引兒、仙兒以歸，又成一律，焚寄繡孫

夫壻雲程仍萬里，阿翁塵世不多時。祇憐濕哭乾啼輩，尚遠男婚女嫁期。失母自宜謀寄託，如余豈得久扶持。他年免著蘆花否，汝在泉臺知不知。

女壻許子原爲繡孫卜葬大兔兒山之麓，距余右台之塋半里而近，從其志也。余不習形家言，然其地土高燥，四山環抱，躬履其地，決爲吉壤，喜賦一律

營葬南岡事克諧，松楸咫尺慰吾懷。一牛鳴地遙相望，兩兔兒山大更佳。兔兒山有大小二山。往歲卜鄰謀竟左，事見前注。此時埋骨願無乖。待余潛閟長扃後，明月清風與汝偕。

二月二十日，挈二兒婦姚及孫兒陛雲、孫婦彭至德清，上先人冢，賦此示之

烏山南埭舊柴荆，先人敝廬在德清東門外烏巾山之陽，地名南埭。南埭西南先世塋。先曾祖天因府君葬於溪南，自舊廬視之，則在西南隅，故俗呼西南角。更向田間辨牛舌，先祖南莊府君葬烏山之陽，地形狹而長，俗名牛舌地。還從山下聽鵝鳴。先考錮花府君葬西門外金鵝山下。邑志稱金鵝鳴者，卽此山也。提攜婦豎殷殷告，指示松楸處處清。老我重來知幾度，汝曹他日要分明。

三月二十八日，距繡孫之亡百日矣。時女壻許子原應試入都，外孫男女輩分寄四處，其家中無人矣，未知爲營齋奠否。因命兒婦輩於吳下寓廬設祭。適《慧福樓幸草》刻成，卽焚寄一册

求名夫壻去燕臺，兒女分飛四處開。死後空閨剛百日，靈前清酒欠三杯。歎余垂老還多事，爲汝營齋略盡哀。慧福樓詩新刻就，一編焚寄九泉來。

朱桂卿福詵、蔡輔臣世佐及花農三庶常，自都下仍用『堪』字韻作詩見寄，因再疊韻二首奉酬〔一〕

日下聯吟我不堪，且將近狀與君談。那知浮世屐幾兩，又定叢鈔卷廿三。時編定《茶香室叢鈔》二十三卷付刻。海外流傳青鏤管，日本國人來乞書者甚多。山中料理白雲庵。時又於右台仙館增一小屋，移爨室於垣外。最憐退省樓頭客，一片雄心到越南。適彭雪琴尚書在坐，縱談時事。

似我衰慵非所堪，請纓虛願不須談。寥寥同調千中一，忽忽流年六十三。浮世久居真似客，閑門常杜竟如庵。微吟寄付諸君子，又費詩筒遞北南。

【校記】

〔一〕《廣集》此爲第五題。

花農庶常授職編修，卽用『堪』字韻寄和〔一〕

承明著作卜君堪，十五年前有是談。余初識花農，決其必入翰林，曾與楊石泉中丞言之。天上傳來風廿四，君散館考列一等二十四名。人間恰好月初三。余在吳下，於五月朔日得君留館之信，卽函報君家，限初三日到。佳音遠遞金壺電，君兩從電報局寄信至蘇。喜氣先騰玉可庵。君齋名也。看取畫書詩並妙，御齋儤直最宜南。余謂君異時必入南書房，亦嘗與楊石翁言及之。

【校記】

〔一〕《廣集》此爲第六題。

余選日本國人詩，見有尾池世璜者，字玉民，其集中有用『三』字韻至十七疊者，與余輩『堪』字韻略同，但無『庵』字耳。中外雖異，而書生結習未始異也。因成此，告桂卿諸君子〔一〕

險覓狂搜已不堪，偶逢瑣事又須談。曾披海國詩千百，同鬭詞鋒覃十三。佳話頗宜揮客麈，新編早已寄僧庵。時以《東瀛詩選》寄日本僧心泉。不其山下康成老，老去翻教吾道南。

【校記】

〔一〕《廣集》此爲第七題。

花農又用『堪』字韻作四詩寄吳下，老夫技癢，又如數報之〔一〕

何事偏於養病堪，敢矜枚藻與鄒談。海東移到虯〔二〕枝一，時日本國詩僧心泉以其國松樹一株寄贈。關外郵來麈尾三。花農以自然柄麈尾見贈，云自山海關外來者，先後已三柄矣。舊築書城環堵室，新添梵課臥雲庵。余近來晨起必至艮宦誦《金剛經》一卷。金經日日清晨誦，誦畢晨曦度卯南。

元理原非殷仲堪，故人虛勸作詩談。彭雪琴尚書屢勸作詩話，未果。《宋史·藝文志》有『詩談』之名，茲借用之。殘牙已瘗右車一，即前年築雙齒冢事。病脈稍平左腕三。醫者謂余左三部脈無病。笭箵只應遊退谷，丹鉛何敢望升庵。偶編海外香奩集，欲爲東瀛譜二南。余所選《東瀛詩選》，其弟四十卷皆閨秀詩，因屬刻工先印十餘本，即以一本寄花農。

老境如余久不堪，且因知己更深談。故人又少同年一，謂邵汴生少宰。舊感仍縈六月三。是日爲内子姚夫人生日，仍爲設祭，不能無感。自覺病軀便嬾版，余臥必高枕，將來恐如東坡先生之終於嬾版矣。不將遊具製行庵。黄山谷有《行庵銘》，曰：蒻樓爲庵，駕於人肩。余遊山則藤倚〔三〕子而已。彈丸脱手新詩到，驚見熊僚在市南。

謂我詞鋒鬬尚堪，豈知廢學只游談。曲園地小析爲二，家人有南北曲園之稱。硒卷書多添作三。余所著書已踰三百卷矣。何意諸君住蓬島，未忘此老在茅庵。令人回首長安市，宅子曾尋柳巷南。余在京時曾住南柳巷。宋王銍《默記》稱：王荆公使其子雱至京尋宅子。則京官所居曰宅子，自宋然矣。

【校記】

〔一〕《廣集》此爲第八題。

〔二〕蚪，《廣集》作『蚪』。

〔三〕倚，《廣集》作『椅』。

吴仲英恆示我古玉摹本，其形如刀，云夏禹治水之遺物，能辟火災。爲作歌紀之

吾觀古玉器，亦自有差等。尺二寸曰瑒，長三尺爲珽。異哉此玉何瑰奇，視珽不及瑒過之，云是神禹治水之所遺。元代劈正斧，亦云夏時物。彼斧此則刀，相配無所詘。何不陳之朝會時，大可焜耀黼与黻。惜哉於古無可徵，庚辰童律呼不譍。但見斑剝土花古，背厚面薄若有棱，名之曰刀如所稱。此刀之所至，隨在有神異。能使畢方逃，能使回禄避。若以唐宋龍簡等視之，未免有褻此神器。吾詩固薄劣，不足發斯義。請如北海十二石，留待東坡爲作記。

讀次女壻許子原水部七月廿二日哀逝之作，漫題四絶句

中元景物過逡巡，往事回思總愴神。記得年年設湯餅，女兒爲壻作生辰。七月廿二日，子原生日也，女往年在吴下，是日必具麫食。

殘縑斷紙付焚如，幸草猶存亦燒餘。忽漫一箋來眼底，去年八月廿三書。前二日，於無意中得女去年八月二十三日書。

外孫稚小最堪憐，謂阿春。攜授尚書在膝前。更有四齡嬌女在，謂阿仙。聰明頗似汝童年。

仲冬初六是良辰，卜葬南山與我鄰。子原書來，言葬期已定於十一月初六日。太息去年當此日，尚將相見訂明春。其事見前詩注矣。

中秋小病，有負明月。次日花農書來，卽用其書中語賦詩卻寄

三五良宵病裏看，翻勞吉語出長安。每年此夜中秋易，花好月圓人壽難。來書云：看清暉之不改，每年此夜中秋；願景福之常新，花好月圓人壽。月與去年同入室，人於此夜欠憑欄。何如粉署迎涼客，「粉署迎涼」，亦來書語。玉宇瓊樓不覺寒。

重九日，與兒婦輩游曲園，登小山，看月色，聊補中秋之游

小山雖小亦堪游，況復宵來景色幽。爲念百年同逝水，故將九日補中秋。人生悲喜每交集，天意陰晴難預謀。莫惜冰輪容易墮，可知一歲幾當頭。

仲冬初六日，送次女繡孫之葬，焚寄一律

暮年情緒不堪云，蒿里歌聲歲歲聞。自爲內子營葬後，去年葬大兒，今年又有此事。午夜青燈老夫淚，卯峯黃

葉女兒墳。墳在兔兒山，余故以卯峯名之。泉臺再見知非遠，山館相依永不分。異日清風明月夕，兩家莫厭往來勤。

將窆，命二兒婦姚致祭，又用前韻焚寄

凋零骨肉不須云，且把虞歌唱汝聞。傳世無慚左家女，卜鄰況傍右台墳。異時兩姓碑俱古，去歲今朝袂始分。事見前注。好與母兄先聚首，九泉爲我致殷勤。

嘉平二日，余生日也，向不稱觴，今歲因所生曾孫女進兒是日適爲雙滿月之日，小治湯餅，與兒婦輩共飲

已知暮景不常存，且盡筵前酒一尊。六十三翁小生日，俗以每滿十歲爲大生日，其他皆小生日。一堂四代女曾孫。浮生明曉須臾事，此日還同笑語溫。戲爲兒曹吟舊句，夕陽雖好近黄昏。

甲申正月十七日卽事

已過元宵月未殘，偶將絲竹佐杯盤。危時不礙偷行樂，老境偏宜強自寬。粗掃庭除留臘雪，略張

鐙火破春寒。外孫生日今朝是，一醉無名特借端。

子原三疊韻見和，因次原韻復成一律

老去居然興未殘，亦姑謀樂不嫌盤。低排綵幄笙歌細，高據胡牀襟帶寬。往事十年真似戲，追憶乙亥年事。新春幾日尚餘寒。不妨借作尋歡計，莫對蒼茫感百端。

書湯烈婦家書後

湯烈婦，常熟人周玉書妻。咸豐十年常熟陷，周先一日避居滬下。烈婦於城陷之明日爲書，寄周，與之訣。書末并詳言己與家人死所。乃使其僕護持長子出亡，而自與幼子連馨、女淑貞投井死。及賊平，王給諫憲成以事聞，旌如例。其邑人築亭井上，以表揚之。其子之德來，乞余詩。

一紙家書共護持，從容慷慨兩兼之。若非屈子沈湘賦，便是文山銘帶詞。周君得書後旋卒，以付其友趙少琴。趙亦卒，又付其友邵曼如，始得不泯。

井欄百尺井泥深，古井寒泉鑒此心。要識妾心千百鍊，贈君約指一鈎金。書云：寄上戒指一枚，見此如見妾。

稚男弱女共捐身，留得佳兒小石麟。誰向危城傳尺素，從今二二亦傳人。書云：恨不得一言永別，使二

二來報。知二二殆即其僕名也。

傷心淒下即天涯，消息傳來百日賒。八月三日寄書，至十一月二十一日始達。妻既死貞夫守義，依然徐淑共秦嘉。周君題其書尾云：君爲我盡節，吾亦爲君守義。

亂後重尋一畝宮，紅羊劫過又春風。街名五福真無愧，死節由來是考終。書末云：五福街寄。

爭傳巾幗有奇男，含笑黄泉視死甘。倘仿介山留忌日，庚申八月日初三。婦死於八月初三日。

人間天上總茫然，如此歸真即是仙。共向易遷宮裏住，不須更説再生緣。書云：願來生再敘未了之緣。

皇恩綽楔表烏頭，況有佳兒泮水游。之德已入昭文學。留得井亭誰與配，孝娥烈婦共千秋。浙江錢唐有孝娥井亭，爲岳忠武王幼女銀瓶建。

柳侯祠

柳侯名察躬，柳子厚之祖。《柳集》中《先侍御史神道表》所稱『德清君』者是也。有惠政，既殁而邑人祠之，歲久祠廢。及宋而戴侯之神興，邑人即以柳祠故址爲之祠，於是祀戴兼祀柳。後又附以葉。是爲吾邑三總管神。每歲清明前，賽社甚盛。自城中至各村聚總管廟亦甚多，然與唐時初立柳祠之意則異矣。同治十年冬，余至德清省視先塋，泊舟城中，而自坐小舟至金鵝山展先通奉君之墓，留奴子沈貴守舟。忽有人至舟求見，問其姓，似是『劉』字。沈曰卯金刀乎？曰非也，木字偏旁耳。悤悤遂去。余歸，沈以告，因思姓氏中木字偏旁而與『劉』音相近者惟『樓』字，然吾邑無此姓也。及歸吴下，以語江子平孝廉、蔡瑜卿秀才兩君，皆德清人也。曰：兹事絶異，豈柳侯乎？余固笑而不信也。今年春，送孫兒陛雲回德應童子試，句留半月，訪知柳侯固有專祠，在西門城上。因往瞻拜，敬賦一詩。

吾邑論祀典，莫古於孔侯。至今餘不廟，艴然臨溪流。次之莫如柳，舊有惠政留。是謂德清君，聞之柳柳州。遺蹟不可考，荒祠誰與修。厥後戴侯出，四境蒙其庥。祀戴兼祀柳，名位微不侔。雖與戴並列，乃與葉爲儔。至今稱三社，廟貌盈山陬。每當春賽社，奔走來童叟。區分紅與緑，無乃爲神羞。邑人呼戴侯曰大社，葉曰紅社，柳曰緑社。同治十年冬，我此維扁舟。有客來相訪，問姓似是劉。乃云是木旁，則又疑爲樓。吾邑無樓姓，此疑將誰諏。惜我不相值，未得窮其由。偶以語二客，二客瞠其眸。將無柳侯神，來與君同游。讕語付一笑，神與吾何求。然而蓄此疑，十有三春秋。今年來故里，以事久逗遛。訪知柳侯廟，實在城西頭。我乃拾級登，不惜衣頻摳。躬詣其祠下，再拜身傴僂。所祀固惟柳，此外無匹仇。誰謂柳專祠，古有今則不。當與餘不廟，千載同匹休。賤子固碌碌，未足神意酬。文章與道義，無以通明幽。敬爲賦此詩，聊當陳尊卣。

聞花農有封事言戰守事宜，寄詩美之

秋風閶海羽書聞，宵旰誰分聖主勤。舉世平戎無善策，書生報國有雄文。魚龍曼衍空千變，鵝鸛森嚴自一軍。老我壯懷消秏盡，惟憑房魏重河汾。

往歲得福壽甎，花農有《名山福壽編》之刻。今歲又得其一，乃並拓其文，署曰『雙福壽』，而繫以詩

自訂名山福壽編，一時佳話徧流傳。誰知寂寞三台路，又得分明兩字甎。未擬重賡石鼓韻，聊堪遠寄玉堂仙。時將此甎寄贈花農矣。老夫不足當斯語，嘉兆端應爲眾賢。

沈肖巖廣文閬崑又得福壽甎一，因以見贈，并考定爲仙姑山宋時佛光福壽院舊物，媵之以詩，卽次韻奉酬

殘甎留自宋時年，歷歲於今過半千。雙福壽曾傳盛事，三台山定有前緣。來詩有『三台福壽永綿綿』之句。摩挲豈是尋常物，培植還憑方寸田。爲感故人持贈意，不辭吉語賦連綿。

日本人井上陳政字子德，航海遠來，願留而受業門下。辭之不可，遂居之於俞樓，賦詩贈之

不信天涯若比鄰，乘桴遠至太無因。憐君雅意殊非淺，媿我虛名本不真。喜有湖樓堪下榻，敢云

學海略知津。自慚未及蕭夫子，竟受東倭請業人。唐劉太真《送蕭穎士序》云：東倭之人，逾海來賓。舉其國俗，願師於夫子。夫子辭以疾而不之從也。

陳子德言：彼國有奉使中華之田邊參贊，曾畫俞樓圖以歸，如其圖而建樓焉。田邊君亦彼國好事者矣。因賦一詩

虛名浪竊亦堪羞，竟使流傳徧十洲。試向海東問徐市，居然域外有俞樓。是誰畫筆描摹細，亦見軺車閱歷周。聞説櫻花開最盛，可容攬勝墨江頭。日本國有櫻花，屢見詩家吟詠。墨江亦其國勝處也。

哀王、張、顧

老王，輿夫也；老張，舟子也；老顧，右台仙館之守者也。皆事我於湖樓、山館者，不數年皆死矣。各賦一詩哀之。

老王爲我舁籃輿，臨水登山必與俱。此後九溪十八澗，舊曾游處恐模糊。九溪十八澗，山中地名，溪有名，澗無名。老王云：履石渡水處凡十有八，故得此名。蓋舁我行其地，默數而得之也。

老張爲我掉扁舟，徧向西湖裏外游。綠幕紅闌都已朽，不堪重問舊黃頭。花農所製小浮梅俞，今亦朽矣。

老顧爲余守右台，右台仙館淨無埃。芙蓉今歲開仍好，此後何人著意培。右台仙館有芙蓉數十本，皆高出

於屋，老顧所澆灌也。

余比以脾病喜食山藥，門下士童米生時奉檄崇明，以其地產此，購以見贈，并錄示朱子山藥詩，因用其韻賦謝

何須遠劚景山英，《北山經》云：景山多藷藇。海島沙田不待耕。脾土滋培宜老病，手書寄贈賴門生。徐花農太史、王夢薇少府均以此寄贈。江郎枯管慚難頌，江文通有《薯預頌》。韓子山廚喜可烹。昌黎詩云『山藥煮可掘』。欲向海虞傳食譜，蔗霜細擣製爲羹。聞常熟人能以山藥作羹，極佳。

十二月二日，余生日也，夢見先母姚太夫人病，余與亡婦姚夫人趨往省視，寤而泫然賦此

父憂母難又今茲，不覺依依夢見之。未到追隨泉壤日，還如趨侍寢門時。衣裳顛到天將曉，夫婦提攜意恐遲。此景儼然猶昨日，孤兒白首淚漣洏。

贈暴方子巡檢式昭

明裁巡檢增總督，一代亂源從此伏。未亂巡檢治有餘，已亂總督救不足。語本《日知録》。故知官無論崇卑，蟣蝨一官關大局。方伯譚公知此意，敬以巡檢登薦牘。遂令明詔下樞廷，微賤姓名蒙記録。其人謂誰暴方子，年少有志異流俗。舊爲吳郡平望司，官不愛錢民受福。厥祖爲吾同歲生，故與往來稍習熟。今聞服闋復來吳，以詩相贈兼相勖。素絲勿使化爲緇，願子守身常如玉。

自次女綵裳之亡，歲再周矣。聞其家將行吉祭之禮，感賦一律

不堪年矢太悤悤，自汝云亡歲再終。未脱素冠憐幼子，外孫輩仍俟滿二十七月始除服。重提舊夢泣衰翁。余曾夢在蘇寓樂知堂，閽者入白，有翰林院衆官來見。余甫命延請，一輿先入，啓簾而出，則綵裳也。玉堂未必他生驗，繐帳先看此日空。寄語多情荀奉倩，更無遺跡在房櫳。